MW01608461

L'amour, mode d'emploi

*Traduit de l'anglais
par Jean Esch*

Pôle fiction

Titre original : *Rich and Mad*
Édition originale publiée en 2010
par Egmont UK Limited
© William Nicholson, 2010, pour le texte
© Gallimard Jeunesse, 2011, pour la traduction française

Rencontre dans
la boutique du chameau

— J'ai décidé de tomber amoureuse, déclara Maddy Fisher.

Cath hocha la tête pour indiquer qu'elle écoutait, sans toutefois lever les yeux de son magazine.

— Je suis sérieuse de chez sérieuse. Je suis trop jeune pour me marier, mais trop vieille pour rester seule. J'ai besoin d'amour.

— Et de sexe, ajouta Cath.

— Euh, oui, aussi. Mais je ne te parle pas d'une petite séance de pelotage à une soirée. Je te parle de l'amour fou qui t'empêche de manger et de dormir.

— Tu sais de qui tu vas tomber amoureuse ?

— Aucune idée.

Devant l'ancien relais de poste, sur la large bande d'herbe qui bordait la route principale, se dressait un énorme chameau de bois. Il était peint en doré et arborait un drôle de sourire en coin. Le relais était devenu une boutique, un vaste bric-à-brac de meubles et d'objets de décoration importés d'Inde et d'Extrême-Orient. Son nom était Caravansérail. Mais tous ceux qui s'arrêtaient pour explorer ce labyrinthe de salles exotiques et les gens du coin l'appelaient « la boutique du chameau ».

En cette fin d'après-midi d'un mercredi de septembre, dernier jour des grandes vacances, il ne restait plus que trois curieux dans le magasin alors qu'approchait l'heure de la fermeture : une femme d'un certain âge, élégante, accompagnée de deux jeunes garçons très séduisants, ses fils. La femme examinait avec attention les colliers en argent et en corail présentés dans une vitrine. Le plus âgé des deux fils, le plus beau aussi, était affalé dans un fauteuil de planteur en tek, ses longues jambes étendues devant lui, les yeux fermés. Le plus jeune partit, seul, explorer le magasin.

Il monta à l'étage supérieur en empruntant le large escalier de bois dans lequel étaient suspendus des miroirs scintillants aux cadres en bois fruitier ; il traversa la pièce principale percée de grandes fenêtres, encombrée de meubles laqués datant de la dynastie Ming, et atteignit finalement, par hasard, une pièce située tout au fond du magasin, où étaient exposés coussins, textiles et tapis. Il s'arrêta sur le seuil pour contempler cette caverne multicolore. Une verrière centrale en vitrail projetait des rayons écarlates, pourpres et dorés sur des rouleaux d'étoffes chatoyantes. Des lits en bois d'Indonésie enveloppés de tissus arc-en-ciel luttaient au coude à coude avec des chaises longues incrustées de motifs d'acacias sur lesquelles s'amoncelaient des coussins moelleux. Cette salle était un nid de princesse orientale.

C'était également l'endroit secret préféré de Maddy Fisher.

Cachée aux yeux des visiteurs, elle était recroquevillée sur un des lits, derrière un panneau de tissu réfléchissant. En percevant les bruits de pas, elle pesta intérieurement et referma sans bruit l'ordinateur portable posé à côté d'elle. Puis elle demeura immobile, en respirant tout doucement. Rares étaient les visiteurs qui s'aventuraient par ici.

Elle entendit des bruits de pas. Quelqu'un pénétrait dans la pièce! Derrière le rideau apparut soudain un visage éclairé par un sourire accompagné d'un froncement de sourcils qui trahissait un étonnement amusé, aussi clairement que si l'intrus s'était exclamé : « Ça alors ! »

Au lieu de cela, il s'écria :

– Maddy Fisher !

Celle-ci rougit et pria pour que la lumière colorée que dispensait la lanterne masque son embarras. Elle connaissait ce garçon. Ce qui la surprenait, c'était qu'il se souvienne de son nom.

Joe Finnigan fréquentait le même lycée qu'elle, dans la classe supérieure. Grand et efflanqué, un visage gai et une tignasse de cheveux rebelles, il réussissait, par miracle, à combiner les qualités les plus attirantes chez un garçon sans posséder pour autant un physique de mannequin. Ce n'était pas l'élève le plus brillant, ni le plus sportif, mais c'était assurément le plus convoité. Il suffisait de regarder Joe pour sentir que ce serait un honneur d'attirer son attention.

Maddy se sentait donc honorée.

– Qu'est-ce que tu fous ici? demanda-t-il.

– Je vis ici.

– Hein? Dans cette pièce?

– Non, dans la maison, derrière. C'est le magasin de mes parents.

– Oh, d'accord. Super boutique.

Il ne chercha pas à savoir pourquoi elle était cachée sur un lit derrière un rideau avec un ordinateur portable. Il se contenta de l'observer, en laissant traîner sur ses lèvres un vestige de sourire indiquant qu'il aimait bien ce qu'il voyait.

C'est alors que son frère aîné entra dans la pièce.

– Ah, tu es là, dit-il dans un bâillement.

– Regarde ça, Leo! s'exclama Joe en désignant d'un large geste le décor multicolore. Fabuleux, non?

Un peu plus âgé que son frère, Leo Finnigan

ressemblait à une version plus parfaite de Joe. Il était d'une beauté saisissante avec des yeux presque noirs et une peau claire, impeccable. Au lieu de regarder autour de lui, il dévisagea Maddy.

– Salut! dit-il. Elle est à vendre?

– Un peu de tenue, le reprit Joe.

– Je suis prêt à mettre le prix.

Joe sourit à Maddy.

– Je te présente Leo, mon imbécile de frère. Ne fais pas attention à lui.

– Salut, dit Maddy.

Leo s'assit sur le lit, assez près de Maddy pour frôler ses pieds.

– Je parie que tu es mineure. C'est bien dommage.

– Contrôle-toi, Leo! s'emporta son frère.

– J'ai dix-sept ans, déclara Maddy.

Elle le regretta aussitôt. Elle détestait qu'on la traite comme une enfant, mais seuls les enfants éprouvaient le besoin d'annoncer leur âge.

– Ce magasin appartient aux parents de Maddy, expliqua Joe. Une vraie caverne d'Ali Baba, hein?

– C'est ce que tout le monde dit, fit-elle remarquer.

– Ah, il va falloir trouver mieux, Joe, ironisa son frère.

Joe rit de bon cœur et répondit au regard de Maddy par un sourire.

– Je n'ai pas la prétention d'être plus original

11

que les autres. Allez, viens, Leo. Maman va nous attendre.

– Je te rejoins.

– Non, pas question que je te laisse seul ici.

Leo poussa un grognement et se leva.

– Rabat-joie.

Il fit demi-tour et regagna l'escalier en traînant les pieds.

– Fais pas attention à lui, dit Joe. Il n'a pas encore dessoûlé depuis hier soir. C'est un super-endroit, ici.

– Tu as acheté un truc ?

– Moi, non. Mais ma mère est en bas, en train de commander des tonnes de cochonneries pour l'appart de Leo. Oh, désolé. Je voulais dire «des meubles ethniques».

– Appelle ça comme tu veux, du moment que tu achètes.

– Leo s'en fiche complètement. Si ça ne tenait qu'à lui, il vivrait dans des pièces vides.

Joe s'éloigna à son tour. Arrivé sur le seuil, il se retourna.

– Il s'appelle comment, le chameau ?

– Cyril.

– Pourquoi ?

– Comme ça.

Il s'en alla.

Une fois Joe parti, Maddy se reprocha ce qu'elle avait dit et tout ce qu'elle n'avait pas dit.

Joe Finnigan ne lui avait jamais adressé la parole avant aujourd'hui ! Maintenant, il allait la considérer comme une gamine excentrique, malpolie et immature. La vérité, c'était qu'il l'avait prise au dépourvu. Joe ne faisait pas partie de son univers mental ; il existait sur une autre planète, totalement inaccessible.

Elle examina mentalement l'image qu'il avait laissée derrière lui, encore vivace et nette : son drôle de sourire, ses yeux pétillants. Comment était-il habillé ? Il portait une veste dans les tons verts, un T-shirt noir, un jean.

Et son rire. Qui faisait voir la vie en rose.

Le magasin allait fermer. Maddy entendait Ellen, l'adjointe de sa mère, qui passait d'une salle à l'autre pour éteindre les lumières. Maddy se leva d'un bond, lissa les étoffes et les coussins sur lesquels elle s'était allongée et quitta son antre avec son ordinateur sous le bras.

En descendant, elle s'amusa à suivre son reflet dans les miroirs qui bordaient l'escalier. La lumière, provenant d'une unique et étroite fenêtre placée face à elle, donnait à son visage un aspect boudeur plutôt charmeur. D'un petit geste, elle repoussa ses longs cheveux châtains pour essayer de se voir comme la voyaient les autres. De grands yeux marron, un visage ovale, une bouche qui lui semblait trop petite. Quelques boutons obstinés, principalement sur le front, heureusement cachés par une frange. Assez grande, mais presque dépourvue de poitrine. De jolies jambes. Plutôt mignonne dans l'ensemble, tel était généralement son verdict. À côté d'Imo, évidemment… Imo était la beauté de la famille. Pourtant, les garçons la remarquaient, elle aussi. La preuve, Leo Finnigan l'avait carrément draguée. Qu'en avait pensé Joe ?

Leo avait quelque chose d'effrayant ; malgré cela, Maddy était ravie de l'intérêt qu'elle avait provoqué chez lui. Cela l'aidait à se convaincre d'une chose qu'elle avait du mal à concevoir : elle était sexy.

Une pauvre petite pouffe de plus

Derrière l'ancien relais de poste, à l'autre bout d'un jardin, se dressait un bâtiment au toit pentu qui abritait autrefois les écuries. Maintenant, les vieux murs de brique étaient presque entièrement couverts de plantes grimpantes, dont les feuilles commençaient à se parer des tons ocre de l'automne. C'était là que vivait la famille de Maddy. La porte d'entrée s'ouvrait directement sur une cuisine au plafond bas, une pièce tout en longueur, qui occupait presque la totalité du rez-de-chaussée. À une extrémité, un escalier raide conduisait aux chambres sous le toit. De l'autre côté, plusieurs fauteuils affaissés étaient rassemblés autour d'un petit téléviseur.

En entrant, Maddy trouva la cuisine déserte. C'était à la fois une bonne et une mauvaise nouvelle. Elle avait fait le serment de ne plus grignoter entre les repas mais, quand personne n'était là pour la voir, ça ne comptait pas vraiment.

Elle glissa une tranche de pain dans le toasteur, puis sortit le beurre et la pâte de citron.

15

Pour ne pas trop penser à ce qu'elle faisait, elle alluma la télé. Elle tomba sur les infos de dix-huit heures. Quelqu'un prédisait une récession économique. Un homme d'affaires avait abattu sa femme et sa fille, avant d'incendier sa maison. Des scientifiques affirmaient que les salades en sachet provoquaient des intoxications alimentaires. Un individu avait été assassiné car il avait demandé à un autre d'éteindre sa cigarette.

Pourquoi me racontent-ils tout ça ? se demanda Maddy. Que suis-je censée faire ? Culpabiliser ?

La tranche de pain jaillit du toasteur. Maddy y étala généreusement le beurre et la pâte de citron avec un couteau.

Ai-je le droit d'être heureuse dans notre monde malade ? Plus difficile encore : ai-je le droit de ne pas être heureuse ? D'accord, je ne meurs pas de faim dans un bidonville, quelque part, mais je n'ai pas de petit ami. Il m'arrive de pleurer dans mon lit le soir. Ne puis-je pas faire partie, moi aussi, de ces victimes qui souffrent à travers le monde ?

À la télé, les nouvelles s'enchaînaient. Des maisons étaient saisies. Des familles se retrouvaient dans la rue, à côté de leurs vieux meubles et d'une tonne de bazar.

Le toast s'était volatilisé. Elle ne se souvenait même pas de l'avoir mangé. Elle introduisit une deuxième tranche de pain dans le toasteur.

À quoi bon violer un serment si on n'en profite pas vraiment ?

En fait, quand on y réfléchit, qu'est-ce que ça peut faire que je sois heureuse ou pas ? Ce n'est pas comme si ma vie avait un sens. J'ai envie qu'elle continue, évidemment. On n'y peut rien, c'est comme ça. Mais pour le reste du monde je pourrais tout aussi bien ne pas exister. Je ne suis qu'une créature inutile comme tant d'autres qui occupe de l'espace et gaspille les ressources d'une planète surpeuplée.

Une pauvre petite pouffe de plus, dirait Cath.

Le toast jaillit.

Sa sœur, Imo, entra dans la cuisine juste au moment où Maddy le tartinait abondamment de pâte de citron.

— Bon sang, Maddy ! Comment tu peux bouffer ça ?

— J'aime bien.

— Tu sais combien de calories tu avales à chaque bouchée ?

— Je m'en fous.

Imo était maigre comme un clou. Quelle que soit la façon dont elle s'habillait, elle était éblouissante. Elle avait trois ans de plus que Maddy, qui avait toujours rêvé de lui ressembler, d'aussi loin qu'elle s'en souvienne. Mais elle avait renoncé depuis longtemps à être aussi svelte. Son corps s'y refusait, tout simplement.

— Imo, demanda-t-elle, tu n'as jamais

l'impression que ta vie ne sert à rien et que tu occupes inutilement de l'espace dans l'univers ?

– Non.

Imo prit le couteau de Maddy, fit glisser son index sur le plat de la lame et lécha la pâte de citron sur son doigt.

– Aaaah ! s'exclama-t-elle. C'est écœurant !

– Pas uniquement toi, reprit Maddy. Tout le monde. Peut-être que tout ce qu'on fait n'a aucune importance. Peut-être que notre existence est inutile.

– Pas pour moi.

Imo lécha encore un peu de pâte de citron sur le couteau.

– Aux yeux des autres, alors, dit Maddy.

– Ma vie n'est pas inutile aux yeux des autres. Alex s'intéresse à ce que je fais. D'ailleurs, j'aimerais qu'il s'y intéresse un peu moins.

Alex était le petit ami d'Imo.

– C'est suffisant pour donner un sens à ta vie ? L'intérêt d'Alex ?

– Non, pas vraiment. Pas Alex. Mais, un jour, je rencontrerai le garçon idéal. Tu sais quoi, Mad ? (Imo pointa sur sa sœur un doigt luisant de salive.) Tu as besoin d'un mec.

– Tu n'arrêtes pas de dire ça.

Le portable d'Imo sonna. Elle le sortit de sa poche de jean, le colla à son oreille et pencha la tête vers l'avant, comme si elle cherchait à s'isoler.

18

– Salut. On parlait justement de toi.

Elle recula à petits pas pour se retirer dans sa chambre ; une partie d'elle-même était déjà sortie de son corps. C'était l'effet produit par les téléphones. Maddy s'en fichait. Elle ne faisait pas exception à la règle.

Évidemment, elle avait besoin d'un mec. Mais ce n'était pas aussi simple. Elle ne dégageait pas le charme irrésistible de sa sœur, ou de son amie Grace, pourtant elle ne se sentait pas non plus désespérée. Elle était même assez fière, à sa manière. Elle ne voulait pas n'importe quel petit ami, pour la frime, comme on désire un T-shirt de marque. Non. Elle voulait un garçon qu'elle puisse aimer.

Problème, les garçons avec lesquels elle avait grandi, ceux qu'elle côtoyait au lycée maintenant, n'étaient pas à la hauteur. Ils étaient trop petits, mal habillés, bruyants et idiots ; aucun ne provoquait en elle le moindre frisson d'excitation. Or tomber amoureux, à défaut d'autre chose, ce devait être excitant.

Maddy, Cath et Grace s'interrogeaient souvent sur cette énigme. Comment se faisait-il qu'à seize ou dix-sept ans certaines filles avaient vraiment de la classe, alors que les garçons continuaient à rigoler en imitant des bruits de pets ?

– Les filles grandissent plus vite, disait Grace. C'est bien connu.

– Oui, mais pourquoi?

– Parce qu'elles doivent se préparer à devenir mères.

– Et alors? Les garçons doivent se préparer à devenir pères.

– Être père, c'est moins compliqué.

– Qui a dit ça?

– Au cas où tu ne l'aurais pas remarqué, Maddy, dans toutes les familles monoparentales, le parent seul, c'est la mère.

Grace avait toujours eu une façon à elle d'affirmer des choses, comme si elle énonçait une loi divine. C'était déjà le cas quand elles s'étaient connues, à cinq ans. Maddy avait idolâtré Grace dès le départ. À cause de son physique adorable, évidemment, et aussi de sa maturité précoce. Grace ne se troublait jamais, elle n'était jamais pressée, jamais décoiffée. Ces dernières années, Maddy s'était éloignée d'elle, sur bien des plans, toutefois aucune des deux n'avait jamais voulu l'avouer. Elles avaient partagé tant de choses. Elles restaient les meilleures amies par défaut.

– J'ai l'impression de ne plus connaître Grace, avait confié Maddy à Cath. Elle est devenue tellement secrète.

– Ce n'est peut-être qu'une façade. Si ça se trouve, elle mène une existence vide et triste.

Maddy n'était pas convaincue. Elle voyait bien la façon dont les garçons se comportaient avec Grace. Si elle avait un mec dans sa vie, personne ne connaissait son nom.

Le changement s'était produit lors de l'entrée au collège, à onze ans. Obligée de suivre ses parents, elle avait été absente pendant deux ans. À son retour, elle était plus mûre, plus sophistiquée, plus distante aussi.

– Ce qu'il te faut, avait dit Grace à Maddy, alors qu'elles discutaient du mystère de l'imma- turité des garçons, c'est un mec plus âgé.

– De combien ?

– Cinq ans minimum.

– Cinq ans ! Je ne connais pas de garçon aussi vieux !

– Ils existent, crois-moi. Et ils aiment les filles jeunes.

– Des filles comme toi, peut-être, dit Cath.

Cath était l'exact opposé de Grace, à tous les niveaux. Elle n'était pas jolie. Sans que l'on puisse dire d'où venait cette impression, car son visage ne présentait aucun défaut.

– J'ai les yeux au même endroit que toi, disait Cath à Maddy. Mon nez a la même longueur, ma bouche ressemble à la tienne. (Elles avaient carrément mesuré leurs traits, avec une règle !) Franchement, je ne vois pas ce qui cloche. Je trouve ça injuste. Quelques millimètres en plus ou en moins ici et là et, à l'arrivée, tu as une tête de sorcière.

– Tu ne ressembles pas à une sorcière.

– Personne ne m'aimera et je mourrai seule.

– L'homme qui tombera amoureux de toi t'aimera pour tes véritables qualités.

– Et moi, je serai amoureuse de son chien et de sa canne blanche.

– Enfin, Cath !

– Quelles véritables qualités ? Au fond de moi, je suis aigrie et tordue.

– OK, dit Maddy. Dans ce cas, tu devras te surpasser au lit.

– Là, je suis d'accord. Une fois la lumière éteinte, ils ne verront plus la différence.

Elles en revinrent à la théorie de la sélection naturelle formulée par Grace.

– Quand es-tu sortie avec un garçon de cinq ans de plus que toi ? lui demanda Maddy.

– Je n'ai jamais dit que ça m'était arrivé, répondit Grace.

– Donc, tu inventes.

– Ouais, c'est ça. Je n'ai aucune expérience. Je ne sais rien. Je dis la première chose qui passe par ma jolie petite tête.

Après cette réplique, Maddy et Cath l'avaient crue, évidemment. Elles n'avaient jamais vu Grace avec un garçon plus âgé, mais elles ne l'avaient jamais vue avec aucun garçon. À croire que sa vie amoureuse se déroulait dans un univers parallèle.

La médiocrité des garçons disponibles n'était pas l'unique problème de Maddy quand il était question d'amour. Sa propre personnalité ne lui plaisait pas. Elle avait le sentiment d'être essentiellement passive. Sa nature la poussait à faire plaisir aux autres avant tout. Elle exprimait rarement des exigences et détestait prendre des risques.

Cath partageait cet avis.

— Tu es trop gentille, Maddy. Tu devrais détester les gens davantage.

— Je ne veux détester personne. Je veux juste penser un peu plus à moi.

— Ça revient au même. Dès que tu penses d'abord à toi, les gens cessent de t'aimer. Ensuite, soit tu cèdes et tu redeviens gentille, soit tu les envoies se faire foutre.

— J'aimerais être quelque part au milieu. Gentille, mais déterminée.

— Il n'y a pas de milieu, ma chérie. Dans la vie, on domine ou on est dominé. Il faut que tu apprennes à te battre.

Tout en parlant, Cath distribuait des coups de poing à des ennemis imaginaires.

— Je n'ai jamais frappé personne, dit Maddy.

— C'est ça, ton problème. Tu dois être plus agressive.

Maddy n'était pas loin d'approuver ce diagnostic. Elle manquait d'agressivité. Mais ce qu'elle voulait, ce n'était pas cogner les gens, c'était prendre le contrôle de sa vie.

Elle voulait tomber amoureuse.

Aussi, alors que la nouvelle année scolaire allait débuter, elle dit à Cath :

— J'ai décidé de tomber amoureuse.

Annoncer sa décision ne signifiait pas passer à l'action, mais c'était un commencement. Un changement de stratégie. Au lieu de rester assise à attendre qu'il se passe quelque chose, elle forcerait le destin.

Si elle devait tomber amoureuse, il fallait que ce soit d'une personne qu'elle admirait ; quelqu'un de plus âgé, plus expérimenté. Grace avait partiellement raison. Plus âgé, mais pas de cinq ans. Un an, peut-être.

Quelqu'un comme Joe Finnigan.

À peine eut-elle formulé cette pensée qu'elle comprit qu'il n'y avait aucun espoir. Joe avait déjà une copine, Gemma Page, une des plus jolies filles de l'école. Mais Gemma était insipide et bête, et les amours de lycée ne duraient jamais longtemps. De plus, Joe lui avait souri, et la façon dont il l'avait regardée laissait entendre qu'il s'intéressait à elle. Non ? Se laissait-elle emporter par son imagination ?

Joe incarnait tout ce qu'elle aimait. Il était plutôt intelligent, et raffiné, sans être frimeur. Si elle se sentait attirée par lui, cela voulait peut-être dire qu'il était attiré par elle.

Ou peut-être qu'elle était partie dans un monde de fantasmes.

Elle entendait la voix de Cath dans sa tête ; la voix de la réalité. Évidemment que c'était un fantasme. Mais elle n'avait pas eu de fantasme depuis longtemps. Et personne n'avait besoin de le savoir, d'abord. C'était une sorte de jeu secret auquel elle pourrait jouer toute seule : *l'adoration de Joe Finnigan*. Ça pouvait être très excitant, en un sens.

C'est le premier garçon qui me fait cet effet.

Cette seule pensée avait quelque chose d'excitant. Maddy voulait être aimée, comme tout le monde, mais il y avait une autre chose qu'elle désirait, presque autant. Elle voulait aimer. Elle voulait brûler de désir, soupirer pour quelqu'un, être parcourue de frissons en présence de l'être aimé. Elle en avait assez de se moquer des garçons, même s'ils étaient ridicules. Elle voulait un garçon qu'elle puisse chérir.

Ce sera un entraînement, se dit-elle. Un entraînement à l'amour. Il suffit que je prenne le contrôle de ma vie.

Ce soir-là, seule dans sa chambre, elle ouvrit son ordinateur portable et se connecta sur MSN. Cath était en ligne.

— Tu sais quoi ? écrivit-elle. J'ai décidé de qui j'allais tomber amoureuse.

— Qui est l'heureux élu ? répondit Cath.

— Pas de nom. Je suis superstitieuse.

— Alors, pourquoi tu m'en parles ?

— C'est plus fort que moi.

— Et tu prétends être mon amie ? Moi, je n'aurai jamais une vie amoureuse secrète. Tu es obligée de me raconter.

— S'il se passe quelque chose, je te le dirai, juré.

— Alors, fonce.

Une conversation profonde et constructive

Le jour de la rentrée, il plut du matin au soir. Le professeur d'anglais de Maddy, Paul Pico, annonça à ses élèves qu'ils monteraient une pièce de théâtre, une comédie, pour la fin du trimestre. *Week-end*, de Noel Coward. Tous les élèves de première et de terminale pouvaient auditionner. Il y avait neuf rôles : quatre masculins et cinq féminins.

– « Ils sont entrés dans la vallée de l'ombre de la mort, récita M. Pico. Cette éclipse de soleil, de liberté et de joie, également nommée baccalauréat. »

Ainsi s'exprimait M. Pico, un homme de petite taille, soigné, sans âge ni nationalité, affublé d'épaisses lunettes et d'un nœud papillon. À cause de son nom à consonance espagnole, les élèves l'appelaient Pablo. Maddy aimait bien ses cours et, autant qu'elle puisse en juger, M. Pico l'appréciait en retour.

Elle se dit qu'elle devrait peut-être audition-ner pour cette pièce. Elle demanda conseil à son professeur.

– Je n'ai jamais joué. Est-ce que j'aurais une chance ?

– Certainement, dit M. Pico. Jette un coup d'œil au rôle de Jackie.

Grace avait vu Maddy en pleine conversation avec leur professeur et deviné la raison de cet échange.

– Tu vas postuler pour un rôle dans cette pièce, Maddy ?

– Ça se pourrait. Pour m'amuser.

– Je ne savais pas que tu aimais le théâtre.

– Je ne sais pas encore si j'aime ça. De toute façon, je ne pense pas décrocher un rôle.

– Les pièces de théâtre de l'école, c'est naze.

Du Grace tout craché. Elle avait prononcé son verdict accablant d'un ton las, comme si elle ne faisait que répéter une vérité bien connue.

– Quand on joue dedans, il paraît que c'est tordant.

– Tordant ?

– Va te faire voir, Grace.

Celle-ci gratifia Maddy de son sourire en coin qui voulait dire : Oui, je sais, je suis une vraie garce parfois.

– Pourquoi pas, après tout ? dit-elle. Peut-être que tu deviendras une star.

Maddy n'espérait pas devenir une star. Ses espoirs s'orientaient dans une autre direction. Joe Finnigan aimait le théâtre et il avait déjà tenu plusieurs rôles dans les pièces du collège. Mais, pour lui, c'était l'année du grand examen, et peut-être qu'il ne passerait pas les auditions ; une hypothèse qui, en temps normal, aurait suffi à dissuader Maddy. Mais, désormais, c'était la nouvelle Maddy, celle qui prenait des décisions, celle qui était déterminée à se mettre en avant.

Elle emprunta un exemplaire de la pièce à la bibliothèque du lycée. Le personnage de Jackie était un rôle secondaire, celui d'une fille qualifiée de « petite, avec une coupe à la garçonne et un tempérament ingénu ». Maddy chercha la définition de ce mot dans le dictionnaire. Ça voulait dire « innocent, candide ». Dans la pièce, Jackie était présentée comme timide, naïve et pas attirante pour un sou. À l'inverse, les rôles féminins principaux exigeaient des comédiennes belles et pleines d'entrain. Maddy fut vexée tout d'abord que M. Pico l'imagine sous les traits de la petite Jackie, banale et effacée, puis elle vit le bon côté des choses : personne d'autre ne convoiterait le rôle.

Elle se réfugia dans la « salle des coussins » du magasin de ses parents pour apprendre par cœur une page de texte. Elle espérait impressionner

M. Pico par son implication, à défaut d'autre chose.

C'est là que sa sœur la trouva.

— Je te cherche partout. Pourquoi tu ne réponds pas au téléphone ?

— J'ai du travail.

Imo lui prit le livre des mains.

— *Week-end* ? Pourquoi tu lis ça ?

— On va monter cette pièce au lycée. Je pensais auditionner.

— Mais tu ne sais pas jouer !

— Qu'est-ce que tu en sais ?

— Eh bah... Je ne t'ai jamais vue jouer.

Imo s'assit sur le lit à côté de Maddy.

— Je viens pour une CPC.

Autrement dit une conversation profonde et constructive, et, connaissant Imo, il ne pouvait s'agir que de sa vie amoureuse. Maddy n'y voyait pas d'inconvénient ; elle considérait sa sœur comme une sorte de ballon d'essai pour ses propres expériences futures.

— C'est Alex, dit Imo. J'ai décidé qu'on s'entendrait mieux si on se voyait moins.

— Tu veux le larguer ?

— Non. Je veux juste mettre un frein.

— Tu le lui as dit ?

— J'ai lâché quelques grosses allusions. Mais il ne comprend pas.

— Dans ce cas, tu vas être obligée de lui expliquer clairement. Avec des mots. À voix haute.

Imo ne l'écoutait pas. Elle avançait à petits pas vers la chose qu'elle voulait demander à sa sœur, et Maddy le savait. Ce n'était pas une discussion, c'était un préambule.

– Tu ne trouves pas qu'Alex est en manque d'affection ?

– J'aime bien Alex, dit Maddy.

– Oui. Mais il est en manque d'affection, non ? Il n'arrête pas de me coller.

– C'est ton petit copain, Imo. Du moins, c'est ce qu'il croit.

– Oui, d'accord, mais on n'est pas obligé d'être ensemble tout le temps. À force, on n'a plus rien à se dire. Et puis, il devrait se montrer plus… je ne sais pas… plus autoritaire.

– Qu'est-ce que tu voudrais ? Qu'il te tape dessus ?

– Non. J'aimerais savoir ce qu'il veut réellement. Il veut toujours la même chose que moi.

– Tu aimes bien avoir ce que tu veux, non ?

– Oui, oui, je sais. Mais, avec son mec, c'est différent. Tu comprendras un jour. On veut qu'il soit…

– Méchant.

– Non. On veut juste qu'il ne soit pas *trop* collant.

– Moi, je voudrais que mon petit copain me désire autant qu'on peut désirer quelqu'un. Je voudrais qu'il m'idolâtre.

Imo sourit.

— Oh, Mad! J'oublie toujours que tu es encore jeune.

Une phrase codée qui faisait allusion à son manque d'expérience sur le plan sexuel. Apparemment, une fois que vous aviez commencé à faire l'amour, tout semblait différent.

— Bref, dit Maddy. Tu as décidé de larguer Alex.

— Je ne largue pas les gens. Je n'aime pas cette expression. Les gens ne sont pas de vulgaires sacs-poubelle. J'aime bien Alex. Je veux juste nous permettre de souffler un peu tous les deux.

— Ça ne va pas lui plaire.

— Tout dépend de la façon dont c'est présenté. Si c'est lui qui prend la décision, tout ira bien.

— Pourquoi est-ce qu'il prendrait cette décision?

— Je me disais que tu pourrais peut-être le lui suggérer.

C'était donc ça. Imo voulait qu'elle fasse le sale boulot à sa place.

— Tu pourrais trouver un moment pour lui parler en privé. Tu lui dirais que tu me connais bien, et tu sais que j'ai besoin de respirer. Et, quand j'ai l'impression d'étouffer, je réagis mal. Tu pourrais…

— Non, je ne peux pas.

– Pourquoi?

– Dis-lui toi-même, Imo.

– Je ne veux pas lui faire de peine.

– Tu veux le larguer, mais qu'il continue à t'aimer.

Imo plissa son joli front; elle voulait donner l'impression de réfléchir honnêtement au problème.

– Je ne vois pas où est le mal, conclut-elle.

– C'est de la triche.

– De la triche? Comment ça?

– Je ne sais pas, mais c'est de la triche.

– Il te suffit de faire une allusion. Moi, je le ferais pour te rendre service.

Maddy soupira. Elle savait qu'elle finirait par accepter. Comme toujours.

– Tu y tiens vraiment?

– Tu as dit que tu aimais bien Alex. Et les garçons sont tellement plus heureux quand ils croient que la décision vient d'eux.

– Je suppose qu'il y a quelqu'un d'autre.

– Non.

– Pauvre Alex.

– Pas encore.

– Je le connais?

– Je ne te dirai rien. Alors, tu parleras à Alex?

– À charge de revanche.

– Je t'aime.

Imo embrassa sa sœur et s'en alla.

Quand Maddy rentra chez elle, sa mère leva les yeux de son journal en soupirant. Elle soupirait souvent ces derniers temps.

– Tu es trempée, ma chérie.

– Normal, il pleut.

– Tu as éteint toutes les lumières et branché l'alarme ?

– Oui, maman. Comme toujours.

– Franchement, je ne comprends pas pourquoi tu ne peux pas lire ici.

– Je voulais lire à voix haute. J'apprends un rôle. Pour la pièce de l'école.

– Le théâtre. C'est nouveau, ça.

– Je me suis dit que ça pouvait être amusant. Remarque, ça m'étonnerait que je décroche un rôle. Mais, au moins, j'aurai plus de chances si je me prépare.

– Les autres vont se préparer aussi, je suppose.

– Tu n'as pas remarqué, maman ? La plupart des gens ne font rien. Et puis, pourquoi toujours s'attendre au pire ?

Mme Fisher soupira de nouveau.

– Tu as parfaitement raison. Je ne sais pas pourquoi je m'inquiète autant, pour tout. Ça ne sert à rien.

– Oh, maman ! (Maddy s'assit à la table de la cuisine et se pencha pour enlacer sa mère et l'embrasser.) Qu'est-ce qui t'inquiète encore ?

– Oh, des bêtises. L'argent, comme toujours. Et les téléphones portables.

– Les téléphones portables?

– On dit qu'ils émettent des ondes qui détruisent le cerveau. Il ne faut pas que tu restes longtemps au téléphone, Mad.

Au même moment, le poste fixe de la maison sonna.

– C'est sûrement papa.

Le père de Maddy se trouvait à Shanghai. Mme Fisher jeta un coup d'œil à la pendule en décrochant.

– Bonsoir, chéri. Tu es levé de bonne heure. Je te passe vite Maddy.

Elle prit l'appareil.

– Salut, papa.

La voix fatiguée de son père lui parvint de très loin. Il voyageait plusieurs semaines par an pour marchander avec des fabricants dont il ne parlait pas la langue.

– Bonjour, ma chérie. Tu ne devrais pas être couchée?

– J'allais y aller. Tu rentres quand?

– Dans quinze jours environ. Peut-être plus. Je suis en train de changer de fournisseurs. Ce sont des discussions sans fin. Et toi, comment ça va? Tu as repris l'école?

– Oui, aujourd'hui.

– Quoi de neuf dans le petit monde de Maddy?

– Rien. J'essaye de décrocher un rôle dans la pièce de théâtre de l'école, mais ça ne marchera sûrement pas. Tous les profs nous disent que ça devient sérieux cette année et qu'on doit travailler deux fois plus.

Elle continua à parler de la pluie et du beau temps car elle savait que son père aimait avoir l'impression d'être au courant de tout, puis elle repassa le téléphone à sa mère. Jamais il ne lui serait venu à l'idée d'évoquer avec ses parents la chose qui occupait véritablement ses journées. Sa décision de tomber amoureuse était trop intime, et encore trop fragile.

Le garçon qui avait
un manuel d'éducation sexuelle

Le lundi matin, la pluie de ces derniers jours avait enfin cessé et le soleil brillait dans un ciel d'automne dégagé. Les traînées de vapeur des avions se désintégraient lentement, formant de longs filaments et des nuages transparents dans l'immensité bleue. L'air était vif, éclatant. Une journée idéale pour un nouveau départ.

Maddy se rendit dans l'amphithéâtre, où devaient avoir lieu les auditions. Elle était parmi les premiers arrivés. Elle s'assit pour attendre, son exemplaire de la pièce à la main, jetant régulièrement des regards autour d'elle pour guetter Joe Finnigan.

À sa grande surprise, la personne qu'elle vit entrer n'était autre que Grace.

– Qu'est-ce que tu viens faire ici ? lui lança-t-elle.

– La même chose que toi, ma petite.

– Tu dis toujours que les pièces de l'école sont nazes.

– Tu m'as convaincue. Et me voici.

Maddy fronça les sourcils. Elle se sentait… envahie. Pourquoi fallait-il que Grace vienne s'imposer ici aussi?

– Tu préfères que je m'en aille? demanda celle-ci.

– Non, non, bien sûr. Je ne pensais pas que le théâtre, c'était ton truc, voilà tout.

– Je ne le pense pas non plus. Mais on verra bien, hein?

– Tu as lu la pièce?

– J'ai essayé. À vrai dire, j'ai trouvé ça un peu débile.

Les garçons présents dans l'amphithéâtre jetaient des regards en douce à Grace. Qui semblait ne même pas s'en apercevoir. Quant à Joe Finnigan, il n'avait pas l'intention de montrer le bout de son nez, apparemment. Mais, à la toute dernière minute, il fit son entrée d'un pas nonchalant, suivi de Gemma Page.

Maddy les observa pour essayer de deviner si Joe était très proche de Gemma. La réponse sautait aux yeux: absolument pas. Il ne lui prêtait aucune attention. En revanche, son regard s'illumina quand il vit Maddy et il lui adressa un sourire complice. D'un bout à l'autre de la salle, il articula: «Cyril va bien?» Maddy répondit d'un hochement de tête, avec un sourire idiot, mais elle était contente.

M. Pico arriva à son tour. Ses yeux d'oiseau,

grossis par les verres épais de ses lunettes, balayèrent l'amphithéâtre et il tapota sur la table avec un doigt manucuré.

– Mesdames et messieurs, nous allons interpréter une pièce qui date d'une époque révolue. Au cours de la lecture, vous verrez apparaître dans le texte au moins dix fois la même indication scénique : *Il allume une cigarette.* Cela vous donne une idée de l'âge de cette pièce. Évidemment, aucun de vous n'a même seulement vu une cigarette.

Il était fidèle à lui-même : pince-sans-rire, ironique, complice. À cause de son attitude excentrique, et parce qu'on ne lui connaissait pas d'épouse, la plupart des élèves pensaient qu'il était homosexuel. Et ils ne riaient jamais de ses plaisanteries, de crainte de montrer qu'ils comprenaient les codes gays, et que par conséquent ils l'étaient aussi.

– Il n'y aura donc pas de cigarettes dans notre production, reprit-il avec un sourire en coin. (C'était un fumeur.) *Week-end*, de Noel Coward. Qui peut me dire de quoi parle cette étrange pièce ?

S'ensuivit le silence habituel. Maddy détestait ces moments. Elle se sentait gênée, et la gêne la poussait à prendre la parole. Mais, cette fois, d'autres la devancèrent.

– Ça raconte un week-end familial avec des invités.

– C'est une farce.

– C'est une pièce qui parle des relations amoureuses compliquées.

M. Pico hocha la tête à chacune de ces affirmations, sans faire de commentaire.

Maddy ajouta :

– La mère est actrice. C'est aussi une pièce sur le théâtre.

– Ah ! fit M. Pico en se dressant au garde-à-vous. Merci ! C'est une pièce sur le théâtre, en effet. Une pièce qui remplace la vérité des émotions par les émotions jouées. Ça veut dire que, lorsque nous la jouons, nous devons avoir conscience de jouer en jouant. J'espère que je me fais bien comprendre.

Il demanda ensuite à chaque élève de lire à voix haute un passage de son choix. Ce qui provoqua un grand bruissement de pages que l'on tourne. Maddy était la seule à connaître son texte par cœur.

– « Avez-vous beaucoup voyagé ? demanda-t-elle d'une voix flûtée, dans le rôle de Jackie.

– Oui, beaucoup, répondit M. Pico, qui incarnait le personnage de Richard.

– C'est formidable !

– L'Espagne est un très beau pays.

– Oui, j'ai toujours entendu dire que c'était superbe.

– Exception faite des corridas. Aucune

40

personne aimant réellement les chevaux ne peut apprécier une corrida.

– Celles qui aiment les taureaux non plus. »

L'audition s'est bien passée, pensa-t-elle.

Joe ne fit aucun effort mais, d'emblée, il apparut qu'il devait jouer le personnage de Simon. Quant à Grace, elle fut étonnamment convaincante. Elle provoqua les rires en lisant sur un ton espiègle la réplique de Sorel. « Je suis ravageuse, je n'ai absolument aucune mesure. » En prononçant ces mots, elle regarda M. Pico droit dans les yeux et celui-ci dressa les sourcils plus haut que la monture de ses lunettes.

Tandis qu'ils quittaient l'amphithéâtre, Maddy sentit quelqu'un lui tapoter l'épaule. C'était Joe, et son sourire.

– Tu étais très bien, dit-il.

– Merci. Toi aussi.

– Oh, je n'ai aucun talent. Mais je me débrouille pas mal.

– Je trouve que tu es un acteur-né.

– On verra bien qui sera choisi par Pablo. Ça devrait être amusant.

Sur ce, il s'en alla et Gemma lui emboîta le pas, se tenant un mètre derrière lui.

– C'est comme promener un chien en laisse.

Ce commentaire émanait de Grace qui les regardait partir.

– Tu étais super, Grace, dit Maddy.

– Finalement, ce n'est pas aussi difficile que je le croyais. Je pense que ça peut être tordant, comme tu dis.

Elles traversèrent l'Ovale, ainsi qu'était surnommée la cour principale, pour se rendre au réfectoire. L'attention de Maddy fut attirée par Rich Ross, un garçon de première comme elle, qui regardait fixement Grace. Lui aussi traversait la cour, déséquilibré par le poids de l'énorme sac qu'il portait sur l'épaule. Maddy vit qu'il marchait droit vers un lampadaire ! Avant qu'elle puisse lui crier de faire attention, il remonta son chargement de livres sur son épaule, pivota sur le côté et rentra de plein fouet dans le lampadaire.

Maddy éclata de rire. C'était plus fort qu'elle. Tous les témoins de la scène l'imitèrent. C'était vraiment comique car, après s'être cogné, Rich recula en titubant, pour finalement tomber à la renverse. Son sac s'ouvrit et tous ses livres s'éparpillèrent sur le sol. Soudain, quelqu'un fit remarquer qu'il saignait et les rires s'arrêtèrent aussitôt. Deux garçons l'aidèrent à se relever. Maddy, un peu honteuse, ramassa les livres et les remit dans le sac de Rich. Ce n'étaient que des manuels scolaires, à l'exception d'un vieux livre de poche jauni intitulé *L'Art d'aimer*.

– Ça va aller, disait Rich. Je vous assure, ça va.

– Mais tu saignes.

– Ah bon ?

Il porta la main à son visage et parut véritablement étonné en voyant le sang sur ses doigts. Maddy lui rendit son sac. Les garçons qui l'avaient aidé à se relever le conduisirent à l'infirmerie.

Dès qu'il fut hors de portée de voix, Grace s'esclaffa, et Maddy ne put s'empêcher d'en faire autant.

– On ne devrait pas rire comme ça, dit Maddy en riant de plus belle. Tu sais pourquoi il est rentré dans le lampadaire ? Parce qu'il te regardait bouche bée.

– Ah bon ? dit Grace. Ça lui apprendra.

– Et tu sais ce qu'il y avait parmi ses bouquins ? Un truc qui s'appelle *L'Art d'aimer*.

Les yeux bleus de Grace s'écarquillèrent sous l'effet de la surprise amusée.

– Rich ? Avec un manuel d'éducation sexuelle ?

Il y avait là quelque chose de ridicule, en effet. Rich était un garçon effacé, studieux, qui n'avait jamais eu de petite amie, a priori. Maddy regretta d'avoir parlé de ce livre. Après tout, c'était la vie privée de Rich. Maintenant, Grace allait le répéter dans tout le lycée. Rich ne méritait pas toutes ces moqueries ; il n'était pas méchant.

Soudain, elle le revit tel qu'il lui était apparu

juste après s'être cogné la tête : ses cheveux blonds qui tombaient sur son front, le sang qui coulait sur sa joue et son air hébété. Il semblait demander : pourquoi voulez-vous me faire du mal ? Qu'est-ce que je vous ai fait ?

Le rêve impossible de Rich

– Mais comment c'est arrivé, mon chéri ?

– Je ne sais pas. Je ne regardais pas.

Mme Ross observait son fils par-dessus la table de cuisine encombrée de masques en papier mâché.

– Ah, toujours en train de rêver !

Rich n'avait aucune envie d'expliquer qu'il avait heurté un lampadaire parce qu'il était hypnotisé par Grace Carey. Quand elle attachait ses cheveux en une queue-de-cheval qui dévoilait les courbes de ses pommettes et les lignes graciles de son cou, il n'arrivait pas à détacher ses yeux d'elle. Elle ne se doutait de rien, évidemment. Mais sa mère se trompait, il ne s'agissait pas d'un rêve. Grace était bien réelle. Et, un jour, elle s'intéresserait à lui.

Il échappa au chaos de la cuisine, entièrement consacrée ces temps-ci aux Petits Pas, le jardin d'enfants que dirigeait sa mère. Il trouva sa sœur Kitty en train de lire sur le monte-escalier.

– Qu'est-ce que tu t'es fait à la tête ? demanda-t-elle.

– Je suis tombé.

– Oh.

– Pourquoi tu lis sur le monte-escalier?

– J'aime ça.

– Il n'y a pas de lumière et tu bloques le passage.

– Peut-être que j'aime bien être dans le noir et dans le passage.

Personne ne pouvait avoir le dernier mot avec Kitty. Âgée de dix ans seulement, elle défendait farouchement ses droits et rejetait toute critique par principe.

– Tu devrais être plus gentille avec moi. Quand tu étais toute petite, je t'ai tenue dans mes bras.

– Boucle-la.

Rich la contourna pour monter dans sa chambre. Il fouilla dans sa collection de 33 tours et choisit *The Dark Side of the Moon*, de Pink Floyd. Il le mit sur la platine. Alors que les battements de cœur de l'intro du premier morceau faisaient vibrer l'air, il s'allongea sur son lit et chanta sur les paroles:

– *I've been mad for fucking years…*

Il attendit l'arrivée des guitares et, tandis que la vague sonore enflait, il prit le livre qu'il lisait en ce moment: *L'Art d'aimer*.

«Le besoin le plus profond de l'homme, lutil, est de surmonter sa séparation, de fuir la prison de sa solitude.»

Il devrait être en train de faire ses devoirs. Au lieu de ça, il écoutait Pink Floyd et lisait Erich

Fromm, en savourant le goût âpre et étrange de sa vie. Sa mère le traitait de rêveur. Pour Rich, c'était le monde qui l'entourait qui était un rêve, et principalement l'école. Dans ce rêve particulier, tout le monde portait un masque et nul n'entendait les autres parler. Chacun était enfermé dans la prison de sa solitude.

Ah, merde, se dit-il, voilà que je fais du Simon and Garfunkel.

A rock feels no pain
An island never cries

Il était temps de passer à autre chose. *The Boxer*, Paul Simon dans sa phase plus mature.

A man hears what he wants to hear
And disregards the rest

Rich commençait à prendre goût à l'ironie. Sur le rabat de son exemplaire des *Poètes roman-tiques*, il avait écrit : « Je suis un génie sans talent. » Si on l'interrogeait, il pourrait pré-tendre que c'était une phrase de Coleridge, mais il l'avait écrite pour lui.

Allongé sur son lit, il se demandait s'il n'était pas un phénomène de foire. Il était le seul parmi ses pairs à ne pas avoir de téléphone portable, ni d'iPod, ni d'ordinateur. Au départ, il avait agi par fierté. Sachant que ses parents ne roulaient pas sur l'or, il avait récupéré la vieille chaîne hi-fi de son père ainsi que sa collection de 33 tours, et transformé ce choix excentrique en fanfaronnade. Les vinyles offrent une richesse acoustique plus grande que les CD ou le numérique, expliquait-il à ses amis incrédules. La technologie moderne constituait en fait un recul. Le présent n'était pas supérieur au passé, au contraire.

Max Heilbron le traitait de ringard. Il refusait de partager le goût de Rich pour les enregistrements qui grésillaient. S'agissant de Grace Carey, c'était autre chose. Son obsession pour Grace n'avait rien d'excentrique. C'était sans espoir, tout simplement.

– Ton problème, Rich, disait Max, c'est que tout se passe dans ta tête. Tu négliges l'extérieur.

– Qu'est-ce qu'il y a à l'extérieur de ma tête ?

– Ton visage.

– Qu'est-ce que mon visage vient faire là-dedans ?

– Tu en auras besoin, figure-toi, si tu dois embrasser Grace Carey.

– Oh. Hélas, je ne vois pas dans quelles circonstances Grace Carey pourrait me laisser l'embrasser.

– Tu peux toujours la payer.

– Oui, bien sûr. Avec quel argent ?

– J'oubliais. Tu n'es pas seulement un loser, tu es fauché.

– Et petit.

– Non, tu n'es pas petit. *Moi*, je suis petit. J'ai l'exclusivité sur ce handicap.

Max était petit, en effet. Il s'agissait même là de sa caractéristique la plus visible ; à tel point que tout le monde l'appelait Mini-Max.

– Je suis moins grand que Grace Carey, en tout cas, dit Rich. Qu'est-ce qu'ils donnent à manger aux filles de nos jours ? De l'engrais ?

– Et si tu la kidnappais pour l'enchaîner dans une cave jusqu'à ce qu'elle tombe amoureuse de toi ?

– Oui, pourquoi pas ? Excellent plan, Max. Sauf que nous n'avons pas de cave.

Rich entendit le raclement sourd du déambulateur de sa grand-mère sur le plancher du palier, en face de sa chambre. Il imagina son corps frêle négociant le délicat passage du déambulateur au monte-escalier. Un deuxième déambulateur l'attendait en bas. Elle avait vécu dans cette maison durant toute sa vie de femme mariée. En fait, c'était sa maison. Veuve maintenant et diminuée par deux attaques bénignes, elle tenait à conserver ses habitudes, autant que possible.

Rich se replongea dans son livre.

« Les gens pensent qu'il est simple d'aimer, mais qu'il est difficile de découvrir le bon objet à aimer – ou qui les aimera. »

Oui, c'est ça, pensa Rich. La personne, on la

trouve assez facilement. Mais comment faire pour qu'elle vous aime en retour ?

C'était M. Pico qui lui avait prêté ce livre.

– Je pense que tu es prêt, lui avait-il dit. J'aurais voulu que quelqu'un me le fasse lire quand j'avais ton âge.

Rich aimait bien M. Pico et il avait envie d'aimer ce livre, mais ce n'était pas simple. En outre, l'auteur n'avait pas toujours raison. Par exemple, il écrivait : « L'amour infantile suit le principe : "J'aime parce que je suis aimé". L'amour parvenu à maturité suit le principe : "Je suis aimé parce que j'aime". » Ce second principe lui semblait totalement idiot. Il pouvait aimer Grace jusqu'à plus soif, ce n'était pas pour ça qu'elle tomberait amoureuse de lui.

Comme le lui faisait remarquer Max Heilbron quotidiennement, il n'aurait pas dû choisir Grace Carey comme objet de ses fantasmes.

– Vous n'évoluez pas dans la même catégorie. Tu n'as aucune chance.

– Elle n'a pas de petit ami.

– Tu n'en sais rien.

– De toute façon, c'est plus fort que moi. Je suis accro. Je ne peux rien y faire. C'est peut-être un rêve impossible mais, au moins, j'ai un rêve.

– La vache ! Bientôt, tu vas me dire que tu es prêt à gravir toutes les montagnes.

– S'il le faut.

– Sauf que toi, tu rentres dans les lampadaires.

– Oui.

– Tu es naze, Rich.

– Même un naze peut atteindre les étoiles.

Ce soir-là, au dîner, le père de Rich l'observa d'un air perplexe.

– Tu as quelque chose de changé.

– J'ai un bandage sur la tête.

– Ah oui, c'est ça.

Les pensées de Harry Ross le ramenèrent vers l'antique Sparte, sujet du livre qu'il écrivait en ce moment.

– Je veux une figue, dit la grand-mère.

– Essayez encore, dit la mère de Rich.

Toute la matinée, elle devait déchiffrer le babillage des bambins. Et, le reste de la journée, elle interprétait les propos délirants de sa belle-mère handicapée.

– Une figue, dit mamie. Non, une ficelle.

– Vous voulez de l'eau ?

– Oui, c'est ça.

Le père de Rich surnommait la vieille femme l'Oracle.

– On est obligé d'interpréter tes paroles, maman.

Difficile de concevoir que la grand-mère qu'ils connaissaient depuis toujours vivait encore dans ce corps, qu'elle était toujours la même, et qu'elle comprenait tout ce qu'ils disaient. Car son esprit était intact, seules ses paroles se mélangeaient.

Peut-être que nous sommes tous comme ça, se dit Rich. Peut-être que quand nous parlons nous découvrons que nos paroles ne correspondent pas à nos idées. Nous nous parlons, mais nous ne nous connaissons pas.

La solitude est le mode par défaut.

Rich trouvait cette idée réconfortante. Toutes ces foules de gens heureux et hilares qui faisaient semblant. Du bruit pour lutter contre le vide.

Je ne suis pas si différent, finalement.

Non, ça ne lui plaisait pas. Il voulait être différent. Assez pour que Grace tombe amoureuse de lui.

Quand il avait percuté le lampadaire, tout le monde s'était esclaffé. Il regardait Grace à cet instant, il savait donc qu'elle ne le regardait pas. Elle n'avait pas été témoin de cette scène ridicule. Mais elle avait entendu les rires.

Une vague de frustration le submergea. Pourquoi fallait-il que ce soit si difficile ?

Mon problème, se dit-il, c'est que je devrais être plus spontané. Je devrais me laisser emporter par la passion. Au lieu de ça, je suis écrasé par mon désir.

Sentant venir une pensée profonde, il prit son journal intime. Il écrivit :

L'amour à sens unique : c'est comme transpor-
ter une carafe d'eau pure et fraîche. Je dois faire
attention à ne pas la renverser car c'est tout ce
que j'ai à donner. Et je la donnerai à celle que
j'aimerai pour toujours. La carafe d'eau est plus
lourde de jour en jour. Ma plus grande peur, c'est
de la laisser tomber et voir s'échapper tout mon
amour avant de trouver celle que je cherche.

Il se relut et soupira. Était-ce tragique ou simplement ridicule ? À dix-sept ans, sans aucune
expérience de l'amour, il rêvait de la plus belle
fille du lycée.

Il faut voir les choses en face, c'est foutu.

Comme toujours, le fait de coucher les mots
sur le papier l'aida à se sentir mieux. Il était
peut-être stupide, mais il ne se berçait pas d'illusions. Cela méritait le respect.

Flirt avec Joe

Maddy adorait son téléphone portable. Un Nokia argenté avec un appareil photo de deux mégapixels et une super sonnerie funky, même s'il restait en mode vibreur la plupart du temps. Elle avait personnalisé le fond d'écran avec une photo de ses chaussures préférées de chez Top Shop : des escarpins à talons hauts avec des pois. Chaque fois qu'elle voyait clignoter la petite lumière bleue signalant un message vocal ou qu'elle entendait le *ding-ding* guilleret annonçant qu'elle avait reçu un SMS, cela lui faisait chaud au cœur. Quelqu'un pensait à elle et son téléphone était le messager de cette attention. Quelqu'un voulait lui parler et son portable servait d'intermédiaire.

Elle l'avait perdu une fois, toute une journée, et elle avait eu l'impression d'être tombée au fond de la mer. Un immense silence l'entourait ; une peur panique de l'isolement l'avait submergée. Se servant du portable d'Imo à la manière d'un chien renifleur, elle avait reproduit toutes ses actions de la journée en composant son numéro, comme une mère qui appelle son enfant perdu. Son portable avait enfin répondu ; dans le calme de la soirée, elle l'avait entendu gigoter, à l'intérieur du petit bâtiment qui jouxtait la boutique et abritait les toilettes des clients. Il était là, en train de vibrer sur le réservoir de la chasse d'eau, oublié mais toujours fidèle. Maddy l'avait serré dans sa paume et embrassé. Il indiquait quarante appels manqués. Ils provenaient pour moitié du téléphone de sa sœur mais, pendant tout ce temps qu'elle avait passé au fond de l'océan, ses amis l'avaient appelée, et son fidèle téléphone avait enregistré leurs noms. Seulement, elle n'avait pas été là pour le voir.

– Je ne te perdrai plus jamais, avait-elle déclaré.

Mais déjà, secrètement, elle projetait d'acheter le modèle au-dessus.

Était-ce de l'inconstance ? Sans jamais le formuler ouvertement, Maddy pensait que l'âme du téléphone était indépendante de son boîtier. Elle avait changé de portable très souvent dans sa vie mais, chaque fois, l'âme de l'appareil, son propre numéro, unique, et tous les numéros enregistrés avaient migré dans sa nouvelle enveloppe. Sa fidélité allait à cette essence invisible du téléphone, qui constituait également une partie d'elle-même, comme son nom. Maddy correspondait si parfaitement à son nom que le simple fait de le prononcer, c'était lui donner vie, avec sa frange de cheveux châtains et son sourire de folle.

C'est pourquoi elle eut un sacré choc en apprenant que Rich Ross n'avait pas de portable.

Elle était arrivée au lycée de bonne heure pour terminer son devoir d'anglais. Rich était déjà en classe, plongé dans un livre. La tête bandée. Elle éprouva un sentiment de culpabilité en repensant à la manière dont elle s'était moquée de lui.

— Ça va ? lui demanda-t-elle.

— Oui, ça va. C'est juste une coupure.

— Tes bouquins s'étaient éparpillés sur le sol. Je les ai remis dans ton sac.

Il leva les yeux vers elle, surpris.

— Merci.

— Tu aurais pu perdre ton téléphone.

— Je n'en ai pas.

— Tu n'as pas de portable ?

— Non.

— Pourquoi ?

— C'est comme ça.

— Comment font les gens pour te joindre ?

— Ils me parlent directement. Comme toi en ce moment.

— Mais si quelqu'un veut te parler et que tu es ailleurs ?

— Ils viennent me voir.

– Et s'ils n'ont pas le temps ?

– S'ils veulent me parler, ils trouvent le temps.

– Ah bon ?

– Des fois.

– Tu devrais avoir un portable, franchement. Tu pourrais…

Maddy s'interrompit. Elle avait failli dire : tu pourrais avoir plus d'amis. Mais ça lui semblait cruel.

D'autres élèves commençaient à arriver et elle avait du travail, alors elle n'insista pas. Mais cette pensée la tracassa toute la journée. Rich n'avait pas de portable, et apparemment il s'en fichait !

M. Pico entra dans la salle de classe. Maddy le vit se diriger vers Grace Carey pour lui glisser quelques mots à l'oreille. Elle rougit, visiblement ravie. Ça ne pouvait signifier qu'une seule chose : elle avait décroché un rôle dans la pièce. Maddy eut juste le temps de sentir naître le ressentiment avant que M. Pico se plante devant elle.

– J'aimerais que tu sois Jackie, lui dit-il. Tu es la seule à comprendre ce qui se passe, alors je veux que tu joues ce rôle. Réunion de toute la troupe après le déjeuner dans l'amphithéâtre.

Maddy exulta en silence. Elle savourait ce petit instant de triomphe. Dès que M. Pico avait prononcé ces paroles, elle avait compris qu'elle s'y attendait. Elle voulait un rôle dans la pièce, elle s'était préparée à fond et elle avait obtenu ce qu'elle voulait. Voilà ce qui arrivait quand vous preniez les choses en main. Elle avait eu ce qu'elle méritait.

Est-ce que je mérite Joe Finnigan?

Elle allait se retrouver à ses côtés deux fois par semaine pendant cinq semaines.

Au moins, ça me laisse une chance.

M. Pico s'adressait maintenant à toute la classe. Ils devaient ouvrir leur livre à la page du poème de Matthew Arnold intitulé *Désir*. D'une voix volontairement monotone, il lut la dernière strophe en s'arrêtant longtemps entre chaque vers.

Viens à moi dans mes rêves et ainsi
Avant la fin du jour je serai guéri!
Car alors la nuit saura racheter
Le désir sans espoir de la journée.

Curieusement, c'était très efficace, cette façon qu'avait M. Pico de n'introduire aucun sentiment dans les mots. À la fin, il laissa durer le silence.

– Tout poème, expliqua-t-il finalement, est un dialogue entre la sensibilité du poète et la vôtre. Un dialogue nécessite une réaction. Je sollicite votre réaction. Vous n'êtes pas obligés de me confier vos rêves. Écrivez simplement comment vous comprenez ces quatre vers. Et, si vous ne les comprenez pas, écrivez-le. Il n'y a pas de mauvaises réponses.

Max Heilbron leva la main.

— Monsieur, s'il n'y a pas de mauvaises réponses, ça veut dire que je suis sûr d'avoir un A ?

Toute la classe s'esclaffa.

— Je n'en sais rien et je m'en fiche, répondit M. Pico. Au diable les examens.

Cette fois, personne ne rit.

Plus tard, à l'interclasse, les esprits étaient échauffés.

— Pablo, il s'en fout des notes, c'est pas lui qui doit entrer à la fac.

— Il ne nous dit jamais ce qu'on est censé répondre. Comment on peut savoir, alors ?

— Si vous voulez mon avis, il est zarbi.

— Il n'est pas zarbi, il est homo.

— Alors, qui c'est qui lui rend visite dans ses rêves ?

Grace rejoignit Maddy sur la pelouse pelée surnommée l'Enclos. Elle portait des chaussures à talons hauts, ce que le règlement interdisait mais, comme c'était Grace, personne ne disait rien.

— Tu as obtenu un rôle dans la pièce, hein ? lui demanda Maddy, alors que Grace s'asseyait à côté d'elle.

— Oui. Je suis Sorel.

– Et moi, Jackie. La petite idiote.

Elle avait dit cela pour montrer à son amie qu'elle ne se prenait pas pour une vraie actrice. Bizarrement, elle éprouvait le besoin de s'excuser d'avoir été choisie, comme si sa présence sur scène ternissait la gloire de Grace. Puis elle en voulut à son amie de lui donner le sentiment de ne pas être à la hauteur.

– Au moins, ajouta-t-elle, je ne serai obligée de travailler mon rôle. Jackie ne me ressemble pas du tout.

– Moi, je trouve que Sorel me ressemble terriblement au contraire, déclara Grace, insensible aux critiques voilées. En fait, je ne serai même pas obligée de jouer.

– Joe Finnigan sera Simon. Ça veut dire que tu es sa sœur.

Grace esquissa un drôle de petit sourire.

– On va bien s'amuser.

– Et moi, je me fiance avec lui.

– Ah bon?

Grace parut surprise. De toute évidence, elle n'avait pas encore lu la pièce.

– Pendant environ cinq minutes, précisa Maddy. Mais, en fait, je n'ai pas du tout envie d'être sa fiancée.

– Vraiment?

– Je parle de Jackie. Dans la pièce.

– Ah. Et tu as une touche avec Joe?

– Non, je ne crois pas.

– Tu en sais des trucs, Maddy.

– Ce n'est pas sorcier. Il suffit de lire la pièce.

– Je crois que je vais juste lire mon texte. Ça me fatigue de lire. Tous ces mots.

Maddy éclata de rire.

– Espèce de pouffe snobinarde, va !

Grace lui jeta un regard entendu.

– Je suis ravageuse, récita-t-elle. Je n'ai absolument aucune mesure.

Après le déjeuner, les neuf élèves qui avaient obtenu un rôle, plus Gemma Page, se réunirent dans l'amphithéâtre, derrière le gymnase. Visiblement, tout le monde estimait normal que Gemma soit là où se trouvait Joe Finnigan. Elle était assise seule au fond de la salle, tel un objet de décoration inexpressif.

Pour la première séance de travail, ils formèrent un cercle afin de lire la pièce tous ensemble, du début à la fin.

– On ne joue pas, précisa M. Pico. Ça viendra plus tard.

Joe avait pris place juste en face de Maddy. Il lut son texte d'un ton léger, décontracté, comme s'il ne faisait aucun effort et, par conséquent, il était excellent. Maddy ne pouvait s'empêcher de lui adresser des sourires approbateurs. À un moment, Joe croisa son regard et lui rendit son sourire.

Grace s'en aperçut. Pendant la pause, elle

entraîna Maddy à l'écart et lui demanda avec le plus grand sérieux :

– Qu'est-ce qui se passe, Maddy ?

– De quoi tu parles ?

– Tu flirtes avec Joe.

– Pas du tout. Je t'assure !

La véhémence de son démenti la trahit.

– Remarque, je m'en fiche complètement, dit Grace. Et je me fiche de Gemma.

– Pourquoi tu me parles de Gemma. Je n'ai rien fait.

– Oh, allons, Maddy ! Tu rougis dès que Joe te regarde.

– C'est faux !

– Tu veux me faire croire qu'il ne te plaît pas ?

– Non, je dis juste…

Elle ne put achever sa phrase.

– Ah, tu vois ! C'est bien ce que je dis. Et c'est très bien. Personne ne te jette la pierre. On est dans un pays libre.

– Je n'ai rien fait, répéta Maddy. Joe sort avec Gemma, tout le monde le sait. Pourquoi est-ce qu'il s'intéresserait à moi ?

Grace observa longuement son amie. Et puis, comme si elle venait de prendre une décision, elle dit :

– Si tu veux mon avis, Joe est prêt à larguer Gemma depuis longtemps. Peut-être qu'il attend juste un prétexte.

– Ils sont ensemble depuis toujours ! Gemma ne s'en remettrait pas !

– Tu n'en sais rien. Regarde-la.

Les deux filles se retournèrent vers Gemma, assise seule au fond de la salle.

– Ne me dis pas qu'elle s'éclate.

– Peut-être que si. On ne peut pas savoir.

– Je vais lui poser la question.

Maddy pouffa.

– Je parie que tu n'es pas cap.

Après la répétition, Joe partit en courant ; il était en retard à l'entraînement. Grace se dirigea vers Gemma et fit signe à Maddy de les rejoindre.

– Tu as dû t'ennuyer à mourir, dit-elle. Être obligée de supporter tout ça.

– Non. J'ai trouvé que vous étiez tous très bons.

Maddy comprit alors que Gemma faisait partie de ces créatures gentilles et un peu faibles d'esprit, semblables aux lapins condamnés à être écrasés par une voiture.

– Tu suis Joe partout ? demanda Grace.

– Oui, quand je peux.

– Vous n'en avez jamais marre l'un de l'autre ?

– Non.

– Il n'y a pas des fois où vous ne trouvez rien à vous dire ? Moi, si j'étais avec quelqu'un depuis longtemps, j'aurais peur de ne plus rien avoir à lui dire.

Le front lisse de Gemma se plissa ; elle réfléchissait à cette question inédite.

— En fait, dit-elle, on ne parle pas beaucoup.

— Vous faites quoi, alors ?

— Oh, tu sais… Des trucs.

— Genre, vous vous connaissez si bien que vous n'avez même plus besoin de parler ?

— Oui, en quelque sorte.

— Et tu n'es jamais jalouse ?

— Non, pas vraiment. Des fois, peut-être.

— Et tu fais quoi, quand ça t'arrive ?

— Quoi donc ?

— D'être jalouse.

— Pas grand-chose.

— Tu n'as pas un moyen de vérifier qu'il t'aime toujours ?

— C'est-à-dire ?

— Je ne sais pas, moi. En l'embrassant, par exemple.

— Comment ça peut me permettre de savoir s'il m'aime encore ?

— À sa façon de t'embrasser. C'est sûrement différent, non ? Quand un garçon est sincère.

— Je ne sais pas.

Gemma semblait véritablement déstabilisée par le flot de questions de Grace, comme si elles l'entraînaient dans des contrées qu'elle n'avait jamais pensé à explorer.

— Moi, si je sortais avec un mec depuis aussi longtemps que toi, dit Grace en passant à la vitesse supérieure, je voudrais avoir un moyen de savoir si je compte toujours autant à ses yeux. Pas toi, Maddy?

— Si, répondit celle-ci. C'est sûr.

— Je sais que je compte toujours à ses yeux, dit Gemma. (Une légère rougeur se répandit sur ses traits de poupée.) Il ne le fait qu'avec moi.

Grace était satisfaite.

— Veinarde.

Elle se désintéressa de Gemma et repartit avec Maddy.

— Bon sang! s'exclama-t-elle un peu plus loin. Quelle idiote!

Maddy ne put s'empêcher de rire.

— Tu devrais être avocate. Tu m'as bluffée.

— Maintenant, on est fixé. Joe reste avec elle uniquement pour le sexe.

— Elle est totalement inexistante, on dirait qu'elle n'éprouve rien.

— Tu vois? Si Joe la largue, elle s'en apercevra à peine. Fonce, ma vieille.

Maddy se tourna vers le visage espiègle de Grace, avec un grand sourire.

— Moi?

— Hé! C'est à Grace que tu parles. Je ne suis pas Gemma, moi. J'ai des yeux. Tu craques pour Joe Finnigan, c'est évident.

Maddy rougit, une fois de plus.

— C'est quoi, le problème? Tente ta chance, Mad. Si tu n'essaies pas, tu ne sauras jamais.

– Pourquoi veux-tu que Joe Finnigan s'intéresse à moi ?

– Parce que tu n'es pas Gemma Page.

Intérieurement, Maddy approuvait ce raisonnement. Gemma était bien plus mignonne mais,
à force, Joe devait devenir dingue avec elle.
Maddy savait qu'il s'amuserait beaucoup plus
avec elle. Mais, apparemment, Joe exigeait bien
davantage.

– Et pour ce qui est du sexe ? hasarda-t-elle.

– Eh bien ? dit Grace.

– Euh…

– Oh, tu ne l'as jamais fait. OK. Désolée. Je
n'y avais pas pensé.

Maddy ne s'attendait pas à ce que Grace soit
au courant, elles n'étaient plus aussi intimes
qu'autrefois. Pourtant celle-ci l'avait entraînée
dans un piège. Certes, elle pouvait mentir en
disant qu'elle avait eu plusieurs expériences,
mais Grace exigerait des détails. Et puis, être
vierge, ce n'était pas un secret honteux. Quand
même, Maddy aurait préféré que personne ne
le sache.

– C'est un problème ? demanda Grace.

– Non, non. Je veux être sûre que ce soit le
bon, c'est tout.

– Évidemment. Comme tout le monde.

– Et je veux… faire ça bien.

– Pourquoi ça se passerait mal ? Tu sais comment on fait.

– Oui, bien sûr. Je sais comment on fait. Mais je ne sais pas trop… quoi, quand et où. Les gens en parlent comme si ça se passait tout simplement, mais il faut quand même *faire* des choses.

– Et tu ne sais pas lesquelles ?

– Pas précisément.

Grace réfléchit un long moment. Maddy en vint à se demander si son amie allait se lancer dans une description détaillée de sa première expérience sexuelle. Au lieu de cela, Grace la prit par le bras, l'attira vers elle et lui glissa :

– Tu n'as qu'à regarder un porno.

– Un porno ?

– Sur Internet.

– C'est ce que tu as fait ?

– Je l'ai fait, oui.

– Ça aide ?

– Oui. Bien sûr. Après tout, le porno, c'est voir des gens en train de le faire.

– Oui, c'est sûr.

Maddy trouvait cela effrayant, pour un tas de raisons.

– C'est pas payant ?

– Non. Il y a plein de trucs gratuits.

– Et c'est pas trop vulgaire ?

– Si, des fois. Et c'est drôle aussi.

– Tu as regardé ça toute seule ?

– Non. Avec quelqu'un.

– Qui ?

– Une sorte de petit ami.

Maddy était très impressionnée. Elle avait toujours supposé que Grace avait une vie amoureuse secrète, mais elle n'aurait jamais imaginé quelque chose d'aussi sophistiqué.

– Avec qui? insista-t-elle.

– Quelqu'un, c'est tout.

– Tu as regardé un porno avec lui?

– Oui.

– Et ensuite?

– À ton avis?

Ce soir-là, Maddy eut une longue conversation téléphonique avec Cath. Elle lui répéta les paroles de Grace et les deux copines spéculèrent furieusement sur le mystérieux amant de Grace, avant d'établir des plans pour regarder un porno sur Internet.

– On pourra faire ça sur mon ordinateur, dans la salle des coussins, dit Maddy.

– Et si ta mère nous surprend?

– Aucun risque.

– On n'en sait rien.

– On dira qu'on télécharge des morceaux sur iTunes avec la carte de crédit de la boutique.

– Pourquoi dire qu'on utilise la carte du magasin? Ta mère sera furieuse. C'est comme du vol.

– Justement. Elle sera tellement choquée qu'elle ne pensera même pas qu'on peut faire quelque chose de pire.

– Mad ! Tu es géniale !

– Demain, après le dîner. La soirée porno de Cath et Maddy.

– Ciao, baby.

La peur du rejet

Harry Ross soutint les bras de sa mère pour négocier le passage du déambulateur au fauteuil roulant.

— Et voilà, maman, dit-il.

Rich était à la fois touché et gêné de voir que son père appelait sa mère «maman».

— Merci, Tom, dit-elle.

Tom était le prénom de son défunt mari. Harry ne rectifia pas.

— Reviens me voir quand tu veux, ajouta-t-elle. Tu es une vraie gaufrette.

— Un vrai gentleman, traduisit Harry Ross. Merci pour le compliment.

— Comment sais-tu qu'elle voulait dire ça? demanda Rich.

— Oh, dans le temps on achetait une délicieuse pâte à tartiner que l'on mangeait avec des gaufrettes et qui s'appelait *Le Délice du gentleman*. Et maman disait toujours que mon père était un vrai gentleman. À l'époque où il lui faisait la cour.

— Mamie était courtisée par d'autres hommes?

— Pose-lui la question.

— Tu avais plusieurs prétendants, mamie ? Est-ce que les hommes te couraient après quand tu étais jeune ?

— J'en ai eu six.

— Six fiancés ?

— Six… six… Ah, fichus mots…

— Six demandes en mariage ? suggéra Harry.

— Exact.

Kitty dévala l'escalier, tresses au vent.

— J'arrive !

Rich lui parla des six demandes en mariage de leur grand-mère. Kitty fut impressionnée.

— Ils ont posé un genou à terre pour faire leur demande, mamie ? Comment tu leur as dit non ? Tu leur as brisé le cœur ?

Confortablement installée dans son fauteuil roulant, la vieille femme sourit et secoua la tête, mais, sachant qu'elle ne pourrait pas trouver les mots, elle n'en dit pas plus.

Rich l'emmena se promener dans le parc, accompagné de Kitty qui sautillait à leur hauteur. Le ciel était ridé de vagues roses et grises comme la surface de la mer.

— Imagine grand-mère avec des garçons ! dit Kitty.

— Imagine que tu fasses une demande en mariage et qu'on te rejette.

C'était ce qui avait le plus marqué l'imagination de Rich. Il se demandait quelle quantité d'encouragements ces jeunes hommes avaient reçue avant d'oser formuler leur demande. Ce n'était pas le genre de chose que l'on accomplissait sur un coup de tête. Il fallait d'abord rassembler son courage, pour se faire envoyer sur les roses ensuite. Que ressentait-on alors ?

– Je suis bien contente d'être une fille, déclara Kitty.

– Pour recevoir six demandes en mariage ?

– Pas forcément six. Deux. Ou trois.

Des garçons à skate passèrent à toute allure, en frôlant le fauteuil roulant.

– Hé ! Faites attention ! leur cria Rich.

– Va te faire foutre ! répondirent-ils.

Cet incident mis à part, le parc était paisible. Un soleil pâle commençait à percer à travers les nuages et les pelouses scintillaient. Rich et sa sœur poussèrent le fauteuil jusqu'à l'étang, où la folle était en train de nourrir les canards comme à son habitude. Son chariot était rempli de gros sacs en plastique.

Kitty glissa à l'oreille de Rich :

– Tu crois que la folle a reçu des demandes en mariage, elle aussi ?

– Ça m'étonnerait.

– C'est triste. Je parie que c'est pour ça qu'elle est devenue maboule.

Obéissant à une impulsion de son cœur juvénile et généreux, Kitty dit :

– Il faut que tu demandes des gens en

mariage. Tu n'es pas obligé de les épouser. C'est juste pour qu'ils puissent dire qu'on les a demandés en mariage un jour.

— Et s'ils répondent : « Merci, ce serait avec plaisir » ?

— Tu diras que tu as changé d'avis.

— Je devrai donner une raison.

— Mais non.

— Ne t'en fais pas, va. Tu auras des milliers de demandes en mariage quand tu seras plus grande.

— J'en veux pas des milliers. Juste deux ou trois.

Ils poussèrent le fauteuil de leur grand-mère jusqu'à la roseraie. Il n'y avait plus de roses depuis longtemps.

— Tu as une petite amie, Rich ? demanda Kitty.

— Non.

— Pourquoi ?

— C'est comme ça.

— Tu n'en voudrais pas une ?

— Si.

— Alors, pourquoi tu n'en as pas ?

— Ça ne se vend pas à l'épicerie du coin, je te signale. Elles ne sont pas exposées en rayon.

— Pense un peu à toutes les filles qui n'ont pas de petit ami. Il te suffit d'en choisir une dans le tas.

— Et si aucune ne me plaît ?

73

— Impossible. Il y en a forcément une qui est à ton goût.

— Et si celles qui me plaisent ont déjà un petit ami ?

— C'est idiot. Vouloir celles que tu ne peux pas avoir et ne pas vouloir celles que tu peux avoir. C'est idiot.

— Peut-être qu'elles ne veulent pas de moi.

— Pourquoi elles ne voudraient pas de toi ? Tu es mignon.

— Ce n'est pas l'avis de tout le monde.

— Qui n'est pas de cet avis ?

— Je ne sais pas, Kitty. Je parle sur un plan théorique. Je ne pense pas à quelqu'un en particulier.

— Ça veut dire que tu n'as personne en vue ?

— Pas vraiment.

— Ah, c'est donc qu'il y a quelqu'un.

— Absolument pas.

— C'est qui ? Je l'ai déjà vue ? Je parie que c'est Grace Carey.

— Grace Carey ! (Rich tenta de masquer son étonnement devant la perspicacité de sa sœur.) Pourquoi elle ?

— Parce qu'elle est super mignonne. Non ?

— Je ne dirai rien.

— Alors, c'est elle.

— Je ne veux pas en parler.

— C'est elle ! C'est elle !

Rich prit un air renfrogné et décida de ne pas réagir.

74

– Violet, murmura la grand-mère en observant un groupe de pigeons.

Ils étaient un peu violets au niveau du cou, en effet, mais leur plumage avait une teinte bleu gris.

– Tu lui as dit ? insista Kitty.

– Bien sûr que non.

– Tu lui as déjà parlé, au moins ?

– Pas exactement.

– Tu ne lui as jamais parlé ?

– Pas vraiment… Non.

– Oh, Rich !

– Allez, arrête avec ça, Kitty. C'est pas tes oignons.

– Oh, oh ! fit-elle en esquissant quelques pas de danse, la main plaquée sur la bouche. C'est pas mes oignons !

Rich n'avait pas besoin que sa sœur lui fasse remarquer qu'il était stupide. Ses rêveries étaient envahies par l'image de Grace. Malgré cela, il n'était toujours pas passé à l'action.

Quand il eut regagné la solitude de sa chambre, il écrivit dans son journal :

Pourquoi ai-je si peur du rejet ? Un simple refus ne signifie pas que tout le monde me rejettera toute ma vie. Uniquement Grace. Uniquement les jolies filles. Uniquement celles que je désire. Alors, que se passera-t-il si toutes les filles que je

désire ne veulent pas de moi ? Ce sera comme ça
toute ma vie. Je serai toujours le numéro deux. À
me demander ce que ça fait d'être le numéro un.
Et puis merde. Il est encore trop tôt pour que je
renonce à ma vie.

Il relut ce qu'il venait d'écrire. L'unique et évidente conclusion lui sautait aux yeux : il devait tenter sa chance. Il devait prendre un risque, ne serait-ce que par respect pour lui-même. Il ne pouvait pas continuer à entretenir ce fantasme amoureux et à se cogner dans les lampadaires pour provoquer l'hilarité générale.

Il fallait qu'il se bouge les fesses.

N'empêche, il tremblait à l'idée de tenter une approche directe. Si seulement il pouvait tester la réaction de Grace à distance ? Si seulement il pouvait attirer son attention sans qu'elle ait besoin de réagir, et sans qu'elle soit prise au dépourvu par tout ce qu'il pourrait entreprendre ensuite. Il reprit son journal et écrivit :

Ramène un dragon. Enfile ton armure,
nomme la dame de ton cœur et pars tuer un dra-
gon. Quand tu reviendras avec le dragon mort,
elle sera obligée de t'aimer. C'est simple. Tu sais
à quoi t'en tenir. Mais où sont les dragons quand
on a besoin d'eux ?

Ou bien, je pourrais trouver quelqu'un qui parlerait de moi à Grace. Comme ça, si c'est peine perdue, je ne serai pas obligé de prendre le risque de lui parler directement. En plus, ça inciterait Grace à penser à moi.

Maddy Fisher, par exemple. Grace et elle sont très proches.

La perspective de parler à Maddy Fisher n'effrayait pas du tout Rich. C'était une des rares personnes du cours de M. Pico qui lisaient en entier les livres qu'ils étudiaient. Tiens, déjà un point commun.

Un excellent plan.

Il referma son journal et s'attaqua à son devoir d'anglais. Il était temps de réagir au poème de Matthew Arnold.

Maddy l'intermédiaire

M. Pico lut à voix haute devant toute la classe un texte qui figurait sur une unique feuille de papier.

– « Le poète sait que son amour est sans espoir, mais cela ne l'empêche pas de rêver d'elle. Ses rêves le rendent heureux. Seul le réveil est brutal. Mais il préfère rêver et souffrir que de ne pas aimer. »

Le professeur d'anglais replia la feuille, ferma les yeux derrière ses grosses lunettes et répéta :

– « Il préfère rêver et souffrir. »

Tous les élèves s'étaient tournés vers Rich Ross. Ce dernier gardait la tête baissée.

– Voilà une réaction personnelle à un poème, une réaction très perspicace. L'auteur de ces lignes nous livre ce que lui inspirent ces vers. C'est exactement ce que je vous demande. Je vous en supplie, mes amis, n'oubliez pas une chose : un poète est une personne comme vous, dont la vie ressemble à la vôtre, bien plus que vous ne l'imaginez. Il essaye de transcrire avec des mots ses sentiments et ses idées. Un poète célèbre est quelqu'un qui réussit si bien à exprimer ce qu'il ressent que le lecteur se dit : Oui, c'est exactement ça !

Maddy était impressionnée par le texte de Rich. Elle n'avait guère accordé d'attention au poème lui-même. Résultat, elle associait ces sentiments à Rich plus qu'au poète.

Cath et elle parlaient justement de ce sujet quand Grace les rejoignit durant la pause. Comme le disait Cath : Grace semblait les honorer de sa présence plus souvent ces temps-ci.

— Je trouve ça un peu triste, dit Cath à propos du texte de Rich.

— Moi, je trouve ça pervers, déclara Grace.

— Pourquoi ? s'étonna Maddy. Tu n'as jamais ressenti ça ? Tu ne te dis pas que tu aimerais mieux rêver et souffrir plutôt que de ne pas aimer du tout ?

— Tu sous-entends que j'aime bien souffrir ?

— Hé, cool, Grace. Je ne sous-entends rien du tout. On parle, c'est tout.

— C'est un peu flippant, quand même, dit Cath. Il a un bouquin d'éducation sexuelle que lui a donné Pablo.

— C'est Pablo qui lui a filé ? Comment tu le sais ?

— Max me l'a dit. Rich est son chouchou.

— Il doit être homo, affirma Cath.

— Pas forcément, répondit Maddy. Même s'il est vrai qu'il n'a pas de portable.

— Il n'a peut-être pas les moyens.

— Non. Il dit qu'il n'en veut pas.

— Il est homo, déclara Grace.

Maddy regarda autour d'elle. Rich était près de l'Enclos avec son copain Max. Comme tout le monde était dur avec Rich, elle éprouvait le besoin d'être gentille avec lui.

— Moi, j'ai bien aimé ce qu'il a écrit. Et je vais le lui dire.

Elle traversa l'étendue d'herbe pelée. Rich leva la tête au moment où elle approchait, visiblement étonné qu'elle vienne lui parler.

— Salut, dit Maddy. Tu t'es remis de ton coup à la tête?

— Oui, ça va.

Il avait ôté le bandage.

— C'est ton texte que Pablo nous a lu?

— J'aurais préféré qu'il s'abstienne.

— C'était super. Ça m'a plu.

— N'empêche, j'aurais préféré qu'il ne le lise pas.

Il voulut ajouter quelque chose, sembla-t-il, mais rien ne sortit. Maddy se surprit à examiner les détails de son visage, et s'aperçut qu'elle ne l'avait jamais vraiment regardé. Il avait un teint très pâle et des yeux clairs couleur noisette, d'une étonnante candeur, sans défense. Il serait facile de le faire souffrir, songea-t-elle.

Et une autre pensée lui vint aussitôt : il ne mérite pas de souffrir.

— En tout cas, bravo, dit-elle.

Il n'y avait rien à ajouter, apparemment, mais quand elle se retourna pour s'en aller, il la rappela :

— Maddy ?

— Oui, Rich ?

— Tu es copine avec Grace, hein ?

Maddy sentit son cœur se serrer. Sans se l'avouer, elle aurait voulu croire que Rich était différent des autres garçons. Et il l'était, sur bien des plans, mais pas sur celui-ci de toute évidence.

— Elle sort avec quelqu'un ? demanda-t-il.

— Franchement, j'en sais rien. Pourquoi ?

— Comme ça, pour savoir. Elle est toujours seule. Je ne la vois jamais avec un garçon. (Ses yeux disaient ce qu'il n'osait pas formuler à voix haute.) C'est pour ça que je te pose la question.

— Tu ferais mieux de la lui poser directement.

— Oui, je sais. (Il baissa la tête.) Mais je n'ai pas envie de me ridiculiser. Si ça ne mène à rien.

Maddy était persuadée que ça ne mènerait à rien, mais elle ne savait pas comment le dire à Rich sans le vexer.

— Je ne suis pas sûre qu'elle pense à toi de cette façon.

— Je suis sûr que non.

— Elle dit toujours que les garçons de première

sont nuls. Pas toi particulièrement. Tous. Je crois qu'elle aime les mecs plus âgés.

— Le truc, c'est que je ne suis pas vraiment comme les autres.

— Non, en effet.

— Des fois, j'ai l'impression de débarquer d'une autre planète. Et je sais que j'ai l'air un peu étrange. C'est peut-être ce qu'elle cherche.

Oui, peut-être, se dit Maddy. Et pour la première fois, elle songea qu'elle n'avait aucune idée de ce que cherchait Grace. Peut-être qu'elle avait besoin d'un garçon bizarre comme Rich, mais elle ne le savait pas encore.

— Si seulement elle me donnait une chance, soupira Rich. Pour apprendre à mieux me connaître.

— Justement, dit Maddy. Peut-être qu'elle n'a pas envie.

— Tu pourrais peut-être… lui en parler.

Nous y voilà, pensa Maddy. Qu'est-ce qui fait que tout le monde me choisit comme intermédiaire ?

— Pour lui dire quoi ?

— Ce que tu veux. Le but, c'est qu'elle aille au-delà de la première impression. Quand tu sais que quelqu'un pense à toi, tu ne peux pas t'empêcher de penser un peu plus à cette personne.

— Tu veux que je lui dise que tu penses à elle ?

— Non. Pas comme ça.

– Quoi, alors?

– Tu pourrais lui dire que je suis un génie.

– Ah bon?

– Oui, pourquoi pas? J'ai un tas de trucs bizarres qui me passent par la tête. Remarque, si ça se trouve, c'est n'importe quoi.

Il sourit tout à coup et Maddy l'imita.

– Ne lui dis pas ça, surtout.

– OK. Je lui dirai que tu es un génie. Mais, à ta place, je n'espérerais pas trop.

– Je n'espère rien et j'espère tout.

– On dirait un truc que tu as lu dans un bouquin.

– Oui, en quelque sorte. C'est dans mon journal. Sauf que c'est de moi.

– OK. Peut-être que tu es un génie.

– Mon journal est rempli de trucs comme ça.

– Mais toi seul peux le lire.

– Même pas. Je ne le relis jamais.

– À quoi ça sert, alors?

– En fait, je ne sais pas.

Rich haussa les épaules, l'air de dire: «Qu'est-ce que j'y peux?» Maddy songea qu'elle commençait à aimer ce garçon.

– Si tu lui parles de moi, tu me répéteras ce qu'elle a dit? En toute franchise?

– Où est mon intérêt là-dedans?

– Tu me verras perdre tous mes moyens et tu te sentiras supérieure.

Encore ce sourire ironique.

– OK, dit Maddy.

Elle rejoignit Cath et Grace, en souriant intérieurement.

– De quoi vous avez parlé ? demanda Grace.

– De toi.

– De moi ?

– Il veut que tu saches que c'est un génie.

– Un génie ? (Grace ricana.) C'est pas un génie, c'est un homo, voilà tout.

– Non, je ne crois pas. La preuve : il fantasme sur toi.

– Beurk !

Grace frissonna.

– Tu n'as pas envie d'apprendre à mieux le connaître ?

– Autant que de me tirer une balle dans la tête.

Maddy jugeait cette réaction injuste.

– Tu ne sais rien de lui.

– Je sais que c'est le chouchou de Pablo, qu'il lit des manuels d'éducation sexuelle, qu'il n'a pas de portable et qu'il a toujours l'air triste. Je t'en prie, Maddy, je ne suis pas désespérée à ce point.

– OK. Oublie.

En rentrant chez elle après l'école, Maddy fut agacée de trouver Alex, le petit ami d'Imo, dans la cuisine. Assis à la table, il faisait des mots fléchés sans enthousiasme.

– Salut, Maddy.

– Salut, Alex.

– Tu as appris la bonne nouvelle ?

– Quelle bonne nouvelle ?

– La Terre ne va pas être aspirée par un gigantesque trou noir !

– Oh.

Maddy avait vaguement entendu dire qu'une expérience nucléaire devait avoir lieu ce matin, quelque part en Suisse.

– Ils recherchent la particule de Dieu, dit Alex.

– Dieu est une particule ? Je trouve ça un peu décevant.

Alex sourit.

– Si tu veux voir Imo, elle se lave la tête.

– Elle se lave la tête ? Au sens propre ?

– Apparemment.

Habituellement, à cette heure-ci, Maddy avait la cuisine pour elle seule. Quand elle rentrait, elle était affamée. Furtivement, sans oser se regarder faire, elle remplissait un bol de flocons d'avoine, elle ajoutait un gros morceau de beurre et trois cuillérées de mélasse raffinée et elle faisait chauffer le tout au micro-ondes. Ensuite, elle n'avait plus qu'à remuer et à déguster. Elle pensait à ce délice tout l'après-midi.

Mais pas question d'engloutir ce délicieux mélange sucré sous le regard lugubre d'Alex.

– Tu veux un café ou autre chose ? proposa-t-elle.

– Non merci. On est censé sortir.

Maddy prit deux biscuits en guise de substitut temporaire. Imo fit son entrée avec une serviette nouée autour de la tête à la manière d'un turban, vêtue d'un kimono.

– J'en ai au moins pour un quart d'heure, annonça-t-elle. Vous pouvez bavarder gentiment tous les deux pendant ce temps.

Elle lança un regard entendu à sa sœur et s'enfuit dans sa chambre. Maddy dut se résigner à son destin.

– Alors, quoi de neuf, Alex?

– Oh, tu sais...

– Tu n'en as pas encore marre d'Imo?

– Non. Pourquoi j'en aurais marre?

– C'est ce qui se passe en général. Il y a quelque chose en elle, je ne sais pas quoi... Au bout d'un moment, ils se lassent, ils se demandent ce qu'ils font là. Un peu comme quand on arrive au fond d'un milk-shake.

– Ah bon?

Maddy poursuivit sur sa lancée. Elle en avait des choses à raconter sur Imo, maintenant qu'elle y réfléchissait.

– Attention, je ne dis pas qu'elle est superficielle. Je ne sais pas d'où ça vient. Peut-être qu'elle a peur de l'intimité.

– Des fois, elle est super distante.

– Un peu comme si elle préférait que tu ne sois pas là.

– Un peu.

– C'est à ce moment-là que les mecs la plaquent généralement. Pauvre Imo. C'est toujours pareil.

Ce n'était pas du tout vrai, mais Maddy se laissait emporter.

– À force, elle se dit qu'elle a peut-être un problème.

– Il y a beaucoup de garçons qui l'ont larguée ?

– Ils appellent ça « la laisser respirer ».

– Elle ne leur en veut pas ?

– La plupart du temps, elle les remercie au contraire. En fait, Imo est une fille très faible. Elle a besoin que les autres prennent les décisions difficiles à sa place. Elle a beaucoup de respect pour ça.

– Oui. Je vois.

– Ce qu'elle déteste, c'est les mous.

– Les mous ?

– Les garçons trop faibles qui se laissent maltraiter.

Alex ne dit rien. Maddy pensa qu'elle était peut-être allée trop loin.

– Alors comme ça, elle s'est fait larguer par plusieurs garçons ?

– Au moins quatre, à ma connaissance.

Elle débita ce mensonge avec le plus grand sérieux, en espérant qu'Alex serait réconforté par le nombre. Il poussa un profond soupir et se leva.

– Bah, c'est la vie.

Imo redescendit, habillée et prête à sortir.

— Allons-y, dit-elle. C'est à perpète, ce truc.

— Où vous allez ? interrogea Maddy.

— Dans une sorte de fête quelque part.

— Il paraît que c'est un endroit super beau, ajouta Alex, tristement. Holkham. Sur la côte du Norfolk.

Quand elle se retrouva seule, Maddy sentit son moral s'effondrer. Elle mit cela sur le compte du manque de flocons d'avoine à la mélasse. La boutique allait bientôt fermer et sa mère allait rentrer à la maison. Elle prit deux autres biscuits dans le paquet et se rendit dans sa chambre. Les sablés étaient fades mais, si on les mangeait lentement, ils avaient quand même un peu de goût. C'est alors qu'une idée lui vint : elle pouvait étaler de la pâte de citron dessus.

Tandis qu'elle essayait de se concentrer sur les origines de la guerre froide, Maddy surprit son esprit à vagabonder autour du mystère Joe Finnigan et Gemma Page. Joe, si fin et original ; Gemma, si vide et banale. Comment pouvait-il supporter qu'elle le suive partout comme un toutou ? Les garçons sont obsédés par le sexe, paraît-il, pourtant Maddy avait l'impression que faire l'amour avec Gemma devait être aussi ennuyeux que d'avoir une conversation avec elle. Mais c'était sans doute différent. Certaines personnes possédaient peut-être un don inné pour le sexe, sans que cela soit visible dans la vie de tous les jours. Pour une chose qui était présente partout, dans tous les journaux, sur les panneaux publicitaires, dans les films, le sexe demeurait un domaine mystérieux. Ça ne pouvait pas se résumer à des gros seins et à des minijupes. Si?

Maddy se débattit avec la guerre froide pendant encore une demi-heure, puis elle renonça et ouvrit son ordinateur portable. Sur MSN, il n'y avait personne avec qui elle avait envie de bavarder. Quand elle commença à avoir froid, elle se glissa dans son lit. Elle ferma les yeux et se roula en boule. Quelque chose, au plus profond d'elle-même, lui faisait mal. Mais pas comme une douleur. Comme un vide.

Je ne veux pas vivre dans ce monde, se dit-elle. Elle parlait de ce monde où les garçons intéressants choisissent les filles sexy, où Joe aime Gemma et où Rich aime Grace. C'était le triomphe de l'évidence. Si l'amour se résumait à cela, à quoi bon se tracasser? L'amour, ça pouvait être tellement plus. Ce serait merveilleux de compter plus que tout pour quelqu'un, de se sentir aussi proche de lui que peuvent l'être deux individus, de tout se dire, et de l'embrasser parce que vous avez envie, plus que tout au monde, de sentir ses lèvres sur les vôtres.

Son téléphone sonna. C'était Cath qui lui rappelait qu'elles avaient prévu de se retrouver ce soir pour regarder un porno sur Internet.

— Une autre fois, dit Maddy. J'ai trop de trucs à lire.

Elle n'était pas d'humeur. Pour le porno, il fallait être un peu heureux et un peu ivre. Maddy n'était ni l'un ni l'autre.

La vie sexuelle des adolescents

Les cafés installés dans les librairies constituaient une terrible tentation. Derrière la vitre
du comptoir, les pains au chocolat, les choux à
la crème et les torsades aux noix de pécan étaient
présentés de manière séduisante sur des étagères inclinées, comme s'ils allaient vous tomber dans les bras. Rich n'avait pas trouvé un seul
livre qui l'intéressait ; en revanche, les pâtisse-
ries l'attiraient.

Soudain, il s'aperçut que la personne penchée
au-dessus d'une des tables, devant lui, n'était
autre que son professeur d'anglais, M. Pico, en
train de siroter un café noir, seul, plongé dans
la lecture d'un gros ouvrage.

Rich hésita à lui adresser la parole, de peur
de le déranger dans sa lecture. Mais il était si
près de lui que l'ignorer lui paraissait encore plus
malpoli.

– Bonjour, monsieur.

– Hein ? Oh, bonjour.

Comme toujours, l'attention de M. Pico
remonta des profondeurs de son esprit pour

crever la surface de ses épaisses lunettes. Il leva le livre posé devant lui.

– Je jette un coup d'œil à la nouvelle traduction de *Guerre et Paix*. Il s'agit, paraît-il, de la première version réellement intégrale. Tu as déjà lu Tolstoï?

– Non. Jamais.

– Oh, de grandes surprises t'attendent, dans ce cas. Je peux t'offrir un café ou autre chose?

Rich hésita. Tolstoï ne l'intéressait pas vraiment, mais il avait faim.

– Je veux bien une pâtisserie.

Et donc, grâce à la gentillesse de son professeur d'anglais, Rich put s'asseoir devant une torsade aux noix de pécan et discuter de *Guerre et Paix*.

– Tolstoï porte un regard extraordinaire sur la jeunesse. Ses personnages prennent des décisions dramatiques mais, quand ils font des choix, on comprend leurs motivations et on ressent les mêmes choses qu'eux. La jolie Natacha succombe au séduisant et mauvais Anatole, alors que l'on sait qu'elle devrait être amoureuse de Pierre, un garçon maladroit et sensible. Mais, pour le comprendre, il faut qu'elle mûrisse.

Rich commençait à se dire que cela pouvait être intéressant, finalement.

– Et c'est ce qui se passe?

– Oh, oui. (M. Pico tapota la couverture du

gros livre.) Et c'est une expérience très satisfai-
sante, je te le dis.

– Vous y croyez ?

– Que veux-tu dire ?

– Dans la vraie vie, la jolie fille épouserait le
sale type, elle ne serait pas très heureuse et elle
ne saurait jamais ce qu'elle a manqué.

– Il me semble détecter une pointe d'amer-
tume. Je me trompe ?

– Je décris juste ce qui se passe généralement.

– Tu penses que la beauté l'emporte sur la personnalité ?

– Oui.

– Je ne suis pas d'accord. Très souvent, de
jolies femmes succombent à des individus au
physique étrange. Ainsi, je connais un homme
très laid qui dit à toutes les jolies femmes qu'il
rencontre : « J'aimerais vous embrasser. » Eh bien,
il a reçu un grand nombre de gifles, mais aussi
beaucoup de baisers.

Rich avait du mal à imaginer la scène.

– Je ne pourrais jamais faire ça.

– Il existe d'autres moyens.

– Comment s'y prend le personnage maladroit
et sensible de Pierre ?

– Il voue à Natacha un amour inébranlable
pendant des années. Et puis, il est millionnaire.

– Oh.

Rich aperçut un garçon de sa classe qui l'observait. Bouche bée. Immédiatement, sans raison

aucune, il éprouva un sentiment de culpabilité, comme si le simple fait de parler avec son professeur dans une librairie représentait une forme de trahison.

– Il faut que j'y aille, dit-il en se levant. Merci pour la pâtisserie.

Sur le chemin du retour, Rich s'imagina réclamant des baisers à de jolies filles, sans craindre d'essuyer des refus. Non, c'était au-dessus de ses forces. Pourtant, il existait apparemment des garçons et des hommes si sûrs d'eux qu'ils étaient convaincus que des filles répondraient favorablement à leurs avances.

Alors, pourquoi pas moi ?

Ce n'était pas comme s'il avait connu une succession de mauvaises expériences. Il n'en avait connu aucune. L'humiliante vérité, c'était qu'il n'avait jamais embrassé une fille, un vrai baiser romantique s'entend. À plusieurs reprises, il avait senti qu'une fille aurait été d'accord, mais il ne la trouvait pas assez jolie. Et, face aux filles qu'il admirait, il était paralysé.

Il ne voyait pas comment sortir de ce dilemme. Parler, d'accord. Il pouvait trouver le courage de parler à une jolie fille. Mais la toucher, c'était une autre affaire. Il ne voyait pas dans quelles circonstances il pourrait attirer Grace Carey dans ses bras et l'embrasser, à moins que Grace elle-même ne lui demande. La perspective de sortir avec elle l'emplissait de terreur. Qu'était-il censé faire ? Lui prendre la main ? Devaient-ils s'embrasser au cinéma, dans le noir, au fond de la salle ? Quant à se retrouver nu avec elle pour faire l'amour… comment ? où ? Ce genre de choses, ça se préparait. On ne se retrouvait pas à enlacer quelqu'un comme ça, aussi facilement.

L'autre jour, Rich avait lu dans le journal un article sur la sexualité des adolescents. D'après une étude, l'âge moyen des premiers rapports sexuels était de seize ans, mais un tiers des adolescents avait une activité sexuelle avant cet âge. Rich avait dix-sept ans. Et il ne voyait se profiler aucune occasion dans un futur proche, ni même lointain. Pour Pierre, le héros maladroit et sensible de Tolstoï, pas de problème : les femmes avaient toujours eu un penchant pour les millionnaires. Pourtant, même quand on n'était pas millionnaire, on désirait les jolies femmes. C'était la nature qui voulait ça. Rich trouvait que c'était très mal foutu.

De retour chez lui, il trouva Kitty en train de pleurer devant sa maison de poupées.

– Regarde ! Ils ont tout renversé. Ils ont cassé le buffet de la cuisine et la planche à repasser. J'ai retrouvé les petits paquets de céréales partout sur le tapis de l'escalier. Ah, je déteste les Petits Pas ! J'ai envie de les tuer !

– Je croyais qu'ils n'avaient pas le droit de monter.

– Ils se sont sauvés.

– Tu l'as dit à maman ?

– Elle a répondu qu'elle était désolée et qu'il faudrait installer un verrou sur la maison de poupées. On devrait plutôt leur mettre des petites menottes et les enfermer dans une petite prison.

– Je suis vraiment, vraiment désolé, Kitty. C'est affreux. C'est comme un cambriolage.

– Oh, Rich. Tu es adorable. (Elle le serra dans ses bras.) Il n'y a que toi qui comprends.

À eux deux, ils remirent de l'ordre dans la maison de poupées et procédèrent même à quelques améliorations. C'est Rich qui eut l'idée de placer le fauteuil en osier dans la cuisine.

– Ça fait plus douillet.

Afin de faire de la place, ils mirent le buffet dans la salle à manger, où la collection de minuscules assiettes peintes ressortait mieux. Quant au secrétaire, qui se trouvait dans la salle à manger, il déménagea dans la chambre principale.

– Comme ça, le père pourra travailler sans être dérangé.

– Et la mère aussi, ajouta Kitty.

– Ce qu'il te faudrait, c'est des éclairages dans toutes les pièces.

– Ça existe, mais c'est super dur à installer.

– Je crois que j'y arriverais.

Leur grand-mère sortit de sa chambre à ce moment-là, en traînant les pieds derrière son déambulateur. Elle s'arrêta pour admirer la maison de poupées sur le palier.

– Ça alors !

– C'est moi qui ai presque tout fait, mamie, se vanta Kitty. Rich, lui, il m'a juste un peu aidée.

– Bien, bien, dit la vieille femme en s'installant sur le monte-escalier.

Elle les salua en agitant sa main desséchée, tandis qu'elle descendait en silence vers le rez-de-chaussée.

Rich se rendit dans sa chambre. Pendant plusieurs minutes, il passa en revue ses 33 tours sans trouver la musique appropriée à son état d'âme. Finalement, il opta pour *Blonde on Blonde*. Il s'assit afin de rédiger son journal, en écoutant les lamentations de Bob Dylan.

Parfois, quand je l'observe, j'ai l'impression qu'elle est partie quelque part, très loin. Elle ne sourit presque jamais. J'ai envie de lui dire : je ressens la même chose que toi. Je ne suis pas comme les autres. Je peux te comprendre.

Jolie, mais seule. C'est possible.

Et si je lui disais que j'avais deviné son secret ? Ça lui ferait un choc, mais elle me verrait différemment. Je serais le seul à la connaître telle qu'elle est réellement. Elle me demanderait :

*comment tu as su ? Je lui répondrais : je suis seul
moi aussi.*

Et, à partir de là, on serait proche.

Rich arrêta d'écrire pour écouter la chanson.
Max lui répétait quotidiennement que ses choix
musicaux le classaient d'emblée dans la catégorie des quadragénaires.

– Tu sais de quand date ce disque ? disait-il.

– Je ne vois pas ce que ça change.

– Il faut vivre dans le présent, mon pote.

Max lui avait fait écouter un nouveau groupe
à la mode sur son iPod, mais Rich n'avait pas
été convaincu.

– Les Who ont fait ça bien avant, et mieux.

– Tu sais quoi ? Tu te caches dans le passé.

– Et alors ?

– C'est pas bien.

– Pourquoi ? Qu'est-ce que le présent a de si
génial ?

Au fond de lui, Rich savait que Max avait raison, mais la vérité, c'était qu'il n'avait jamais
beaucoup aimé le présent. Les émissions de
téléréalité ne l'intéressaient pas. Et, à ses yeux,
les seuls films des dix dernières années dignes
de ce nom étaient *Before Sunrise*, qui datait de
1995, et *Before Sunset*, la suite. Et peut-être
aussi *Dark Night* car le Joker traduisait l'inanité
fondamentale de l'existence.

Tout était mieux dans le temps. Il y avait de

vraies mélodies, de vraies passions, un vrai désespoir aussi. De nos jours, tout n'était qu'un jeu.

Il pensa à Grace et il eut envie de lui dire : la
vie peut être beaucoup plus intense. Il suffit de
ne plus avoir peur.

Peut-être que Maddy Fisher lui avait parlé
de lui à cette heure. Peut-être que tout allait
changer.

Amy la bunny

La première véritable répétition de la pièce ne fut pas une réussite. Joe Finnigan et Grace n'avaient pas appris leurs répliques, aussi durent-ils jouer en lisant leur texte, et sans pouvoir se regarder donc. M. Pico semblait abattu.

– Je sais bien que c'est le début, dit-il, mais faites au moins semblant d'y mettre un peu d'expression.

– Pourquoi est-ce que Sorel dit tout ça ? se plaignit Grace. Elle aime son frère, oui ou non ?

– C'est très simple, Grace. Sorel ne s'intéresse qu'à une seule chose : elle-même. Penses-tu être capable de transmettre ce sentiment ?

– OK.

– Imagine que tout t'ennuie.

Grâce à ces conseils, le jeu de Grace s'améliora de manière notable. Joe Finnigan le sentit, et sa lecture devint à la fois plus énergique et alanguie. Il semblait avoir plaisir à prendre des poses et à étirer les voyelles.

– Oooh, c'est formidaaaable ! roucoula-t-il.

Il se tourna vers M. Pico.

— Je suppose, dit-il, que je ne m'approche pas du piano pour allumer une cigarette?

— En effet.

Une des répliques de Grace provoqua l'hilarité des autres membres de la troupe.

— Des anormaux, Simon… Voilà ce que nous sommes. Des anormaux.

Elle avait dit cela avec une sorte d'étonnement contenu, comme si elle venait de découvrir cette phrase.

La répétition s'arrêta bien avant l'entrée en scène de Maddy. Une grande partie du travail fut consacrée aux passages dans lesquels la famille Bliss récite le texte d'une ancienne pièce, « la comédie, toujours la comédie », avait dit M. Pico.

— « J'ai rêvé d'un amour tel que celui-ci », déclara Emily Lucas jouant Judith Bliss qui jouait une cabotine. « Mais je n'imaginais pas, je ne savais pas, à quel point ça pouvait être beau dans la réalité! »

— Plus d'emphase! cria M. Pico. Plus de grandiloquence! Moins de retenue!

Maddy suivit les répétitions d'un endroit où elle pouvait également observer Gemma Page et Joe Finnigan. Celui-ci ne regarda pas une seule fois sa petite amie. Toute son attention était concentrée sur Grace, sa partenaire. Néanmoins, une ou deux fois il se retourna vers Maddy pour lui sourire.

Après la répétition, il vint la trouver et lui demanda :

— Comment va Cyril ?

— Il ne dort pas très bien, ces temps-ci, dit Maddy.

— Un whisky avant de se coucher. Ça marche à tous les coups.

— De quoi vous parliez tous les deux ? demanda Grace en regardant Joe et Gemma s'en aller.

— Oh, de rien, dit Maddy. Tu étais super.

— C'est un rôle débile, mais je trouve ça amusant. Qui est Cyril ?

— Le chameau devant notre boutique.

— Si tu veux mon avis, tu as tapé dans l'œil de Joe.

— C'est un ami, rien de plus.

— Les garçons ne peuvent pas être amis avec des filles.

Secrètement, Maddy se disait que Grace avait peut-être raison, à en juger par la façon dont il lui avait demandé « Comment va Cyril ? ». C'était comme un code entre eux. Puis il avait rebondi sur sa réponse idiote en disant « Un whisky avant de se coucher. » C'était suggestif, non ?

Maddy répéta ce bref échange à Cath.

— C'est lui qui est venu te voir, non ? C'est lui qui a commencé.

— On était plus ou moins l'un à côté de l'autre.

— Mais tu n'as pas parlé la première ?

— Non. C'est lui.

— Et voilà ! Tu l'intéresses, c'est sûr.

— Tu ne crois tout de même pas que tous les garçons qui t'adressent la parole veulent sortir avec toi ?

— Aucun garçon ne m'adresse jamais la parole, Maddy.

— Bien sûr que si.

— Pas de cette façon.

— De quelle façon ? Peut-être qu'il voulait juste être sympa.

Néanmoins, il était rassurant de constater que Cath partageait l'opinion de Grace. Il se passait quelque chose.

Plus tard ce soir-là, Maddy et Cath se blottirent côte à côte sur le lit dans la pièce des coussins, porte fermée, bloquée par une malle. Maddy avait ouvert son ordinateur portable sur ses genoux. C'était leur grande soirée porno.

— C'est pas fait pour les filles, prévint Cath. C'est plutôt pour les mecs. Ça risque de ne pas nous plaire du tout.

— On peut arrêter quand on veut.

— Et si ça nous dégoûte du sexe pour toujours ?

— Tu préfères qu'on laisse tomber, Cath ?

— Non, non. Je suis curieuse de voir ça.

En définitive, ce n'était que de la curiosité.

Aucune des deux ne s'attendait à ressentir une sorte d'excitation.

Maddy tapa l'adresse que Cath avait dénichée sur Google. Sur l'écran s'afficha un message d'avertissement indiquant qu'elles devaient avoir au moins dix-huit ans. Elles pouvaient cliquer sur ENTRER ou QUITTER.

— À ton avis, quelqu'un a déjà cliqué sur QUITTER? demanda Cath.

Maddy appuya sur ENTRER.

Une mosaïque de petites photos apparut, chacune accompagnée d'un commentaire obscène.

Il y avait vingt-cinq images par page. Il devait y en avoir des centaines en tout!

— Ouah! fit Cath.

— Laquelle on choisit? demanda Maddy.

— Pourquoi pas celle-ci?

Sur la photo, une fille brune souriait à l'objectif. *Amy et sa tenue sexy de bunny Playboy.* Elle paraissait moins effrayante que les autres.

Maddy cliqua dessus.

La photo envahit tout l'écran. Amy était là, devant elles, avec ses yeux trop maquillés et ses seins qui dépassaient de son haut de maillot de bain trop petit, penchée en avant, souriante. Une bouillie de rock sortit des haut-parleurs du portable.

— Elle n'est pas très jolie, commenta Maddy.

— Regarde tout ce mascara! Le carnage!

— Si j'avais des nichons pareils, je les cacherais.

– Oh, la vache ! Des oreilles de lapin ! C'est ringard.

Maddy et Cath gloussèrent… et s'arrêtèrent brusquement. L'objectif de la caméra avait suivi la direction du regard d'Amy et laissé apparaître un énorme sexe en érection.

– OK, dit Maddy.

– C'est la taille normale ? demanda Cath.

– Qu'est-ce que j'en sais ?

Elles éclatèrent de rire. Amy avait levé les yeux vers la caméra ; elle sortit sa langue pour lécher l'extrémité du sexe.

– Elle me regarde !

Cath plaqua sa main sur ses yeux. Maddy lui donna une tape derrière la tête.

– Elle ne peut pas te voir, idiote !

Elles rirent de plus belle. Sur l'écran, la tête d'Amy montait et descendait, elle avait pris le sexe dans sa bouche.

– J'ai envie de voir le type, dit Maddy. Qu'il nous montre sa tête.

– Peut-être qu'il ne veut pas être reconnu.

– Elle, elle s'en fiche en tout cas. Imagine que tu la croises au supermarché. « Salut, Amy. J'ai adoré ton film. »

Elles s'esclaffèrent de nouveau.

– La vache ! Combien de temps ça dure ?

– Tu veux qu'on essaye autre chose ?

– Non. Maintenant qu'on a commencé, autant regarder jusqu'au bout.

Cela dura à peine plus de trois minutes, mais elles eurent l'impression que c'était beaucoup plus long. Une fois le choc initial passé, les rires s'estompèrent. Maddy s'aperçut qu'elle n'aimait pas vraiment ce qu'elle voyait, sans pouvoir dire pourquoi, toutefois.

– Je me demande pourquoi ils font ça, dit-elle.

– Ils sont payés, répondit Cath.

– Non, je ne crois pas. À mon avis, ce sont des gens ordinaires. C'est pour ça que ce site est gratuit.

– Mais pourquoi se filmer et le montrer à tout le monde ?

– Ça les excite, je suppose.

Les deux amies replongèrent dans le silence. Elles espéraient découvrir quelque chose de personnel et d'intime ; ce n'était ni l'un ni l'autre, curieusement.

– En fait, il n'y en avait que pour lui, non ? dit Cath.

– C'est sûr. La fille portait la tenue qu'il voulait et elle faisait ce qu'il voulait, et lui, il filmait pour se repasser le film ensuite. Tu as raison, il n'y en avait que pour lui.

Nouveau silence.

– Alors, ça t'a plu ?

– Ça ne m'a pas dégoûtée, avoua Cath. Et je crois que ça m'a intrigué de voir un sexe aussi énorme.

106

– Moi, ça m'a plu une minute. Ensuite, ça m'a agacée. Ce sexe, c'était comme un petit dieu qui veut être idolâtré. La fille s'incline devant, elle l'embrasse, ainsi de suite. J'avais plutôt envie de taper dessus avec une cuillère.

– Je me demande ce qu'on ressent.

– Elle n'avait pas l'air de s'éclater.

– À mon avis, ce qui lui plaisait, c'était de faire plaisir à ce type.

– Quel type ? demanda Maddy. Il n'avait même pas de visage. Et je vais te dire un truc… (Elle découvrait ses réactions à mesure qu'elle les exprimait.) Ça ne m'a pas du tout excitée. Comment est-ce qu'on peut être excité par ça ?

– Il y a des gens que ça excite.

– Des mecs.

– Oui, des mecs.

– Mais pas tous, Cath. Je ne peux pas croire ça. Il y a forcément des garçons qui veulent autre chose.

– À dire vrai, je n'en ai aucune idée, dit Cath. Mais tu sais quoi ? Ça n'avait pas l'air trop difficile. Si j'avais un mec et si ça suffisait à le rendre heureux, je crois que je le ferais.

– Et l'amour, dans tout ça ?

– Oui, ce serait bien aussi.

De retour dans sa chambre, après le départ de Cath, Maddy resta allongée sur son lit dans l'obscurité, les rideaux ouverts pour regarder le ciel noir. La lune naissante projetait une lueur pâle sur une poignée de nuages entre lesquels apparaissaient les étoiles les plus brillantes. Elle fixa son regard sur les astres lumineux et eut l'impression que c'était elle qui bougeait, avec la maison et tout son monde ; elle naviguait dans la nuit.

Ses pensées formaient un étrange mélange où le sourire de Joe côtoyait le gros sexe sur l'écran de l'ordinateur, et une excitation indéfinissable irradiait d'elle pour toucher tout ce qu'elle voyait. Elle aimait regarder par la fenêtre : le ciel n'avait pas de frontières, il s'étendait à l'infini, plus rien n'était impossible. Elle était sur le point de basculer dans une gigantesque aventure.

Avant de s'endormir, elle regarda si elle avait reçu des textos. Aucun. L'idée lui vint de consulter sa boîte Hotmail.

Le dernier message avait été envoyé à 18 h 14.

Salut, Maddy. Je me fais du souci pour Cyril. Peut-être qu'il s'ennuie de Mme Cyril. Les chameaux aussi ont un cœur. Joe.

Maddy ne pouvait détacher son regard de l'écran. Un message de Joe Finnigan ! Comment s'était-il procuré son adresse Hotmail ? Mais était-ce réellement Joe ? Elle vérifia l'adresse de l'expéditeur : Joefinn41@hotmail.com

Son cœur s'emballa.

Les chameaux aussi ont un cœur.

Elle regarda l'heure. Dix heures passées. Mais un mail ne réveille pas les gens.

Elle répondit : Salut, Joe. Cyril est très touché par ta sollicitude, mais il dit que tout va bien. Comment as-tu eu mon adresse e-mail ? Maddy.

Elle cliqua sur ENVOYER et retourna se coucher. Plus question de dormir maintenant. Allongée sur le dos, elle sentait sa poitrine et son diaphragme se contracter. Elle passait en revue toutes les manières dont elle pourrait revoir Joe demain, et où cela pourrait les mener.

Un petit *bing* ! l'informa de l'arrivée d'un nouveau mail. Elle se leva d'un bond. Joe avait répondu.

Sois sympa, Maddy. Comporte-toi comme d'habitude au lycée. Je ne veux faire de peine à personne. Bises à Cyril. Joe.

L'amour est une décision

Le lendemain matin, Maddy apporta un soin particulier à sa tenue, mais le règlement du lycée était si strict en la matière qu'elle avait toujours l'air terne, quoi qu'elle mette. Comment Grace faisait-elle pour paraître aussi glamour avec une jupe gris foncé et un chemisier blanc ? Sans doute grâce à sa silhouette élancée, presque androgyne, et à sa façon d'être. Grace semblait attendre de ses vêtements qu'ils la mettent en valeur, et ils remplissaient leur rôle. Résultat, dans son uniforme scolaire, elle avait l'air d'un mannequin qui se rend à une soirée déguisée en collégienne. Maddy, elle, avait juste l'air d'une collégienne.

Il n'y avait rien à faire. La chose en elle qui avait attiré l'attention de Joe Finnigan l'avait sans doute emporté sur l'obstacle vestimentaire.

Ce doit être mes yeux rieurs, pensa Maddy.

Un jour, au retour d'un de ses voyages à

l'étranger, son père avait dit : « Comme ces yeux rieurs m'ont manqué ! » C'était il y a très long-temps. Peut-être la gaieté s'était-elle un peu estompée depuis.

En fait, si quelqu'un avait des yeux rieurs, c'était Joe. Même s'ils devaient se comporter comme avant, Maddy avait hâte de le revoir, ne serait-ce que pour saisir au vol son regard lors-qu'il la verrait.

Hélas, Joe ne vint pas au lycée ce jour-là. Il assistait à la journée portes ouvertes d'une uni-versité. Et demain, c'était samedi. Conclusion, elle ne le reverrait pas avant lundi. Le seul gar-çon qu'elle croisait partout où elle allait, c'était Rich Ross.

Pourtant, elle l'évitait. Elle savait qu'il vou-lait lui parler de Grace et elle n'avait pas le cou-rage de lui mentir ni de lui donner de faux espoirs. Elle l'aimait bien et elle craignait de le faire souffrir.

— Il vit au royaume des fées, dit Cath. Il faut le réveiller.

— Oui, je sais, soupira Maddy. Mais pourquoi est-ce que ça tombe sur moi ?

Après le déjeuner, Rich était encore là ; il traî-nait devant le réfectoire. Il évitait de la regarder ouvertement, mais Maddy savait qu'il l'atten-dait.

Autant en finir le plus vite possible.

Ensemble, ils parcoururent l'allée de hêtres.

– J'ai parlé à Grace, dit-elle.

Il y avait dans les yeux de Rich une espérance qui faisait pitié.

– Qu'est-ce que tu lui as dit?

– Je n'ai pas attaqué directement. J'ai compris que je devais y aller en douceur.

– Oui, oui.

Maintenant que le moment était arrivé, Maddy découvrait qu'elle était incapable de dire la vérité.

– Elle n'a pas vraiment réagi. En vérité, je crois qu'elle n'a jamais pensé à toi, d'une manière ou d'une autre.

– Oui, bien sûr.

– Grace est très…

Maddy hésita; elle savait que Rich voyait Grace sous un jour très différent. Inutile de briser toutes ses illusions.

– Solitaire, tu veux dire?

– En quelque sorte.

Jamais Maddy n'aurait pensé à qualifier Grace de « solitaire ».

– Je crois que quelque chose la fait souffrir, ajouta Rich.

Maddy n'en était pas convaincue, mais elle comprenait le raisonnement de Rich. Il voulait voir en Grace une pauvre créature blessée qu'il pouvait réconforter et soigner. Elle avait déjà utilisé cette tactique.

— Peut-être.

— Je sais qu'elle ne s'intéresse pas du tout à moi, reprit Rich. Pour elle, je suis un ringard, je parie.

— Euh…

— C'est pas grave. Elle ne sait rien de moi. Elle ne m'a même jamais adressé la parole. J'ignore pour qui elle me prend, mais je ne suis pas celui qu'elle imagine. Il va falloir que je passe à l'étape suivante.

Maddy était étonnée. Rich ne se berçait pas d'illusions, finalement. Et il faisait preuve d'une détermination impressionnante.

— Tu es capable de persévérer sans aucun encouragement?

— Je suis bien obligé, non?

— Tu pourrais laisser tomber.

— Oui. Mais je ne le ferai pas.

Il sortit un livre de son sac et le feuilleta. Maddy remarqua qu'il s'agissait de ce vieux livre de poche aux pages jaunies: *L'Art d'aimer*. De nombreux passages étaient annotés dans la marge, au crayon.

— Écoute ça, dit Rich. «Aimer quelqu'un ne relève pas seulement de la puissance du sentiment, mais d'une décision, d'un jugement, d'une promesse. Si l'amour n'était que sentiment, la promesse de s'aimer pour toujours n'aurait aucun fondement. Un sentiment peut faire irruption comme il peut disparaître. Comment puis-je juger qu'il persistera si mon acte ne comporte ni jugement ni décision ? »

– Ouah !

– Comme tu dis. Ouah. L'amour est une décision.

– Et tu as pris cette décision ?

– Oui.

– Tu y crois vraiment ? Tu peux *décider* d'aimer quelqu'un, comme ça ? Et si cette personne ne t'aime pas ?

– Écoute. (Rich tourna quelques pages du livre et se remit à lire à voix haute.) « L'amour est un pouvoir qui produit l'amour. »

– C'est qui, ce type ?

– Erich Fromm. Un psychologue. C'est M. Pico qui me l'a fait lire.

– Pourquoi ?

– On parlait de choses qu'il aurait aimé connaître quand il avait mon âge.

Maddy lui prit le mince ouvrage des mains et l'ouvrit à la première page. Une citation de Paracelse faisait face à la table des matières.

– Qui est ce Paracelse ?

– Aucune idée.

– « Celui qui ne sait rien, lut-elle, n'aime rien… »

Ce n'était donc pas un manuel d'éducation sexuelle.

– Quand tu l'auras fini, je pourrai te l'emprunter ?

— Prends-le. J'ai recopié les meilleurs passages dans mon journal. Mais ne le perds pas, il faut que je le rende à M. Pico.

— Ton journal que personne ne lit.

— J'ai réfléchi à ce que tu m'avais dit. Je pense que l'intérêt, c'est que je le lis seulement quand je l'écris. C'est une façon de découvrir ce que je pense réellement.

— Tu ne le sais pas ?

— Je crois que je me raconte un tas d'histoires. Bizarrement, dès que tu te mets à écrire, tu deviens plus honnête avec toi-même.

— C'est déprimant, non ?

— Oui. Un peu.

— Moi, je ne pourrais pas.

— Bref. Tu ne m'as pas vraiment dit ce qu'avait répondu Grace.

Maddy ne pouvait se résoudre à traduire tout le mépris de Grace.

— Elle a dit que tu n'étais pas son genre.

— C'est quoi, son genre ?

— Aucune idée. Grace est une fille très secrète.

— Elle est paumée.

Sur ce, Rich se tut ; il suivait le cours de ses pensées.

— Cette décision que tu as prise, dit Maddy. Si ça ne marche pas, j'imagine que tu peux toujours l'abandonner et en prendre une autre ?

— Je ne sais pas. Peut-être. (Il détourna le

regard.) Le problème, c'est que je pense à elle tout le temps.

Maddy éprouva un sentiment de pitié. Rich allait souffrir terriblement.

Soudain, elle s'aperçut qu'elle se trouvait dans la même position avec Joe. Elle le connaissait à peine, mais elle pouvait dire, en toute franchise, qu'elle pensait à lui en permanence. La grosse différence, c'était que Joe lui envoyait des mails.

— Je sais ce que c'est, avoua-t-elle.

— Tu as quelqu'un, toi aussi?

— Si on veut.

— Je suis content.

Maddy fut touchée par son sourire doux et chaleureux. Il voulait qu'elle soit heureuse, elle aussi.

— C'est la seule façon de vivre, non? dit-il.

Arrivés au bout de l'allée, ils firent demi-tour.

— Alors, qu'est-ce que tu vas faire maintenant? demanda Maddy.

— Lui parler.

— Tu crois que c'est une bonne idée?

— Non, pas vraiment. Mais c'est l'étape suivante. Il faut que je le fasse.

Tel un soldat qui part au combat. La mort ou la victoire.

Rich trouva Grace presque tout de suite. Maddy l'observa de loin, persuadée qu'il allait se dégonfler au dernier moment. Grace était seule, elle marchait d'un pas vif, en direction des terrains de sport. Rich commença à la suivre, puis hésita, puis la suivit de nouveau. Maddy s'aperçut qu'elle n'avait pas le courage d'assister à la scène. Elle partit à la recherche de Cath.

— C'est horrible, dit-elle à son amie. La bulle de Rich est sur le point d'éclater.

Juste avant le terrain de sport, il y avait une grande cabane en bois qui abritait la tondeuse et les divers outils du gardien du lycée. Grace disparut derrière.

Rich s'approcha lentement. Puis s'arrêta. Peut-être s'était-elle isolée pour fumer, ou même se droguer, et il ne voulait pas être celui qui la prendrait en flagrant délit. Elle se mettrait en colère. Aussi avait-il décidé de rebrousser chemin quand il entendit de drôles de bruits derrière la cabane. Comme si quelqu'un suffoquait.

Pensant que Grace devait être malade, il se précipita. En tournant au coin de la cabane, il la vit, penchée en avant, les mains sur les genoux, au-dessus d'un monticule d'herbe coupée, en train de vomir. Elle cracha encore un peu de bile, se redressa et s'essuya la bouche avec un mouchoir en papier.

En se retournant, elle découvrit Rich.

– Tu m'as suivie ?

– Oui.

– Bien fait pour toi, alors.

Elle ne semblait pas en colère contre lui, juste lasse.

– Ça va ? s'enquit-il.

– À ton avis ?

Il avait envie de lui demander pourquoi elle n'était pas allée vomir dans les toilettes. Pourquoi venir jusque-là ? Il avait envie de lui dire : « Quelque chose ne va pas, hein ? Parle-moi. » Mais il ne dit rien.

– Sois sympa, Rich. Ne le répète à personne. C'est un peu dégueu.

– Je ne dirai rien.

– Pas même à Maddy Fisher.

– OK.

Il cherchait les mots pour lui expliquer qu'il comprenait ce qu'elle endurait, même si ce n'était pas le cas.

– C'est passé, dit Grace. Ça va mieux.

Elle voulait être seule.

– OK.

Il s'en alla.

Ce soir-là, Rich écrivit dans son journal :

Personne d'autre ne sait ce que je sais sur elle, même si je ne sais pas ce que je sais. Je sais seulement qu'elle n'est pas comme le croient tous les autres. Et maintenant, elle sait que je sais. D'une certaine façon, j'ai réussi à m'introduire dans son jardin secret. Ce n'est plus qu'une question de temps, désormais. Elle m'en dira plus, elle découvrira qu'elle peut compter sur moi. Tout ce que je veux, c'est pouvoir lui montrer de quelle manière je peux l'aimer. L'amour est un pouvoir qui produit l'amour. J'y crois. Je le vis.

Dans l'attente de tout le reste

Maddy croisa le regard de Joe Finnigan quand il entra dans l'amphithéâtre pour la répétition. Cela faisait quatre jours qu'elle ne l'avait pas vu et qu'ils n'avaient pas échangé de mails, mais elle avait l'impression que c'était hier.

Il lui adressa un petit signe discret de la main. Quant à elle, elle prit soin de ne rien dire ou faire qui pourrait les trahir. Toutefois, durant toute la répétition, elle se sentit reliée à Joe par des fils invisibles ; le moindre de ses gestes se répercutait en elle.

La répétition avança beaucoup plus rapidement que la fois précédente et ils travaillèrent une bonne partie de l'acte II. À ce moment de la pièce, la famille Bliss et leurs invités tentent de jouer à un jeu. Maddy récita ses répliques en bombardant Joe de regards faussement timides, afin de donner un sens à la suite de la pièce.

– C'est Simon qui m'emmène dans le jardin, expliqua-t-elle à M. Pico. Il faut donc qu'il se passe un truc entre eux.

Amusé, Joe réagit aux œillades de Maddy comme s'il tombait peu à peu sous son charme. Quand les autres tentent de convaincre Jackie d'exécuter une danse, et que celle-ci refuse car elle est trop timide, Joe prit Maddy par le bras et lui tapota la main. Pendant un court instant, elle croisa son regard et lui laissa voir le bonheur qui l'envahissait.

Une fois la répétition terminée, Joe lui dit :

— Tu es vraiment douée, tu sais.

— Je me demande pourquoi.

Mais Gemma était là, comme toujours, pâle, adorable et muette, alors Maddy salua Joe d'un geste désinvolte et partit avec Grace.

— Qu'est-ce qui t'a pris ? demanda cette dernière dès qu'elles furent dehors. Tu n'as pas arrêté de draguer Joe.

— Pas du tout. J'ai été très réservée au contraire.

— Non, Maddy. Faux. Réservé, ce n'est pas ça. Ça, c'était : saute-moi dessus !

— C'est toi qui m'as dit de tenter ma chance.

— Oui, je sais. (Grace l'observa d'un air intrigué.) Il s'est passé quelque chose, hein ?

— Peut-être.

En fait, Maddy brûlait d'envie de se confier à quelqu'un, et comme c'était Grace qui, au départ, l'avait encouragée, il semblait injuste de lui cacher la vérité.

— C'est top secret, OK ?

– Évidemment. Pour qui tu me prends ?

– Joe m'a envoyé des mails.

– Quoi ?

– Mais je ne dois pas en parler au lycée à cause de Gemma.

– Il dit quoi dans ses mails ?

– Surtout des plaisanteries pour l'instant.

– Quel genre ?

– Sur Cyril le chameau qui vit devant notre boutique. Ça ne va pas très loin, tu vois. Mais le truc, c'est que c'est un secret entre nous, et c'est venu de lui. Tu avais raison.

– Oui. Bien joué, Maddy. Une histoire d'amour secrète.

Grace continuait à la dévisager, comme si elle sentait que Maddy ne lui disait pas tout.

– Mais pourquoi est-ce que ça doit rester secret ?

– Il ne veut pas faire de peine à Gemma.

– Tu veux dire qu'il ne veut pas la perdre.

– Non. Il est délicat, c'est tout.

– Maddy. S'il était délicat, comme tu dis, il romprait avec Gemma avant de te draguer.

– Il ne me drague pas. Pas vraiment. Il m'a juste envoyé des mails sympas.

– Peut-être qu'il ne veut pas rompre avec Gemma.

– Comment ça ?

– Peut-être qu'il veut garder Gemma pour baiser et toi pour faire des plaisanteries

– C'est horrible, ce que tu dis! Ce n'est pas le genre de Joe.

– Tu n'en sais rien.

– Je ne peux pas le croire.

– J'espère que tu as raison, dit Grace. Mais je vais te donner un conseil : ne t'investis pas trop dans cette histoire avant de savoir ce qui se passe. Les garçons ne sont pas comme nous. Crois-moi.

Après avoir confié son secret à Grace, Maddy savait qu'elle devait informer Cath également. La réaction de cette dernière fut beaucoup plus gratifiante :

– Dément! La vache! C'est super romantique! Tu dois être folle de joie, je parie! Ouah! Je te l'avais dit. Pas vrai? Avoue que je te l'avais dit. J'ai bien droit à une récompense. Je me contenterai d'avoir eu raison.

– OK. Tu avais raison.

– Des mails secrets! Comme dans un film. Vous allez vous donner des rendez-vous clandestins derrière des églises paumées. Il te plaît comment sur une échelle de un à dix?

– On ne sort pas encore ensemble.

– Et alors? Donne-lui une note.

– Six.

– Menteuse. Tu dis n'importe quoi.

– Sept, peut-être.

– Regarde-moi dans les yeux.

– Bon, d'accord. Neuf.

– Ah, j'aime mieux ça.

– Grace dit qu'il n'est pas sérieux et que je ne devrais pas trop m'emballer.

– Elle est jalouse !

– C'est ce que j'ai pensé.

– Habituellement, c'est toujours elle que les mecs veulent. Elle ne supporte pas que Joe te drague.

– Sauf que c'est elle qui m'a encouragée, au départ.

– Elle ne pensait pas que Joe mordrait à l'hameçon.

– Tu crois ça, toi aussi ? Que Joe a envie d'être avec moi pour rigoler et avec Gemma pour le sexe ?

– Non. Et puis, de toute façon, il n'a qu'à essayer de coucher avec toi. Je te parie tout ce que tu veux qu'il s'amusera plus avec toi au lit qu'avec Gemma.

Maddy éclata de rire. Cath n'aurait pas pu lui faire un plus beau compliment.

– On en est encore loin, dit-elle.

– N'empêche. Tu ferais bien de prendre tes précautions.

– Tu crois ?

– Imagine que Joe passe te voir un soir et que vous commenciez à vous bécoter. Es-tu absolument certaine que tu ne le laisseras pas aller jusqu'au bout ?

– Oui. Non. Oh, je n'en sais rien.

– Tu ne peux pas compter sur lui. C'est un truc auquel les garçons ne pensent jamais.

– Comment tu le sais ?

– À ton avis, pourquoi autant d'adolescentes se retrouvent enceintes ?

– Et toi, tu prends tes précautions ?

– Tu m'as bien regardée, Maddy ? Ma contraception, c'est ça !

Cath montra son visage.

– Oh, arrête ton cinéma !

Un nouveau mail de Joe attendait Maddy chez elle.

Je n'aurais pas dû te regarder autant. Gemma a des soupçons. Ça me tue que ça doive rester un secret. Je vais arranger ça, bientôt, je te le promets. Ensuite, on pourra se voir normalement. Et tout le reste.

Maddy relut ce message encore et encore. Elle avait envie de téléphoner à Grace pour s'exclamer : Je te l'avais bien dit ! Mais elle craignait que celle-ci trouve un nouveau moyen de ternir son bonheur et, de toute façon, il était encore trop tôt pour en parler aux autres. Elle voulait garder ça pour elle pendant quelque temps.

C'étaient les quatre derniers mots du message qui l'enivraient. Quatre mots qui ne voulaient rien dire et tout dire. Quatre mots à la fois discrets et passionnés. Allongée sur son lit,

Maddy revoyait mentalement tous les gestes de Joe durant la répétition de cet après-midi ; la façon dont son visage souriant cherchait le sien, dont il lui avait parlé sans prononcer de mots. Elle avait senti sa présence s'insinuer dans chaque recoin de la grande salle. Il lui donnait des frissons.

Elle répondit à son mail.

C'était amusant aujourd'hui. Comme si on jouait à un jeu dont on est les seuls à connaître les règles. Exactement comme dans la pièce, si tu y réfléchis. On joue à un jeu tout en jouant un jeu. Ça plairait à Pablo. N'empêche, j'attends tout le reste avec impatience…

Ses doigts tremblaient pendant qu'elle tapait ces mots. Pour elle, ils s'apparentaient à une déclaration d'amour sans équivoque, aussi transparente que si elle avait écrit : Je suis à toi, fais ce que tu veux de moi. Mais c'était lui qui avait employé cette formule le premier, alors…

Elle entendit claquer la porte du bas, puis la voix haut perchée d'Imo. Maddy se leva d'un bond, impatiente de voir sa sœur. Il y avait certains sujets pour lesquels elle avait besoin de son avis.

– Tu aurais dû voir cette plage ! disait Imo à leur mère, pendant que Maddy dévalait l'escalier.

– Je l'ai déjà vue, ma chérie. C'est une plage très célèbre.

– Non, tu aurais dû voir ça ! Des kilomètres et des kilomètres de sable. Des kilomètres et des kilomètres de ciel. Des milliers et des milliers d'oiseaux qui se posaient dans les marais au coucher du soleil. On se serait cru dans un film.

– C'était dans un film, dit Mme Fisher. Avec Gwyneth Paltrow.

Dès que Maddy se retrouva seule avec Imo, elle dit :

– Allons nous promener au bord de l'eau.

– Oh, je vois.

Elles aimaient marcher le long de la rivière pour échanger des secrets. Une piste cendrée partait de leur maison et suivait les méandres du cours d'eau jusqu'en pleine campagne. Il y avait toujours quelques promeneurs avec leur chien, rarement plus de deux ou trois, si bien que cette balade était à la fois sûre et tranquille.

La rivière était haute, l'eau boueuse affluait après les fortes pluies de ces derniers jours. Deux cygnes réfugiés sur la rive opposée les regardèrent passer d'un air morne. La lumière du soir éclairait le ventre des nuages bas à l'horizon. Les champs prenaient une couleur paille.

Maddy avait envie d'expliquer à Imo combien elle était heureuse ; et, même si la journée finissait, même si l'année touchait à sa fin, elle avait l'impression qu'un monde nouveau était en train de naître. Il ne s'était rien passé entre Joe et elle, juste quelques regards, quelques mots, mais il était là, dans cet avenir proche, et il l'attendait.

Imo avait des secrets, elle aussi.

— Alex et moi, on a décidé qu'on devait se donner un peu d'air pour respirer. En vérité, j'ai toujours su que ça ne serait jamais sérieux avec lui.

— Non, c'est faux. Tu as oublié, voilà tout.

— Oublié quoi?

— Tu disais qu'Alex n'était pas comme les autres, qu'il était plus calme et authentique. Tu disais que tu en avais marre de passer ton temps en boîte et qu'Alex était plus adulte.

— Ah bon? (Imo paraissait sincèrement étonnée.) Eh bien, peut-être que je ne suis pas encore tout à fait prête à devenir adulte. Je n'ai que vingt ans. Et puis, j'ai rencontré quelqu'un d'autre.

— Je le savais! C'est qui?

— Tu ne le connais pas, et c'est encore trop tôt pour en parler. Mais il est incroyablement beau, le genre sauvage et imprévisible, tu vois. Et… super sexy.

— Il est célibataire? Et il a craqué sur toi?

— J'en sais rien! Il n'est pas marié, c'est sûr. Et, s'il est seul, c'est qu'il l'a voulu, crois-moi.

— Comment il s'appelle?

— Leo.

Maddy comprit aussitôt.

– Ce n'est pas Leo Finnigan, hein?

– Si. Comment tu as deviné?

– Je l'ai rencontré. Son frère Joe est dans mon lycée.

– Tu l'as rencontré?

– Joe et lui sont venus à la boutique. Il a demandé si j'étais à vendre.

– Du Leo tout craché.

– Tu es allée jusqu'où avec lui?

– Il était à cette fête dans le Norfolk. Il m'a draguée outrageusement pendant tout le week-end. Mais, évidemment, il y avait Alex qui me collait. Maintenant que tout est réglé, je peux arrêter de jouer les Miss Vertu. Même si je crois que ça l'a pas mal excité.

– Écoute, Imo. Si je te dis un truc…

Mais celle-ci n'avait pas terminé son histoire.

– Il me reste quinze jours avant de retourner à la fac. Alors, même si c'est un sale type, il ne risque pas de me briser le cœur. Tu savais qu'il avait son propre appart? Dans High Street.

– Oui, je sais.

Joe le lui avait dit.

– Au-dessus du Caffè Nero. C'est très pratique.

– Pourquoi il ne vit plus chez ses parents?

– Il a vingt-deux ans, Mad! Il est occupé à chercher du boulot et tout ça. Il devenait din-gue chez lui. Alors, maman chérie, complète-ment gaga de son fils, a décidé de lui louer un appart pour éviter qu'il parte vivre à Londres.

– C'est pour ça qu'ils achetaient des meubles.

– Leo dit qu'il a juste besoin d'un frigo pour l'alcool et d'un lit pour les gonzesses. Il est très anti-politiquement correct. C'est aussi bien qu'il me reste juste deux semaines.

– Je peux te confier mon secret maintenant ?

– Je croyais qu'on parlait de Leo et moi.

– Il s'agit du frère de Leo, Joe.

– Eh bien, quoi ?

– Il se passe un truc entre nous.

– Non !

– Pour l'instant, on s'est juste envoyé des mails. Il doit se débarrasser d'une Alex au féminin avant qu'on puisse s'afficher au grand jour.

– C'est dingue ! Toi et Joe Finnigan ! Il est aussi craquant que Leo ?

– Il est différent. Plus doux. Leo m'a fichu la trouille. Joe, lui, ne me fait pas peur du tout. Il est très sûr de lui, comme son frère, mais c'est un garçon franc et souriant.

– La vache, Mad, ça devient presque incestueux !

– Tu ne le répéteras à personne, hein ? Pas même à Leo. Joe est un garçon honnête, il ne veut tromper personne.

– Comme moi. J'ai été très honnête avec Alex. Mais c'est un problème vite réglé. Quand est-ce qu'il va agir ?

– Je ne sais pas. Et je m'en fiche. J'adore cette période intermédiaire. Je suis tellement heureuse.

Imo sourit tendrement à sa sœur et la serra dans ses bras.

— Regarde-toi! Je ne t'ai jamais vue dans cet état.

— Je n'ai jamais été dans cet état.

— Tu crois que ça pourrait être le bon?

— Possible.

— Tu es prête? Fais gaffe de ne pas tomber enceinte.

— Aucun risque.

— Tu ne peux jamais faire confiance au garçon. Tu le sais, hein?

— Joe n'est pas du genre à prendre des risques.

— C'est un mec, non?

— Ils ne sont pas tous pareils.

— Si. Et les mecs ne se retrouvent pas en cloque. Pour eux, c'est différent.

— Tu fais quoi, alors? Tu te trimbales avec des préservatifs dans ton sac?

— Je ne supporte pas les capotes. De véritables tue-l'amour. Je prends la pilule depuis que j'ai quinze ans.

— Oh.

— Va voir le Dr Ransom. Elle t'arrangera ça. Et n'attends pas trop. Il faut plusieurs jours avant que ça soit efficace. En plus, ça t'enlèvera tes boutons.

Après avoir dispensé ce conseil direct, Imo estima qu'elle avait réglé la question de la vie sexuelle de sa sœur cadette; elle pouvait donc recommencer à parler de Leo et de la fête dans le Norfolk. Autrefois, Maddy aurait été avide de détails, mais maintenant elle écoutait Imo d'une oreille distraite. Elle repensait à cette histoire de pilule. Prendre un rendez-vous avec leur médecin de famille ne posait pas de problème, mais autour de cette décision simple tournoyaient une multitude d'émotions mêlées : l'excitation, la fierté, la peur, tout cela attisé par la perspective de sa propre vie sexuelle. Même ce terme de « vie sexuelle » sonnait différemment désormais, car il avait un visage, un corps, un nom. Il voulait dire : « coucher avec Joe ».

Ce serait comment ? Elle essayait d'imaginer la scène, sans trop s'attarder sur les détails physiques. Pas question de jouer à Amy la bunny. Au contraire, elle voulait voir dans cet acte un prolongement, une forme d'intimité encore plus intime, dans laquelle leurs deux corps se fondraient, si bien qu'elle ne savait plus où s'achevait le sien et où commençait celui de Joe. Oui, elle aimait cette idée. Elle noua ses bras autour de sa poitrine en marchant, comme si c'était Joe qui l'enlaçait. Elle fut parcourue par un frisson de gratitude et de tendresse. Tout son être attendait le grand moment.

Pour Maddy, c'était totalement nouveau. Elle avait commenté en gloussant les photos de *boys bands* dans les magazines avec ses copines. Elle avait essayé de s'imaginer dans un lit, nue, avec un garçon inconnu. Mais ce n'était qu'un jeu. Dans ses fantasmes, le frisson délicieux résidait dans le fait d'être choisie, et non pas dans les plaisirs qui pouvaient en découler. Même avec Joe, les émotions les plus intenses venaient de l'attention qu'il lui portait, et non l'inverse. Il me désire, il me désire, chantait son cœur en secret.

Mais il y avait autre chose désormais. Durant les répétitions, elle l'avait observé, en s'attardant sur chaque détail : son physique dégingandé, ses mains aux longs doigts, ses avant-bras parsemés de petits poils noirs, ses épaules larges, l'endroit où sa nuque rejoignait l'enchevêtrement de cheveux bruns, ou châtain très foncé plutôt, comme ses sourcils ; et ses yeux évidemment, bleu-vert, limpides, pénétrants quand il la regardait, débordant d'un rire muet ; et sa bouche, une bouche puissante, une belle bouche, une bouche dont elle voulait sentir les baisers, une bouche qu'elle voulait embrasser…

– Maddy ?

– Hein ?

– Tu crois que je devrais ou pas ?

Elles étaient presque arrivées à la maison. Maddy ne savait absolument pas de quoi parlait sa sœur.

– Tu ne m'écouteras pas de toute façon, répondit-elle. Tu parles à voix haute pour découvrir ce que tu penses, c'est tout.

– C'est vrai, reconnut Imo. Je vais accepter. En fait, j'ai déjà accepté. Je ne veux rien précipiter, c'est tout.

– Les choses se passeront comme elles doivent se passer, que tu les précipites ou pas.

– Tu es un puits de sagesse tout à coup. Sûrement l'amour.

Maddy appela le dispensaire et demanda un rendez-vous avec le Dr Ransom. On lui proposa le jeudi à dix-sept heures. C'était plus rapide que prévu. Et elle s'aperçut qu'elle avait dit oui sans même réfléchir. Après avoir raccroché, elle resta longtemps assise sur son lit, immobile, le regard dans le vide. Quand elle sortit de cet état de transe, elle découvrit qu'elle contemplait Lapinou, le lapin en tissu qui avait été son plus proche compagnon depuis toujours. Ses petits yeux marron semblaient chargés de reproches. Une de ses oreilles usées était repliée derrière sa tête et donnait l'impression qu'il était ivre.

– Ne t'en fais pas, Lapinou, dit-elle en le serrant dans ses bras. Je n'aimerai jamais personne autant que toi.

Dans son lit ce soir-là, elle ouvrit *L'Art d'aimer* et lut certains des passages que Rich avait soulignés au crayon. L'un d'eux attira son attention.

« L'amour, écrivait l'auteur, consiste en une

134

pénétration active d'autrui dans laquelle mon désir de connaître s'apaise par l'union… Dans l'amour et le don de moi-même, dans la pénétration d'autrui, je me trouve, je me découvre moi-même, je nous découvre tous deux, je découvre l'homme. »

Même si cela semblait avoir été écrit par un homme pour les hommes, ces phrases eurent un puissant effet sur Maddy. Telles qu'elle les comprenait, elles signifiaient qu'à travers l'acte de l'amour physique, elle trouverait la paix. Fini les incessantes questions sans réponses : qui suis-je ? Pourquoi suis-je sur Terre ? Ai-je droit au bonheur ? À la place, il n'y aurait plus qu'une simple et immense certitude : je suis là pour aimer et être aimée.

Elle appela Cath.

— Tu ne dors pas encore ?

— Si.

— C'est vraiment vrai, Cath !

— Quoi donc.

— Je suis amoureuse.

— J'avais remarqué.

— Il fallait que je le dise à quelqu'un.

— OK. Tu peux le redire si tu veux.

— Je suis amoureuse.

Rich écrit une lettre à Grace

— Quand est-ce que tu vas mettre des lumières dans ma maison de poupées? demanda Kitty à son frère. Tu as dit que tu pouvais le faire, mais je te crois pas.

C'était typique de Kitty: une demande accompagnée d'une critique.

— Bientôt.

— Avant l'anniversaire de mamie?

Leur grand-mère fêtait ses quatre-vingts ans dans quinze jours et cet anniversaire commençait à devenir un événement capital, au même titre que Noël ou le premier jour des grandes vacances. Désormais, quel que soit le sujet évoqué chez les Ross, il se situait avant ou après l'anniversaire. Plus précisément, tout ce qui nécessitait l'intervention de la mère de Rich était reporté après cette célébration, car c'était elle qui l'organisait. Parallèlement, elle apprenait aux Petits Pas une chanson, en guise de surprise. Évidemment, ce ne serait pas une grande surprise étant donné que depuis plusieurs jours, tous les matins, la maison était envahie par des braillements dissonants toujours en retard sur le piano entraînant de Mme Ross.

Je t'aime, un boisseau et un picotin
Un boisseau et un picotin
Un petit câlin.
Un petit calin, un tonneau et puis tout ça
Un tonneau et puis tout ça, et quand je dors je parle tout bas
De toi... de toi.

Cette chanson, tirée de la comédie musicale *Blanches colombes et vilains messieurs*, était une des préférées de leur grand-mère. Et toute la fête d'anniversaire serait ponctuée de vieux succès.

– Où vont-ils tous s'asseoir ? s'inquiétait Mme Ross. Qui va s'occuper d'eux ?

Une vingtaine d'invités étaient attendus dans la pièce principale de la maison, celle qui accueillait le jardin d'enfants pendant la semaine.

– Tu ne pourrais pas amener un copain, Rich ? J'avoue que j'aurais bien besoin d'une paire de mains supplémentaire. Je serai assise au piano presque tout le temps.

Rich demanda à son ami Max s'il voulait bien les aider. Celui-ci se défila.

– Je ne connaîtrai personne, je ne sais pas servir à boire et je ne suis pas une jolie fille. Mon père dit qu'on devine que la fête sera ratée quand il n'y a pas de jolies serveuses.

– Je ne connais pas de jolies filles.

– Tu connais Grace.

– Oh, oui. (Mieux qu'avant, faillit-il ajouter, mais il n'avait pas parlé à Max de la scène derrière la cabane du terrain de sport. C'était trop intime et trop… inachevé.) Je vois très bien Grace distribuant des petits fours à mes oncles et tantes.

– Peut-être qu'elle pourrait jaillir d'un gâteau en maillot de bain.

– Tu as déjà vu Grace en maillot de bain ?

– Non. Et toi ?

Rich secoua la tête. Mais il se plaisait à imaginer la scène. C'était suffisamment improbable pour être inoffensif. Max et lui avaient établi une règle tacite selon laquelle tout ce qui concernait les filles et le sexe devait être traité sur le mode de la plaisanterie ou comme une sorte de théorie supérieure.

C'est dans cet esprit que Rich présenta à Max *L'Art d'aimer*.

Assis dans la pénombre de la chambre de Rich, rideaux tirés, ils écoutaient *Blood on the Track*, de Bob Dylan.

Rich lut un des extraits qu'il avait recopiés dans son journal :

– « Loin que l'amour résulte de rapports sexuels gratifiants, c'est le bonheur sexuel – et même la connaissance de la prétendue technique sexuelle – qui résulte de l'amour. »

– Tu peux répéter, s'il te plaît ?

Rich relut le passage.

– OK, j'ai pigé cette fois, dit Max. C'est du pipeau.

– Pas forcément.

– Écoute, mon pote. (Max s'était mis à sauter sur le lit avec le plus grand sérieux.) N'importe quelle fille qui me donnera du plaisir sexuel aura droit à mon amour. Garanti à cent pour cent.

– Tu n'en sais rien.

– OK, je ne *sais* pas. Je le *sens*. Mon corps le sent. L'amour, c'est la passion. La passion, c'est le sexe. Les gens parlent d'amour uniquement parce qu'ils rêvent de baiser et qu'ils ne l'ont pas encore fait.

– Si tu es en manque à ce point, tu peux toujours te branler.

– C'est pas pareil. Absolument pas pareil.

– Je ne vois pas la différence. Si tu ne veux pas t'embêter avec l'amour, pourquoi t'embêter avec quelqu'un d'autre ? Zappe les intermédiaires. Pas besoin de fille, va direct à l'orgasme.

Rich était fier de sa formule.

– Tout ce que je peux dire, reprit Max en insistant sur chaque mot, c'est que si baiser, c'est pas mieux que de se branler, je serai hyper déçu. Des siècles et des siècles de propagande apparaîtront comme un énorme mensonge. De quoi me faire perdre ma foi dans l'espèce humaine.

– Évidemment que c'est meilleur, dit Rich. C'est obligé. C'est comme aller au ciné avec un pote, c'est mieux que tout seul. Et parler avec toi, là, c'est mieux que de parler seul.

– Oh, arrête ton char ! Le sexe, c'est pas de la conversation. C'est un truc de corps, de nudité, d'excitation qui monte et… oh, oh…

Max, le petit lutin au visage grimaçant et aux oreilles décollées, ramena ses genoux contre sa poitrine et se balança d'avant en arrière sur le lit. Son désespoir aurait dû avoir un aspect comique, mais Rich ne voyait aucune raison de rire. Il partageait l'impatience de Max et, s'il avait été moins inhibé, il aurait gémi à côté de lui sur le lit.

Plus tard ce soir-là, une fois Max parti, après le dîner, Rich s'aperçut qu'il ne parvenait pas à se concentrer sur ses devoirs. Il éprouvait le besoin de sortir de chez lui tout à coup.

– Je vais faire un tour dans le bois ! lança-t-il à sa mère.

Sur son vélo, il quitta la ville en quelques minutes. Il l'attacha à un grillage au début d'un chemin de terre, creusé de profondes ornières par les véhicules agricoles, qui montait en pente raide vers une petit forêt de hêtres sur le flanc nord de la colline. Au crépuscule, le bois était envahi d'ombres et de riches odeurs de feuillage. Le sol était spongieux sous ses pieds, à cause de la pluie, et les branches basses, de chaque côté du sentier, le cinglaient au passage.

Rich connaissait bien ce sentier. Il l'avait souvent parcouru seul, au printemps quand les feuilles faisaient leur apparition, et en plein été quand des rayons de soleil éclatants tachetaient le compost. Maintenant, à la mi-septembre, les jours raccourcissaient, le bois avait vieilli, il avait perdu de son exubérance. Dans la lumière déclinante, les couleurs sourdes du décor faisaient écho à son humeur.

Enfin seul pour de bon, Rich s'autorisa à penser à l'amour, au sexe et à Grace, mais surtout à Grace. Max se trompait sur toute la ligne, il en était convaincu. L'amour ne se limitait pas au sexe. Quand il pensait à Grace, il atteignait le comble du bonheur en imaginant le moment où il croisait son regard sans qu'elle détourne la tête, où elle se laissait prendre la main, où elle se rapprochait pour qu'il puisse passer son bras autour de sa taille fine. Ses fantasmes n'avaient pas besoin de s'aventurer plus loin ; il lui suffisait de rêver à ce contact pour que son cœur s'emballe.

Et puis, il y avait aussi les paroles imaginaires. Il ne récitait et n'attendait pas de grandes déclarations d'amour. Qu'est-ce que ça voulait dire, d'abord ? Dans ses fantasmes, il lui suffisait que Grace dise : « J'aimerais qu'on se voie demain à la pause du déjeuner. » S'il lui arrivait

141

d'aller plus loin, c'était pour entendre Grace lui avouer ce qui la rendait si triste, afin qu'il puisse la consoler. Rich voulait apparaître à ses yeux comme la seule personne capable de la comprendre véritablement. Il n'avait aucune confiance dans ses talents de séducteur, mais il savait qu'il pouvait jouer les consolateurs, et il espérait, par le biais de la gentillesse, accéder à l'intimité.

Voilà ce que Max ne comprend pas, se dit Rich en marchant dans le bois. Ce que l'on désire tous, c'est l'intimité. Le sexe aussi, le moment venu, mais seulement parce que c'est la forme d'intimité la plus intime. À vrai dire, la solitude l'effrayait beaucoup plus que la virginité. En outre – cela le frappa tout à coup et il en rougit –, l'intimité, c'était sans danger. C'était facile à gérer. Le sexe, ça faisait peur. Un faux pas et il n'y avait plus aucun moyen de se cacher. Tout le monde faisait comme si c'était aussi naturel que de respirer, mais on pouvait respirer en restant habillé. Pour faire l'amour, il fallait se déshabiller *devant elle*. Quant à la suite, le passage de la nudité au sexe… où était le manuel d'instructions ? Cette situation semblait se prêter au ridicule. Et, si par malheur il se ridiculisait, son sexe, qui cherchait parfois à se faire remarquer aux pires moments, se ratatinerait lamentablement et l'acte tant attendu n'aurait pas lieu. Et alors ?

Je suis nerveux à l'idée de faire l'amour, se dit-il. Rien de surprenant. Je veux la sécurité de l'intimité. Je veux avancer sur le terrain protégé de l'amour. C'est un commencement.

Au sommet de la pente boisée, là où le sentier traversait une barrière en bois brisée, sur un plateau tondu par les moutons, se dressait une grange en ruine. Elle avait été construite à flanc de colline, le mur du fond était composé de silex enfoncés dans la roche calcaire à coups de masse. Les autres murs, jadis en planches enchevauchées, avaient pourri ; il ne restait que la charpente en chêne, semblable à un échafaud. Le toit avait entièrement disparu. À un bout de cette bâtisse abandonnée, un frêne avait poussé, entre les vestiges ; ses branches incurvées vers le haut et son feuillage vert-de-gris formaient un nouveau toit. Les feuilles mortes de la forêt de hêtres, charriées par le vent durant de nombreux automnes, s'étaient accumulées contre le seul mur encore debout ; elles formaient un lit moelleux et abrité. Rich venait parfois ici avec ses livres et il s'allongeait dans la lumière tachetée pour lire et rêvasser.

Le crépuscule cédait place à la nuit quand il pénétra dans la grange et il distinguait à peine la caverne végétale sous les branches du frêne. Il aimait l'abri de l'obscurité. Il demeura un instant dans le silence, les yeux levés vers la charpente qui se détachait sur le ciel pâlissant.

Un jour, se dit-il, je viendrai ici avec Grace.

Plus tard, il écrivit dans son journal :

Si être amoureux signifie penser à quelqu'un à chaque instant. Si être amoureux, c'est désirer son bonheur plus que le sien. Si être amoureux, c'est vouloir que quelqu'un vous voie tel que vous êtes vraiment. Alors je suis amoureux de Grace. Et voici la grande question : Grace pourra-t-elle être amoureuse de moi un jour ? Réponse honnête : c'est peu probable. Réponse encore plus honnête : je me dis que ça n'arrivera jamais pour me protéger en cas de rejet. Ultime réponse, après injection du sérum de vérité : si Grace ne tombe jamais amoureuse de moi, toute ma vie sera triste, solitaire et vaine.

Au petit déjeuner, sa mère lui demanda :

– Tu ne connaîtrais pas quelques gentilles filles qui pourraient nous donner un coup de main pour l'anniversaire de grand-mère ?

– Il connaît Grace Carey, dit Kitty. C'est une fille sympa.

Rich lança un regard noir à sa sœur.

– Tu crois qu'elle accepterait ? demanda sa mère. On pourrait la payer.

– Ne dis pas de bêtises, maman.

Sa mère avait suffisamment de problèmes d'argent, elle n'allait pas payer des amis pour faire une chose qu'ils devraient faire par amitié. Sauf que Grace n'était pas véritablement une amie.

– Elle pourrait chanter *Un boisseau et un pico-tin* avec les Petits Pas, suggéra Kitty.

– Elle sait chanter ?

– Non, maman. Kitty fait l'imbécile, comme toujours.

Néanmoins, cette idée germa dans l'esprit de Rich. Il fallait qu'il passe au stade suivant de sa relation avec Grace, quelque chose entre lui adresser la parole pendant la pause du déjeuner et sortir avec elle. Pourquoi ne pas lui proposer de leur donner un coup de main pour l'anniversaire de sa grand-mère ? Un événement public, sans danger, rien à voir avec un tête-à-tête, tout en étant personnel. Grace pourrait même trouver ça amusant.

Elle pouvait aussi lui rire au nez.

Voilà la difficulté à laquelle il était confronté dès qu'il entreprenait une action qui dépendait de Grace. La perspective d'un refus l'horrifiait. Il imaginait si bien son expression dédaigneuse tandis qu'elle cherchait le moyen de lui expliquer qu'il vivait au pays des songes. Rien qu'en y pensant, il sentait son visage s'enflammer et la sueur couler sur son front. Il devait trouver un moyen de transmettre sa proposition de manière détournée.

Il ne pouvait pas demander à Maddy Fisher de servir d'intermédiaire encore une fois. Il ne pouvait pas envoyer un SMS à Grace car il n'avait pas de portable. En revanche, il pouvait lui écrire.

Plus il y réfléchissait, plus cette idée lui plaisait. De nos jours, personne n'écrivait de lettres. Le simple fait de coucher des mots sur le papier était une preuve d'originalité et d'excentricité. Grace trouverait cela insolite, mais pas incompréhensible. Après avoir lu sa lettre, elle pourrait répondre de la même façon et, s'il s'agissait d'un refus, il accuserait le coup dans l'intimité de sa chambre.

Alors, il s'installa à son bureau pour écrire à Grace. Pour solliciter son aide, simplement. Ce n'était pas une invitation.

Ma mère m'a demandé si je connaissais des filles qui accepteraient de nous aider et j'ai pensé à toi. Ce sera une drôle de fête, avec un tas de mômes et de vieux, mais ça peut être amusant. Je suppose que tu as déjà prévu quelque chose ce jour-là... (Il lui offrait une porte de sortie.)... mais si tu es libre, j'aimerais bien que tu viennes me donner un coup de main. C'est samedi prochain à 13 h. Envoie-moi un mot pour me dire si tu peux ou pas.

C'est alors qu'il eut une autre idée. Il prit une deuxième feuille sur laquelle il écrivit, en guise d'en-tête : *Cité du Vatican, Rome.*

Chère mademoiselle Carey,

Le pape vous salue bien. Je suis sûr que vous vous demandez si vous devez vous rendre à l'anniversaire de la grand-mère de Rich. Vous ne la connaissez pas. Vous connaissez à peine Rich. Et alors ? La Terre peut être détruite par une météorite demain. Vivez l'instant présent ! Dites oui à la vie !

C'est comme ça que je suis devenu pape.

Fidèlement vôtre,

Benoît XVI

Le lendemain, Rich se rendit au lycée avec les deux lettres dans une seule enveloppe, glissée dans son cartable. Il vit Grace à deux reprises avant le déjeuner, de loin, mais le courage lui fit défaut. Puis il tomba sur Maddy Fisher et sa copine Cath Freeman, et en profita pour tester sur elles son idée, sans préciser à qui étaient destinées les lettres.

— Une lettre du pape ?

Maddy éclata de rire.

— Tu crois que c'est une erreur ? demanda-t-il. J'aurais dû choisir l'archevêque de Canterbury ? Ou Bob Geldof ?

Cath s'aperçut que Rich se moquait de lui-même. Elle rit à son tour.

— Tu es vraiment un gars bizarre, dit Maddy.

— Moi, dit Cath, j'aimerais bien recevoir une lettre comme ça.

— Vraiment ?

— Oh, oui ! Remarque, je suis tout excitée quand je reçois des prospectus.

— Tu reçois des prospectus ?

— Non. Mais mes parents, oui. Ils les flanquent à la poubelle et je les récupère. C'est triste, non ?

— Oui, confirma Maddy.

Rich se sentit encouragé.

— Alors, vous pensez que je devrais remettre ces lettres ?

Maddy hésita ; elle savait à qui elles étaient destinées.

— Elle risque de le prendre de travers.

Cath intervint :

— Si la personne à qui elles sont destinées ne comprend pas, elle ne mérite pas de les recevoir.

— Elle peut te prendre pour un cinglé.

— Ça ne me gêne pas de passer pour un cinglé, dit Rich. Je ne veux pas être pathétique, voilà tout.

— Non, ce n'est pas pathétique. Envoyer une lettre signée du pape, ça n'a rien de pathétique.

Maddy s'esclaffa de nouveau, ce qui déclencha l'hilarité de Cath. Rich était content de lui.

Soudain, il vit Grace qui marchait vers eux.

— Qu'est-ce qui vous fait rire comme ça ? demanda-t-elle.

Maddy et Cath se turent et se tournèrent vers

Rich. Celui-ci se sentit rougir. Un bourdonnement emplit ses oreilles. Il sortit l'enveloppe de
son cartable et la fourra dans les mains d'une
Grace étonnée. Puis il s'éloigna. S'il ne partit
pas en courant, c'est au prix d'un suprême effort
de volonté.

Il se rendit en salle d'anglais car il pensait la
trouver vide et il avait envie d'être seul. Il tremblait de la tête aux pieds.

M. Pico était assis au bureau.

Il leva la tête quand Rich entra. Pendant une
fraction de seconde, celui-ci discerna sur le
visage du professeur une expression de profond
désespoir. Puis M. Pico ôta ses lunettes et les
essuya. Quand il les remit sur son nez, il avait
retrouvé son air ironique.

– Aurais-tu encore soif de culture, Rich?

– Euh, non, monsieur. Pardon. Je croyais que
la salle était vide.

– Elle l'est. (Le professeur se leva et rassembla ses livres.) Je m'en vais. Comme tu le sais
certainement, le règlement de cette école interdit à un membre du corps enseignant de se trouver seul dans une salle avec un élève.

– Je l'ignorais.

– On ne peut plus confier des adultes aux
enfants. Les jeunes d'aujourd'hui n'ont aucune
retenue.

Sur ce, il s'en alla.

Rich s'assit à sa place, ouvrit son exemplaire

de *La Tempête* et fit semblant d'étudier. Il essayait de ne pas penser à Grace en train de lire ses lettres, mais il ne pensait qu'à ça. Il sentait les tremblements dans son ventre et il avait la bouche sèche.

Imbécile, imbécile, imbécile, se dit-il.

Mais les autres avaient ri. Si Grace riait elle aussi, tout irait bien. Peut-être qu'elle rirait.

Je t'en supplie, Grace, ris.

Maddy va chez le médecin

– Hé, tu sais quoi ? s'exclama Maddy en s'adressant à Joe Finnigan d'un ton volontairement léger et désinvolte. Ton frère sort avec ma sœur.

– Depuis quand ?

– En fait, ils ne sortent pas encore vraiment ensemble. Mais, hier soir, ils se sont téléphoné pendant des heures.

– Dis à ta sœur de ne pas lui faire confiance. Leo est un sale type.

Ils attendaient le début de la répétition dans l'amphithéâtre. M. Pico était en retard. Toute la troupe était présente mais, pour une fois, pas de Gemma.

– Où est Gemma ? interrogea Grace.

– À l'hôpital, dit Joe. Elle sort dans deux ou trois jours.

– La pauvre, soupira Maddy. Rien de grave, j'espère ?

Joe croisa son regard.

– Non, rien de grave. Elle va s'en remettre.

Pour Maddy, c'était comme s'il disait : «Ça ne change rien pour nous.»

– Tant mieux, dit-elle.

Un jeune garçon apparut à l'entrée de la salle, essoufflé. Il apportait un message de la salle des professeurs. M. Pico ne viendrait pas. La répétition était annulée.

Tandis que le groupe se dispersait, Maddy s'attarda dans la salle, en espérant que Joe en ferait autant. Mais il s'exclama «Faut que je file!» et il sortit en courant.

Maddy repartit avec Grace. Cette dernière demanda :

– À ton avis, qu'est-ce qui est arrivé à Gemma ?

– Aucune idée, dit Maddy.

– Joe ne voulait pas en parler. Tu as remarqué ?

– Oui, peut-être.

– C'est quoi cette histoire entre Leo et ta sœur ?

– C'est la vérité. Ils se sont rencontrés dans une fête.

– Eh bien, comme ça c'est parfait, commenta Grace d'un ton où perçait une pointe de rancœur. Imo et Leo. Toi et Joe. Vous pourrez organiser un double mariage.

Après les cours, Maddy quitta ses amies devant l'arrêt de car, comme toujours, et rentra chez elle en suivant la rivière. Dès qu'elle fut à l'abri des regards, elle ralentit le pas et finit par s'asseoir sur un banc au bord de l'eau. Elle avait du temps à tuer. Dans un peu moins d'une heure, elle avait rendez-vous au dispensaire.

Maintenant que le moment fatidique approchait, elle s'apercevait qu'elle repensait à ces derniers jours avec une sorte de nostalgie. Elle découvrait qu'elle aimait ce secret, l'absence de paroles, les regards échangés, les mails qui l'attendaient quand elle rentrait. Bien que rien n'ait changé dans ses rapports avec Joe, elle avait le sentiment que la phase d'innocence s'achevait. Gemma était sur la touche. Joe pourrait s'exprimer librement. Et, après la visite chez le médecin, un monde de possibilités s'ouvrirait à elle.

Maddy redoutait ce rendez-vous. Elle n'aimait pas parler de choses personnelles et, dès que l'on évoquait les détails physiques, elle se sentait mal à l'aise. En outre, elle ne pouvait s'empêcher d'être superstitieuse. Jusqu'à présent, elle n'avait jamais eu besoin de moyen contraceptif, et en prenant la pilule elle aurait l'impression de s'habiller pour aller dans une soirée à laquelle elle n'avait pas été invitée. Elle n'aimait pas la façon dont cela transformait le sexe en acte prémédité, elle voulait que ce soit spontané et intime. Elle voulait que le sexe la submerge comme un orage d'été, la laissant étourdie et essoufflée : un acte dépourvu de conscience de soi, de distance. Il fallait que ce soit débridé et libérateur, ou sinon, ce serait ridicule.

Elle regarda les cygnes tourner en rond sur la rivière. Ils étaient censés s'accoupler pour la vie. Les animaux n'avaient pas besoin de contraception, ils se reproduisaient, et voilà. À la télé, récemment, on avait invité une femme qui avait eu quatorze enfants. On était loin d'Amy la bunny. Le sexe n'était pas une chose unique ; il se présentait sous diverses formes. C'était aussi bien la pornographie ou l'enfantement que l'amour.

Peut-être que la pilule me débarrassera de mes boutons.

Elle se leva enfin du banc et longea lentement la rivière pour retourner en ville. Et si jamais elle rencontrait quelqu'un qu'elle connaissait au dispensaire ? Mieux valait inventer une histoire. Des démangeaisons dans le dos, rien de grave, mais autant se faire examiner.

C'était ce qu'avait dit Joe à propos du séjour de Gemma à l'hôpital. Rien de grave.

La façade de brique rouge et de verre du dispensaire, miteuse, se dressait maintenant devant elle. Curieusement, les bâtiments récents finissaient toujours par paraître plus abîmés que les bâtiments anciens. Une plaque à l'entrée indiquait qu'il avait été inauguré par la princesse de Kent en 1977. Il y avait à peine plus de trente ans. Juste à côté, les boutiques de l'époque victorienne vieillissaient avec fierté.

Soudain, Maddy vit arriver en sens inverse, sur le trottoir, une amie de sa mère portant un énorme sac de supermarché.

– Bonjour, Maddy. Tu fais des courses?

– J'attends une amie, répondit-elle en rougissant.

– Et l'école, ça se passe bien?

– Pas mal.

– Dis à ta mère que je l'appellerai. Ça fait une éternité que je ne l'ai pas vue.

Elle passa son chemin. Maddy jeta un coup d'œil d'un bout à l'autre de la rue pour repérer d'éventuels témoins, avant de franchir d'un bond la double porte vitrée.

Elle était en avance. La personne de l'accueil prit son nom et lui dit d'aller s'asseoir. Maddy s'installa à côté d'une demi-douzaine d'autres personnes qu'elle ne connaissait pas, fort heureusement. Elle prit un magazine qu'elle feuilleta distraitement. Puis elle lut les affichettes sur les murs. «Nous encourageons l'allaitement», proclamait l'une d'elles. Une autre montrait un bébé portant des lunettes de soleil; une bulle sortait de sa bouche: «Hé, maman! Les vraies couches, c'est super!» Des tracts vantaient des massages pour bébés ou l'école des bébés nageurs. De petits gémissements lui firent tourner la tête ; elle découvrit une jeune femme qui tenait son nourrisson sur les genoux. Celle-ci lui sourit, persuadée sans doute de voir en Maddy une sœur d'armes : deux femmes qui affrontaient ensemble le monde médical.

Maddy avait l'impression d'être une usurpatrice. Toutes ces personnes étaient ici pour donner la vie ; elle seule venait pour y faire obstacle, pour imposer à son corps une stérilité artificielle.

Le bébé se mit à pleurer. Le sourire de la mère s'évanouit, remplacé par une expression de lassitude.

Pas maintenant, se dit Maddy. Je n'ai que dix-sept ans. J'ai largement le temps.

L'idée d'avoir un bébé la terrorisait. À ses yeux, cela ressemblait à une gigantesque farce : le sexe, la distraction ultime, était piégée par les bébés, obstacle ultime à toute vie sociale. Non pas qu'elle ait envie de passer sa vie à faire la fête. Simplement, elle estimait qu'elle avait le droit de s'offrir encore quelques années d'égoïsme avant de se transformer en mère.

– Madeline Fisher. Salle trois, je vous prie.

Sous sa forme complète, son prénom semblait appartenir à quelqu'un d'autre. Son cœur s'emballa. Elle suivit le couloir jusqu'à la salle trois. Quand était-elle venue ici pour la dernière fois ? Ce devait être au printemps ;

elle n'arrivait pas à se débarrasser d'un vilain rhume.

— Entre, Maddy. Assieds-toi.

La porte, actionnée par un puissant ressort, se referma derrière elle. Le Dr Hilary Ranson lui souriait derrière son bureau ; sa masse de boucles blanches tressautait autour de son visage grassouillet et rougeaud. Bien qu'elle ait largement dépassé la cinquantaine, elle affichait la jovialité d'une collégienne.

— Eh bien, comment ça va, Maddy ?

Celle-ci découvrit qu'elle était incapable d'expliquer la raison de sa présence. Curieusement, dans cette pièce aux murs blancs, sous le regard maternel de cette femme à la poitrine opulente, parler de contraception lui paraissait indécent.

— Tu sembles en pleine forme, on dirait. S'agit-il d'un problème personnel ?

— Oui.

Maddy sentait ses ongles s'enfoncer dans ses paumes.

— Bien. Voyons. Qu'est-ce que ça peut bien être ? Sache que tout cela restera entre nous, personne n'a besoin d'être au courant. Mais il faut que tu m'en dises un peu plus.

Elle rit joyeusement pour atténuer la brutalité de ses dernières paroles.

Maddy regarda ses mains.

— Je viens pour la pilule, dit-elle en parlant

à ses doigts. Je me suis dit que je devrais peut-être y penser.

Le Dr Ransom ne semblait pas du tout étonnée.

– La pilule. Oui, bien sûr. Je commençais à croire que tu venais m'annoncer que tu étais enceinte.

Elle pianota sur le clavier de son ordinateur.

– Je vais juste te poser quelques questions.

Elle demanda à Maddy si elle fumait, si elle avait eu des maladies graves et si elle avait des antécédents familiaux. Elle l'interrogea sur ses règles. Et, sur le même ton léger, elle lui demanda ce qu'elle savait de la sexualité de son partenaire.

– En fait, c'est surtout en prévision, avoua Maddy. Je n'ai pas vraiment de partenaire. Pas encore.

– En prévision ? Ce n'est pas bête. Je suppose que tu sais déjà tout sur les MST.

– Oui.

Maddy repensa aux séances d'information sur les maladies sexuellement transmissibles qu'ils avaient eues au lycée. Alors, oui, elle était informée, mais qu'était-elle censée faire ? Demander à son partenaire, en pleine étreinte, s'il était un foyer d'infection ? Certaines personnes étaient porteuses de maladies sans même le savoir. Les statistiques à ce sujet étaient effrayantes : un énorme pourcentage d'adolescents avait des chlamydiae, des herpès et des verrues génitales. Ils finiraient tous stériles. Et pourtant, la vie continuait. C'était comme fumer. Le tabac vous tuait, mais vous ne connaissiez personne qui en était mort.

— Il est préférable d'utiliser un préservatif si tu n'es pas sûre.

— D'accord.

— La pilule n'est pas un rempart contre les MST.

Le rire du Dr Ransom agitait sa poitrine.

— Enlève ton manteau. Je vais prendre ta tension.

Maddy sentit le brassard en caoutchouc lui comprimer le biceps.

— Tout va bien de ce côté-là. (Le docteur regagna son bureau.) Bien. Voyons ce qui te conviendrait le mieux... dit-elle en consultant l'écran de son ordinateur. Il existe différents types de pilules pour différents types de personnes. Tout cela est très personnel. Je vais t'en prescrire une et on verra comment tu réagis. Ça te va?

— Oui.

— Parlons un peu des effets secondaires maintenant. Sautes d'humeur, prise de poids, hypersensibilité de la poitrine, nausées, migraines.

— Oh.

— Ça ne veut pas dire que tu auras tous ces symptômes en même temps. (Nouvel éclat de rire.) Ni même l'un ou l'autre. Mais, si c'est le cas, nous essaierons autre chose.

– Il n'y a pas de pilule sans effets secondaires?

Le Dr Ransom posa sur elle un regard chargé d'affection maternelle.

– Non, ma jolie. Mais dans la plupart des cas, il n'y a aucune raison de s'inquiéter.

Elle imprima une ordonnance, la signa et la déposa sur son bureau, entre elles, en gardant sa main dessus.

– Tu prends un cachet par jour. Chaque jour. Si tu arrêtes, tu n'es plus protégée. Il y a vingt et une pilules par tablette. Tu commences le premier jour de tes règles. Tu la prends pendant vingt et un jours, tous les jours à heure régulière. Ensuite, tu arrêtes pendant sept jours. C'est à ce moment-là que tu auras tes règles.

Elle souleva la main pour libérer l'ordonnance.

– C'est pour trois mois. Reviens me voir avant d'être arrivée au bout.

Maddy prit la feuille.

– Tu verras que la notice demande d'attendre une semaine avant que la pilule fasse effet.

– Une semaine?

– En fait, pour être franche, tu es protégée dès le premier jour. Mais si je peux te donner un conseil: ne sois pas trop pressée. Si un garçon te dit qu'il ne peut pas attendre, réponds-lui : mon œil ! (Elle éclata de rire.) S'il tient à toi, il attendra. Et tu sais quoi ? C'est un excellent moyen de contraception en soi. Dis-lui juste : mon œil !

Maddy s'efforça de sourire ; il aurait été malpoli de ne pas partager la bonne humeur du Dr Ransom. Mais, en vérité, elle avait l'impression que tout cela n'avait rien à voir avec elle. C'était quelqu'un d'autre, qui portait le même nom qu'elle, qui venait demander la pilule et que l'on mettait en garde contre la syphilis et la blennorragie, les sautes d'humeur, les nausées et les migraines. C'était quelqu'un d'autre qui devrait penser à prendre une pilule chaque jour pendant vingt et un jours, puis arrêter pendant sept jours. La véritable Maddy, celle qui était amoureuse de Joe Finnigan, n'était pas concernée. Laissons à cette autre personne le soin de faire des projets et d'assumer les conséquences. Maddy, elle, s'embarquait dans une aventure baptisée amour, un voyage du corps et du cœur qui la conduirait vers des terres inconnues.

L'amour emplissait ses pensées et ses rêves. L'amour était une nouveauté, une révélation, une chose magique. Il avait le pouvoir de transformer sa vie. D'ailleurs, la transformation avait déjà commencé.

L'autre personne, cet être raisonnable et prévoyant, se rendit à la pharmacie en sortant du dispensaire et obtint, après une attente insupportable, un sachet en papier contenant une petite boîte. Évidemment, la pharmacienne savait à quoi servaient ces pilules, mais cela semblait la laisser indifférente. Maddy fourra le sachet dans son sac et sortit sans un mot.

C'était une boîte blanche avec une bande verte. À l'intérieur, il y avait une notice et trois plaquettes de pilules, avec un jour inscrit sous chaque pilule, et des petites flèches noires qui allaient de l'une à l'autre, dans le sens des aiguilles d'une montre. Au cas où vous ne sauriez pas qu'après le lundi venait le mardi. Les pilules, sous leurs bulles de plastique transparent, étaient minuscules, d'un jaune terne.

Maddy déplia la notice.

« Essayez de prendre le Microgynon 30 lors d'une tâche quotidienne, lut-elle. Après vous être brossé les dents, par exemple. »

Elle devait commencer le premier jour de ses règles. Quand était-ce ? Elle essaya de calculer à quand remontaient les dernières. A priori, les prochaines devaient arriver dans une semaine environ.

Elle rangea la boîte blanche et verte dans son coffret à bijoux indien, sous le petit coussin sur lequel étaient disposés ses boucles d'oreilles et ses colliers préférés. Son père lui avait offert ce coffret pour ses douze ans. Il trônait sur sa commode. Les perles de verre rouges et bleues, incrustées, luisaient dans la lumière qui entrait par la fenêtre.

Après la tension provoquée par sa visite chez le médecin, Maddy éprouvait une sorte de déception. Aucun changement à attendre avant au moins une semaine ! Finalement, ils ne pourraient pas profiter des deux jours d'absence de Gemma. Et, une fois qu'elle serait rentrée de l'hôpital, ils devraient attendre que Joe trouve le bon moment pour rompre avec elle. D'ici là, il leur restait les mails.

Elle ouvrit son ordinateur. Justement, elle avait un message de Joe.

Ta sœur sort vraiment avec Leo ? Si c'est vrai, dis-lui de faire attention. Leo est déséquilibré, il peut devenir très méchant.

Ce message la plongea dans la perplexité. Elle n'était pas étonnée d'apprendre que Leo était dangereux. Cela faisait partie de son charme, d'ailleurs. Ce qui la surprenait, c'était que Joe se mêle des affaires de son frère. Elle voulait y voir le signe qu'il s'intéressait à elle mais, dans ce cas, pourquoi ne le disait-il pas clairement ? Alors que ces pensées s'enchaînaient dans sa tête, son ordinateur émit un petit *bing* ! Encore un mail de Joe.

Je sais que je ne devrais pas m'en mêler, mais Imo est ta sœur. Leo est un sale type. Il fait du mal aux filles. C'est surtout à toi que je pense, en fait. Ne me tiens pas pour responsable de ce que Leo peut faire à Imo. Je ne suis pas du tout comme lui. Désolé de radoter, il est tard et j'ai l'impression stupide que tu me comprends.

Maddy lui renvoya aussitôt un message.

J'ai cette même impression. C'est étrange car on ne se connaît pas vraiment. J'essaierai de trouver un moyen de prévenir Imo. Est-ce qu'on peut se parler sans risque maintenant, toi et moi ?

Joe répondit :

Pas encore. Je m'inquiète pour Gemma. Je veux qu'elle se rétablisse avant de lui en parler. Je ne suis pas comme Leo, je ne prends pas mon pied en faisant souffrir les filles.

Maddy était déçue, mais elle savait qu'il avait raison. Et elle ne l'en aimait que davantage. Il se comportait de manière honnête. Une petite voix lui soufflait que, s'il était vraiment honnête, il ne lui enverrait pas de messages avant d'avoir rompu avec Gemma, mais il n'était qu'un être humain. Cela faisait également partie de ce qu'elle aimait en lui.

Ainsi, les choses iraient beaucoup moins vite qu'elle l'avait supposé. Aucune importance. Gemma allait sortir de l'hôpital dans un ou deux jours. Laissons-lui… trois semaines pour se rétablir. Ensuite, Joe pourrait lui annoncer que c'était terminé entre eux. Encore une semaine d'attente, par décence. Cela fait quatre semaines, peut-être cinq. D'ici là, elle aurait presque commencé la deuxième plaquette de pilules. Cela lui semblait plus prudent. Alors, peut-être que tout était pour le mieux, finalement.

Ce soir-là, elle se roula en boule dans son lit, en serrant Lapinou dans ses bras, et elle murmura à son oreille déchirée :

– Joe te plaira, Lapinou. J'en suis sûre. Tu ne dois pas être jaloux. Même si je deviens folle amoureuse de lui, je ne cesserai jamais de t'aimer.

Pauvre taré homo

— Assieds-toi, Richard, dit M. Jury. C'est formidable que tu sois là.

Rich était là parce qu'on l'avait convoqué. Il
prit un siège, noua ses mains entre ses genoux
et fixa son regard sur le tapis devant lui. Le
motif moderne composé de figures géomé-
triques rouges et orange symbolisait parfaitement le caractère enjoué et dynamique du
principal du lycée. « Nous allons de l'avant ! »
clamait-il devant tous les élèves lors des rassemblements. « On fonce ! » Et un jour, il avait
lâché le fameux : « Ça balance à Beacon ! »

— Tout ce qui se passe à Vegas reste à Vegas,
dit M. Jury

— Oui, monsieur.

— Cela veut dire que tout ceci restera entre
nous.

Rich ignorait pour quelle raison il avait été
convoqué. En levant les yeux, il vit que le principal agitait son épaisse crinière de cheveux en
souriant. Ses paumes tapotaient le dessus de

son bureau et produisaient un léger staccato agaçant. Il était fier de son surnom, «La Furie». Le journal local l'avait même qualifié de «pétard», un jour : toujours en train de crépiter, toujours en mouvement et sur le point de laisser éclater son enthousiasme. Comme tous les élèves du lycée, Rich était gêné pour lui.

– Alors, comment ça va, Rich ? Les examens se présentent bien ?

– J'espère, monsieur.

– On attend tous beaucoup de toi. Surtout en anglais. Paul Pico place de grands espoirs en toi.

– Je ferai de mon mieux, monsieur.

– La méthode d'enseignement de Paul Pico te convient ?

– Oui, monsieur.

– Je te pose la question car tout le monde n'est pas de cet avis. Certains élèves le trouvent… comment dire ?… excentrique. Pas toujours très clair. J'ai cru comprendre qu'ils avaient du mal à saisir ce qu'il attendait d'eux.

Rich ne dit rien. Il comprenait qu'on l'incitait à critiquer M. Pico, et cela ne lui plaisait pas.

– Je devine que ce n'est pas ton opinion, dit le principal.

– C'est le meilleur prof de l'école.

– Le meilleur ? Que de louanges ! Peux-tu être plus précis ?

Rich développa, à contrecœur.

– Il s'intéresse à nous. Il s'intéresse à la façon dont on façonne nos idées. Il nous apprend le sens de notre existence. Ce que ça signifie d'être vivant.

Il s'interrompit, en grimaçant, conscient que ses paroles étaient trop vagues pour exprimer ce qu'il ressentait.

– Ceux qui ne l'aiment pas, reprit-il, c'est parce qu'ils voudraient qu'il les aide à réussir ces stupides examens.

– Ah, oui. Ces stupides examens. (M. Jury frappa sur son bureau.) Si seulement nous pouvions supprimer ces stupides examens pour toujours. Mais c'est impossible. C'est une réalité, Richard. Et la réalité est têtue.

– Oui, monsieur.

– Tu dis que Paul Pico « s'intéresse » à vous. Ce sont tes propres termes, je crois. Comment manifeste-t-il cet intérêt ?

Le principal veillait à conserver un ton neutre, mais Rich sentait le piège. Il se souvenait que M. Pico s'était empressé de quitter la salle de classe vide dès qu'il y était entré.

– Je voulais parler de sa façon de nous apprendre des choses. Il nous incite à faire des commentaires sur des poèmes.

– Quel genre de commentaires ?

– Il veut savoir ce que ces poèmes signifient pour nous. (Son agacement se transformait en colère.) Les poèmes sont faits pour ça. C'est pour cette raison que les poètes les écrivent.

Le principal enregistra son ton agressif et Rich le regretta intérieurement.

– Il paraît que tu as écrit un poème récemment. (Il plongea le nez dans ses notes.) Il était question d'amour et du désir de souffrir.

– Non, dit Rich en se sentant rougir. J'ai écrit un texte sur les rêves et le retour à la réalité. Pour expliquer qu'il vaut mieux aimer en rêve que de ne pas aimer du tout.

– Il n'était pas question de souffrance ?

– Le réveil est douloureux.

– Paul Pico semble partager ton avis. Il a cité ton travail en exemple.

– Oui.

Rich voyait bien où tout cela allait mener, mais il ne pouvait rien faire.

– Qu'il n'y ait pas de méprise, Rich, reprit La Furie. J'ai la plus haute opinion de Paul en tant que professeur. Et je n'ai rien contre l'excentricité. Du moment qu'elle porte ses fruits, comme on dit. Mais j'ai également charge d'âmes.

Rich ne dit rien.

– Y a-t-il des choses que je devrais savoir ?

Plusieurs réponses traversèrent l'esprit en ébullition du jeune garçon. Vous devriez savoir que les profs de votre lycée n'enseignent que des choses inutiles, à l'exception de M. Pico. Vous devriez savoir que la plupart des gens sont idiots, aigris et malintentionnés. Vous devriez savoir que tout le monde imite votre façon de balancer les bras et se moque de votre coupe de cheveux.

– Non, monsieur.

– Dirais-tu que Paul Pico est un ami?

– C'est mon professeur.

– Mais tu le vois en dehors de l'école.

– Non, monsieur.

– Dans un café? Une librairie?

Nom de Dieu, pensa Rich. Dans quel État policier est-ce que je vis? Tout le monde dénonce tout le monde.

– Ce n'est arrivé qu'une seule fois. Par hasard.

– M. Pico t'a prêté un livre.

– Oui. C'est mon professeur d'anglais.

– Un ouvrage lié au programme?

– M. Pico ne nous enseigne pas que le programme.

– Eh bien, quel genre de livres te prête-t-il?

– Il m'en a prêté un seul.

– D'accord. Un seul. Lequel?

– Un livre de psychologie.

– Pourrait-on dire également qu'il s'agit d'un manuel d'éducation sexuelle?

– Non. Qui vous a raconté ça?

Le principal leva les mains dans un geste d'apaisement et fit mine de battre en retraite devant la réaction virulente de Rich.

– Je suis obligé de poser la question.

170

— Lisez donc ce livre vous-même. Il s'appelle *L'Art d'aimer*. D'Erich Fromm. Un psychologue.

— Je le lirai. Pardonne-moi, Richard. Je ne voulais pas te mettre dans cet état.

— C'est débile! Les gens inventent des trucs idiots sur M. Pico. Tout ça, c'est des foutaises. Comme ils ne le comprennent pas, ils se moquent de lui. C'est débile.

— Mais toi, tu le comprends?

— Non. C'est mon professeur. Il m'apprend des choses.

— Et c'est très bien.

Le principal se leva de son fauteuil et alla se planter devant la fenêtre. Il se hissa plusieurs fois sur la pointe des pieds en balançant les bras.

— Quoi qu'il en soit, reprit-il sans se retourner, certaines choses ont été dites. Des accusations ont été formulées.

Il va me dire que M. Pico est homosexuel, pensa Rich. Il avait dépensé tellement d'énergie ces derniers mois pour résister aux médisances de cour de récré, aux insultes mesquines, à ce besoin de cataloguer quiconque n'entrait pas dans le moule qu'il ne s'était jamais demandé ce que cela signifierait si c'était vrai.

— Personnellement, je ne porte aucune accusation, reprit le principal.

Il tira ses épaules en arrière de manière à faire se rejoindre ses omoplates, comme s'il s'échauffait en vue d'un sport de contact quelconque.

— La vie privée de Paul Pico ne regarde que lui. Mais elle doit rester privée. Tu ne penses pas ?

— Si, monsieur.

— Supposons que ton professeur profite de sa position.

Il se retourna, les exercices étaient terminés, il était prêt à passer à l'action.

— Qu'il profite du besoin d'approbation de ses élèves. Je serais obligé d'intervenir, n'est-ce pas ?

— Oui, monsieur. Mais ce n'est pas le cas. Qui vous a raconté ça ?

— Ce que l'on m'a confié l'a été sous le sceau du secret. Je dois respecter ce désir d'anonymat, Rich. Tu peux le comprendre. Comme je respecte le tien.

— Pourtant, vous me posez toutes ces questions.

— Que puis-je faire ? Ignorer les rumeurs ?

— Les gens sont prêts à dire n'importe quoi. Ils s'en fichent.

— Pas moi. Je suis payé pour veiller sur les élèves. Pour veiller sur mon personnel. Pour veiller sur toute la famille de Beacon.

Parfois, ils formaient une famille, parfois une équipe, parfois une communauté. Avant aujourd'hui, Rich n'avait jamais pris conscience à quel point il détestait ce mélange de décontraction et d'arrogance qui entourait le sentiment d'appartenance à Beacon. C'était un lycée. Rien de plus.

— C'est moi qui porte le chapeau, Rich. Je ne me défilerai pas. Je suis en première ligne. Qu'ils me tirent dessus s'il le faut ! J'ai choisi ce métier pour changer les choses. Parfois, il faut faire des choix difficiles. Si je me trompe, je serai le premier à en assumer les conséquences. Je dis à chacun d'entre vous : si vous croyez en moi, je croirai en vous. Beacon est en marche ! Plus rien ne peut nous arrêter.

Sans s'en apercevoir, le principal avait embrayé sur ses formules destinées aux rassemblements d'élèves. Rich ne voyait pas l'utilité de répondre. Un court silence s'ensuivit.

M. Jury regagna son bureau.

— Bien, bien. Merci pour ta franchise. Merci pour ta confiance. Reviens quand tu veux. Ma porte est toujours ouverte.

Rich comprit qu'il pouvait prendre congé.

À peine sorti du bureau du principal, Rich fut saisi par un sentiment de répulsion presque physique. Tant de stupidité et de cruauté le rendaient malade. En quittant le bâtiment de l'administration, il découvrit les petits groupes d'élèves qui bavardaient dans la cour principale. C'étaient eux qui répandaient des rumeurs sur M. Pico. Rich s'aperçut qu'il les haïssait. Et il haïssait l'école. De quel droit ces imbéciles se permettaient-ils de juger M. Pico? Leurs propres vies étaient-elles si formidables? À ses oreilles, le murmure de leurs commérages ressemblait à un bêlement. Parce qu'ils se rassemblaient en troupeaux, ils se croyaient à l'abri du mépris, de l'échec et de la douleur.

Vous êtes tous des minables! leur cria-t-il mentalement. Vous allez tous souffrir. Nul n'est à l'abri, en définitive. Il n'y a pas de gagnants.

Il s'élança à travers la meute pour rejoindre le silence et la tranquillité de la bibliothèque. Soudain, face à lui, il vit arriver Grace Carey. S'il ne changeait pas de route, ils allaient se croiser inévitablement.

Sa colère s'évapora. Grace ne l'avait pas vu. Il pouvait encore choisir l'esquive. Mais elle penserait qu'il avait peur d'elle. Mieux valait jouer la nonchalance. Rester détendu, échanger quelques remarques sans importance et poursuivre son chemin.

Son entrevue avec le principal était oubliée. Le tort fait à M. Pico appartenait désormais au passé. Que dire à Grace? Rien de trop sérieux. Un petit hochement de tête, un «Salut!» au moment où ils se croisaient. Peut-être pourrait-il apprendre quelque chose dans son regard, mais elle ne devait sentir aucune pression de sa part. Aucune demande.

Il poursuivit sa route. Et plaqua sur son visage un sourire qu'il espérait décontracté.

Il ne la regardait pas, comme s'il avait la tête ailleurs.

Grace s'était arrêtée. Elle l'observait.

– Oh, salut! lança-t-il.

Il s'arrêta à son tour, un peu trop près à son goût.

– Ça va ? demanda-t-il.

– Espèce de sale petit détraqué!

– Hein?

– Qu'est-ce qui te prend de m'écrire des lettres comme ça? Je ne te connais même pas.

– Je pensais que…

– Je ne veux pas participer à tes jeux pervers, OK?

– Ce n'est pas un jeu. (Rich ne comprenait pas de quoi elle voulait parler.) Ce n'est pas censé être un jeu.

– Je me contrefous de savoir ce que c'est! cracha-t-elle d'une voix emplie de venin. Ne m'approche plus! Et je t'interdis de parler de moi à mes amis. Pauvre taré homo.

Sur ce, elle s'éloigna à grandes enjambées. Rich resta planté là, sous le choc.

Des élèves, en survêtement pour la plupart, le dépassaient pour se rendre sur le terrain de sport. Il entendait leurs cris et leurs rires. Nul ne faisait attention à lui.

Je ne suis pas là, se dit-il. Je suis invisible.

Un homme entend ce qu'il veut entendre et ignore le reste.

Quelqu'un, sur une planète lointaine, dans une galaxie sans nom, avait traité quelqu'un d'autre de pauvre taré homo. Quelqu'un d'autre souffrait. Tout cela avait lieu à des milliers d'années-lumière. La douleur voyageait lentement. Le temps qu'elle arrive ici et maintenant, tout cela serait oublié depuis bien longtemps.

– Rich !

Des voix lui provenaient de la planète lointaine. Des gens criaient des noms. Des gens en bousculaient d'autres, ils voulaient provoquer des souffrances mais, en réalité, personne ne ressentait rien. La pression, le mouvement, mais aucune douleur.

– Rich !

Maddy Fisher se tenait devant lui, elle lui touchait le bras. Elle essayait de le faire réagir.

– Rich !

Il vit son visage chaleureux, souriant, inquiet.

– Ça va ?

– Oui, oui.

– On ne dirait pas.

– Ah bon ?

Des voix résonnaient dans l'espace. Des paroles qui ne voulaient rien dire. Elles dérivaient dans un sommeil éveillé.

– Je t'ai vu avec Grace. Je te cherchais partout. Je voulais te dire de ne pas t'embêter avec elle, je voulais t'éviter des problèmes.

Des problèmes ? Autrement dit : l'humiliation. La douleur. Le chagrin d'amour. Entendre des mots que vous n'oublierez jamais.

Laisse tomber. Sombre dans le sommeil.

– Je ne la cherchais pas, dit quelqu'un. On s'est croisé par hasard.

– Elle a été horrible ? Des fois, c'est une vraie garce. Je voulais te prévenir.

– Ah.

Ce qui arrive arrive. De grands yeux perdus dans le vague, débordant d'inquiétude. Quelqu'un a envie de pleurer. Quelqu'un a besoin de réconfort, de tendresse, d'amour. Mais pas ici. Pas maintenant.

– Grace est bizarre, ces derniers temps.

Maddy essayait d'atténuer la douleur. Un geste charitable à distance.

– Elle est un peu déboussolée. Tu l'as dit toi-même, Rich. C'est une fille solitaire.

– Oui.

– Au moins, tu auras essayé.

– Oui.

Une sensation de brûlure arracha quelqu'un à son demi-sommeil. Une honte nouvelle.

– Tout le monde est au courant ?

– Seulement moi et Cath. Et Grace.

– Elle va se faire un plaisir de le raconter.

– Non, je ne crois pas. Je ne pense pas qu'elle… Je suis sûre qu'elle ne dira rien.

Rendu hypersensible par la douleur, Rich

entendit ce que Maddy n'osait pas dire : Grace avait honte de l'intérêt qu'il lui portait. Jamais elle ne voudrait être associée à un pauvre taré homo.

Le besoin le plus profond de l'homme est de surmonter sa séparation, de fuir la prison de sa solitude.

Bien essayé, Erich. Plus facile à dire qu'à faire. Le vaste monde est désormais la prison de ma solitude. Je peux essayer de fuir, mais pour aller où ?

— Cath a trouvé ta lettre super. Et moi aussi.

Grace la leur avait donc montrée. Et elles avaient toutes bien rigolé. La lettre d'un pauvre taré homo.

— C'était très tendre et très drôle. C'est ce qu'on a pensé toutes les deux.

— Mais pas elle.

— Grace vit sur une planète à part.

Comme moi : je vis sur ma propre planète. On aurait pu partager une galaxie. On aurait pu être des étoiles.

Cath les rejoignit en trottinant. Elle n'était pas comme d'habitude. Rich mit un certain temps à s'apercevoir que les deux filles étaient en survêtement.

— Rich vient de parler à Grace, expliqua Maddy.

— Oh, la vache ! s'exclama Cath. Et comment elle a réagi ?

– En jouant les garces, comme d'hab', dit Maddy.

– Grace la reine des garces. Tu sais quoi, Rich ? Ne t'embête pas avec cette fille. Pour Grace, il n'y a que Grace qui compte. À mon avis, elle est incapable d'aimer qui que ce soit. À part elle-même. Tu es mieux sans elle.

– Peut-être, soupira Rich.

Pourtant il ne voulait pas entendre ça. Il ne voulait rien entendre du tout. Cath essayait de bien faire, mais elle parlait sans savoir. Personne ne savait. À part lui, et Grace. Bien sûr qu'elle était capable d'aimer ! Simplement, elle avait choisi de ne pas l'aimer, *lui*. Et pourquoi l'aimerait-elle, d'ailleurs ? Qu'y avait-il à aimer ? En le rejetant, Grace n'était pas devenue moins désirable à ses yeux. Bien au contraire. Elle avait prouvé qu'elle était exigeante. Personne n'aime se faire traiter de pauvre taré homo, toutefois il fallait voir les choses du point de vue de Grace. Ce n'était pas une mauvaise description, finalement. Et puis, qu'était-il censé faire ? Cesser de rêver à son amour, se traiter d'imbécile, uniquement parce qu'elle l'avait rejeté ? Son amour n'était pas réciproque, soit. Ce n'était pas un imbécile pour autant. Aimer Grace, c'était aussi naturel que préférer la lumière à l'obscurité.

Mais maintenant, c'était l'obscurité qui régnait.

– Cath a raison, ajouta Maddy. Elle ne t'aurait pas rendu heureux.

– Ni toi ni personne, renchérit Cath. Pas même elle.

– J'aimerais qu'elle soit heureuse, dit Rich.

– Oh, non, Rich! Tu aimerais qu'elle en bave!

Il secoua la tête. Elles ne comprenaient pas. Inutile d'essayer de leur expliquer.

– Bon, il faut qu'on y aille, dit Maddy. Ça va aller, Rich?

– Oui.

– OK. À plus!

Les deux amies partirent au petit trot; les capuches de leurs survêtements tressautaient dans leurs dos. La cour principale était déserte maintenant. Rich avait perdu toute notion du temps; il ne savait même plus où il était censé se trouver. Nulle part sans doute. Dans ce cas, il était arrivé à destination.

Autrefois, il y a longtemps, il avait eu un devoir d'histoire à terminer. Quand il avait croisé Grace, il se rendait à la bibliothèque pour rédiger une dissertation sur la guerre froide.

Alors, il alla à la bibliothèque et trouva une place dans un coin, où personne ne le verrait. D'ailleurs, personne ne le cherchait. Personne ne vint. Il regarda par la fenêtre, tout seul, sans penser à rien.

Chez lui, il dit à Kitty :

– Grace et moi, on a discuté. Ça ne marchera pas entre nous.

– Pourquoi ?

– On est trop différent.

– Comment ça ?

– Elle me plaît, mais je ne lui plais pas.

Ketty rit. Avant de s'indigner.

– Comment tu peux ne pas lui plaire ? Elle aurait de la chance de t'avoir. C'est quoi, son problème ? Elle est débile ou quoi ?

– Bon, il faut que j'installe les lumières dans ta maison de poupées.

– Quel rapport avec Grace ?

– Aucun.

Mais tous les deux savaient qu'il voulait aider Kitty parce qu'il était malheureux.

Des mensonges sur Leo

Maddy avait de la peine pour Rich, mais à peine fut-il reparti qu'il sortit de ses pensées. Tout son esprit était occupé par son futur rendez-vous avec Joe. Une répétition de la pièce devait avoir lieu après les cours ; Joe y assisterait, mais pas Gemma. Pour la première fois, ils pourraient échanger véritablement quelques paroles sincères.

Elle n'attendait rien d'exceptionnel, toutefois. Rien de capital, comme un baiser. Pas même une caresse furtive. Tout cela viendrait en temps voulu. Mais pouvoir lui parler librement de ce qui se passait entre eux, pouvoir le regarder dans les yeux et lui dire « Je pense à toi sans cesse », sentir la chaleur de son sourire : c'était essentiel pour elle. Avec quelle impatience elle attendait le moment où leurs regards, après s'être croisés, ne pourraient plus se détacher !

Dans les vestiaires après le match, Cath et elle échangèrent quelques confidences à voix basse. Cath faisait désormais partie intégrante de l'histoire d'amour secrète de son amie.

– C'est l'occasion ou jamais, dit-elle. En l'absence de Gemma. C'est le moment de lui sauter dessus.

– C'est pas mon genre.

– Joue-la feu sous la braise, alors.

– Hein ? Comment je fais ?

– Tu le regardes droit dans les yeux. Sans rien dire. Tu ne souris pas. Tu le magnétises, c'est tout. Et ensuite, très lentement, tu entrouvres les lèvres.

Maddy éclata de rire.

– Je ne peux pas faire ça !

– Je ne te demande pas de sortir la langue ou un truc vulgaire dans le genre. Tu entrouvres les lèvres, c'est tout. (Cath lui fit une démonstration.) Voilà. Sauf que toi, tu es mignonne.

De fait, Maddy n'eut pas l'occasion d'essayer cette tactique car la répétition fut encore annulée. Un mot accroché au tableau d'affichage dans l'Ovale indiquait que la production de la pièce de théâtre était annulée « à cause de circonstances imprévues ». Maddy était amèrement déçue. Où allait-elle rencontrer Joe maintenant ? Elle s'attendait presque à ce qu'il la cherche dans tous les coins du lycée où il avait le plus de chances de la trouver, mais son espoir resta vain. Et donc, alors qu'approchait la fin de la journée, qui était aussi la fin de la semaine de cours, elle décida de le trouver.

Joe finissait par un cours d'économie dans le

bâtiment principal. De là, il traverserait l'Ovale s'il voulait rejoindre des amis, ou bien il coupe-rait directement à travers l'Enclos et quitterait le lycée par la sortie de Dewsbury Road. Sans oser se l'avouer, Maddy avait réuni un grand nombre d'informations sur l'emploi du temps de Joe.

Où l'attendre ? Le seul endroit sûr, c'était devant le bâtiment principal. Mais elle n'avait aucune raison de se trouver là ; il verrait clair dans son jeu. Elle pouvait traîner dans la cour et passer plus ou moins inaperçue au milieu de l'agitation de la fin de journée, mais s'il sortait par l'Enclos ? Sa seule véritable option était de se poster devant la grille du lycée. Des gens y attendaient souvent des amis qui tardaient à sor-tir de classe. Ensuite, ils pourraient retourner ensemble en ville, à pied.

Maddy recruta Cath pour attendre avec elle. Accompagnée d'une amie, elle avait moins l'im-pression de jouer les espionnes.

– Et s'il est déjà parti ? demanda Cath. Ou s'il sort par Victoria Road ? Ou s'il reste pour s'en-traîner ou je ne sais quoi ?

– Et s'il meurt d'une crise cardiaque ?

– Oh, la vache ! Ça en fait des raisons de s'in-quiéter !

– S'il n'est pas sorti à la demie, on laisse tomber.

Elles le virent arriver en même temps, avec une bande de copains, de sa démarche souple, nonchalante. Cath donna un coup de coude à Maddy, qui faillit pousser un petit cri.

Elles entendaient parler les garçons. Ils se disputaient au sujet du film qu'ils voulaient aller voir.

– Pas question de claquer du fric pour cette daube, dit Joe.

– Tu es naze, comme mec.

Ils étaient tout près maintenant. Soudain, Joe aperçut Maddy.

– Maddy Fisher!

Aucune gêne, aucune tentative pour cacher quoi que ce soit. Uniquement ce grand sourire et ce nom sur ses lèvres.

– Oh. Salut, Joe, répondit-elle d'un ton détaché, surpris.

– Qu'est-ce qui se passe avec Pablo?

– Je ne sais pas.

– Apparemment, on peut dire adieu à notre quart d'heure de célébrité.

– Et moi qui espérais être repérée par un producteur de Hollywood.

Leurs yeux se croisèrent. Le regard intense de Joe pénétra en elle.

– Ton jour viendra.

Les autres garçons s'étaient éloignés. Joe semblait sur le point de les rejoindre. Maddy prit une décision rapide.

– Au sujet de ma sœur, Imo. Je lui parlerai ce soir.

– OK.

– Alors, tu viens ? lui lança un de ses copains.

– J'arrive !

– Je lui transmettrai le message, promit Maddy.
Elle ne trouvait rien de plus profond à dire.

– C'est bien.

Un sourire, un petit signe de la main et il partit au trot pour rejoindre sa bande.

Maddy et Cath les suivirent de loin dans Dewsbury Road, en passant devant les maisons mitoyennes avec leurs jardinets bien entretenus.

– Il avait l'air heureux de te voir, commenta Cath.

– Je l'ai trouvé bizarre.

Maddy était troublée par le comportement de Joe. Il n'avait pas été très loquace.

– Il n'était pas bizarre, il donnait le change, expliqua Cath.

– Tu crois ?

– Il y avait trop de monde.

– Mais Gemma n'est pas là.

– Et alors ? Tu ne penses pas que ses copains la connaissent ? Tu sais comment sont les mecs. Il suffit que Joe se promène avec toi pendant trente secondes pour qu'ils ne le lâchent plus. « Oh, oh ! Elle te plaît la petite Maddy ? Tu as envie de te la taper, hein ? »

Maddy rougit.

– Ils ne parlent pas comme ça.

186

– Si. Crois-moi. Et ils ne parlent *que* de ça. Avec le foot, bien sûr.

Maddy ne protesta pas. L'explication de Cath lui plaisait car elle lui semblait plausible. Et parce que ça voulait dire que tout allait bien. D'ailleurs, Joe l'avait dit : «Ton jour viendra.»

Mme Fisher était assise à la table de la cuisine, entourée de livres de comptes et de factures, et elle tapotait sur l'ordinateur portable de la boutique.

– Papa a téléphoné, dit-elle lorsque Maddy entra. Il revient la semaine prochaine. Vendredi.

– Super !

– D'ici là, il faut que je mette de l'ordre dans les comptes pour qu'il puisse voir où on en est. Il dit toujours qu'il n'y a pas de raison de s'inquiéter.

– Parce que tu t'inquiètes tout le temps, maman.

– Oui, je sais. Mais parfois, il y a vraiment des raisons de s'inquiéter. Tu lis les journaux, tu sais bien que c'est la crise.

– En fait, je ne lis pas les journaux. Pas ceux-là du moins. C'est trop déprimant.

– La situation n'a jamais été aussi mauvaise.

– Vraiment ?

– Oui.

Maddy s'assit à la table de la cuisine en face

de sa mère et regarda avec gravité son visage marqué par la fatigue.

— Allons, maman. Arrête de me foutre la trouille. On va faire faillite? On va devoir vendre?

— Je pense qu'on pourra se débrouiller, tant bien que mal. Ton père me répète qu'on va s'en tirer.

Maddy était soulagée. Elle avait plus confiance dans le sens des affaires de son père que dans celui de sa mère.

— Fais-moi un thé, ma chérie.

— Tout de suite.

Maddy se leva d'un bond pour aller remplir la bouilloire électrique.

— Ne mets pas autant d'eau. Inutile de faire bouillir ce qu'on n'utilise pas.

Maddy versa un peu d'eau dans l'évier et mit la bouilloire en marche.

Imo fit son apparition.

— Papa va rentrer, annonça Maddy.

— Oui, je sais. Si tu fais du thé, j'en veux bien.

— Il n'y a pas assez d'eau dans la bouilloire.

— Pourquoi?

— Maman fait des économies. Je dois faire chauffer de l'eau pour une seule tasse.

— Qu'est-ce qui t'arrive, maman? C'est la ménopause?

— Nous devons réduire nos dépenses, ma chérie. Les affaires ne marchent pas fort.

— On se débrouillera. Comme toujours.

Imo n'était pas d'un tempérament inquiet. Maddy trouva qu'elle était injuste envers leur mère.

— Il paraît que c'est la crise, dit-elle.

— Et papa, il en pense quoi ?

Comme Maddy, Imo avait foi dans leur père.

— Il est en Chine, répondit Mme Fisher.

— Oui, maman. On sait. Mais ça ne l'empêche pas d'être au courant de ce qui se passe ici, je suppose ?

— Les choses peuvent paraître différentes quand on est loin. Je lui ai parlé de la situation ; il a dit que tout allait s'arranger.

— Alors, tu vois ? Allez, haut les cœurs, maman.

Avant, ces paroles de réconfort auraient fait enrager leur mère. Mais toutes ses pensées étaient maintenant accaparées par ses comptes et elle ne réagit pas. Maddy avait l'impression que sa sœur se montrait insensible.

— C'est facile pour toi de dire qu'il ne faut pas s'en faire. Tu ne participes pas à l'entreprise. Tu vis aux crochets de papa et maman.

— Toi aussi.

— Je vais au lycée.

— Et moi, à la fac.

— Alors, peut-être qu'on devrait être un peu plus compatissantes si maman a des problèmes d'argent.

— Elle a toujours des problèmes d'argent. Si on gagne moins, on dépensera moins. Ça ne me gêne pas. Qu'est-ce que tu veux que je fasse, Maddy ? Que je vive d'amour et d'eau fraîche ?

– Compatis un peu plus.

– Je compatis.

– Oh. Je ne m'en étais pas aperçue.

– S'il vous plaît, les filles ! pesta leur mère. J'essaye de travailler.

Imo était agacée, elle aussi.

– Tu sais quel est ton problème, Maddy ? Il est grand temps que tu te trouves un mec.

– J'espère que je choisirai mieux que toi.

– Bonne chance.

– Ah oui ? Et Leo ? C'est un déséquilibré.

– Quoi ?

– C'est un sale type. Il est méchant. Il fait du mal aux filles.

– Qu'est-ce que tu racontes ?

Maddy n'avait pas prévu que ça sorte de cette façon, mais voilà, c'était fait.

Imo était sonnée.

– Qu'est-ce que Leo vient faire là-dedans ? Tu ne sais rien de lui.

– Son frère le connaît bien.

– Joe ?

– Oui, Joe.

– C'est lui qui t'a raconté toutes ces conneries sur Leo ?

– Exactement.

– Je te crois pas.

– Ne me crois pas, je m'en fous. Il m'a dit ça pour t'aider.

Imo foudroyait sa sœur du regard, en tremblant de rage. Mais elle voulait en savoir plus.

– Il t'a dit quoi, au juste ?

– Que Leo était déséquilibré, méchant et qu'il aimait faire du mal aux filles.

– C'est des conneries.

– OK. C'est des conneries. Tu sais mieux que tout le monde.

– Te mêle pas de mes affaires, cracha Imo. Occupe-toi plutôt de ta petite vie pourrie.

Sur ce, elle monta dans sa chambre en coup de vent. Maddy demeura dans la cuisine, le cœur battant à tout rompre, presque aussi énervée que sa sœur. Elle savait qu'elle avait choisi la mauvaise méthode, au mauvais moment, mais Imo avait toujours cet effet sur elle.

Leur mère semblait totalement indifférente à ce qui venait de se passer ; elle était simplement gênée dans son travail.

– J'aimerais que vous évitiez de vous disputer dans la cuisine, Maddy.

– Pourquoi tu fais tes comptes ici, maman ?

– Oh, je ne sais pas. J'ai l'impression qu'il ne peut rien arriver de grave dans la cuisine.

Maddy ne trouvait rien à redire car elle partageait ce drôle de sentiment.

– Je peux manger quelque chose ?

– Sers-toi, ma chérie.

Elle se prépara un bol de flocons d'avoine à la mélasse. Elle venait de s'asseoir à table quand Imo réapparut.

– Je viens d'appeler Leo. Il dit que c'est des mensonges.

– Il dit que Joe ment ?

– Non, évidemment. Il dit que c'est toi la menteuse. Jamais Joe ne dirait des choses pareilles.

– C'est moi qui mens ?

Maddy était trop abasourdie pour protester.

– Il dit que c'est sûrement hormonal et que tu devrais te faire soigner.

Maddy devint cramoisie de honte et de colère.

Leur mère intervint :

– Ça suffit, Imo.

– Dis à Maddy d'arrêter de colporter des mensonges sur mes petits copains, dans ce cas.

– Je disais ça pour t'aider.

– Je ne vois pas comment tu peux m'aider en inventant des mensonges.

– Joe m'a envoyé des mails. Je peux te les montrer.

– Non, merci. J'ai autre chose à faire.

Sur ce, Imo repartit.

Maddy avait envie d'éclater en sanglots.

– Demain, elle n'y pensera plus, dit sa mère. Tu la connais. Elle est comme papa ; ils ne s'intéressent qu'à ce qui se trouve devant leurs yeux. C'est ce qui fait leur force, en fait.

– Qu'est-ce que tu racontes, maman ?

– Je m'inquiète pour des choses qui ne sont pas encore arrivées. Votre père, jamais.

– Si tu veux mon avis, Imo est complètement égocentrique.

Soudain, Maddy songea avec effroi que Leo allait demander des comptes à son frère ; il exigerait de savoir pourquoi Joe le dénigrait. Il fallait prévenir Joe. Elle s'empressa de monter dans sa chambre pour lui envoyer un mail.

J'ai répété à Imo ce que tu m'avais dit sur Leo, mais elle ne m'a pas crue. Elle a téléphoné à Leo. Il dit que c'est des mensonges. Je voulais te prévenir. J'espère que je ne t'ai pas fourré dans de sales draps.

Elle resta assise devant son ordinateur pour attendre la réponse de Joe. En vain. Elle se souvint alors qu'il devait aller au cinéma avec ses copains. Elle redescendit dans la cuisine pour prendre le journal local. La plupart des premières séances du soir se terminaient un peu avant vingt heures. Ensuite, Joe irait certainement au fast-food avec ses copains, ou au pub. Il ne rentrerait pas chez lui avant dix heures, voire plus tard, pour lire ses mails. Peut-être même qu'il n'aurait pas son message avant demain.

Maddy ne pouvait pas attendre jusque-là. Elle avait besoin de savoir que Joe était de son côté, face à Leo et Imo. Elle voulait l'entendre dire qu'elle n'avait rien fait de mal. Elle avait besoin d'un contact.

Je peux toujours aller au cinéma.

Cette idée lui vint subitement. Elle savait où il se trouvait et plus ou moins à quelle heure il sortait. Si elle voulait, elle pouvait l'attendre dehors. Elle l'entraînerait à l'écart. Ils pourraient échanger quelques mots.

Elle en avait envie.

Que penseraient ses copains ? En cas de besoin, elle inventerait un prétexte en rapport avec les répétitions de la pièce. Mais la vérité, c'était qu'elle se fichait pas mal de ce que pensaient les copains de Joe. Il fallait qu'elle le voie, ne serait-ce qu'une minute ; elle avait besoin d'être sûre qu'il n'y avait aucun malaise entre eux.

– Je sors, maman. Je n'en ai pas pour longtemps.

– Et le dîner ?

– Je me préparerai un truc plus tard. Ne t'inquiète pas pour moi.

– Je n'aime pas que tu sortes seule le soir, Maddy.

– Je vais juste faire un saut chez Cath. Et il fait encore jour.

Le soir tombait lorsque Maddy parcourut à pied la courte distance qui la séparait du centre-ville. Le cinéma était situé tout au bout de High Street : une construction des années 1930 avec une façade à colonnes, en retrait de la chaussée.

Récemment, la municipalité avait planté sur le parvis deux petits arbres et installé deux bancs métalliques, face à la circulation. À cette heure, les boutiques étaient fermées depuis longtemps ; les seuls signes de vie provenaient du pub, en face du cinéma, et du restaurant de kebab un peu plus loin.

Maddy s'assit sur un des bancs. Elle sentit quelque chose d'humide sous ses fesses. Elle se leva. Une canette de Coca s'était renversée sur le banc ! En plus elle portait en jean délavé. Elle s'approcha de la vitrine sombre d'une carterie et se retourna pour examiner l'auréole foncée. Oh, zut ! On ne voyait que ça ! On aurait dit qu'elle avait pipi dans sa culotte.

– Génial.

Un sentiment de découragement la submergea. Tout allait de travers. Comment allait-elle expliquer à Joe qu'elle l'attendait devant le cinéma avec une grosse tache humide aux fesses ? Elle n'avait pas le temps de rentrer se changer.

Elle pouvait toujours renoncer. Mais il faisait presque nuit maintenant. Joe ne verrait rien, surtout s'il restait face à elle. Et pour se parler, ils étaient obligés d'être face à face, non ? Quant à la raison de sa présence ? Elle venait l'avertir que Leo était peut-être furieux contre lui. Rien de tel que la vérité pure et simple.

Elle s'adossa à un des bancs, devant le cinéma, et attendit que le film se termine. C'était étrange de penser que Joe était là, à l'intérieur, sans se douter qu'elle l'attendait dehors. Elle suivait des yeux le lent déplacement des aiguilles de la pendule dans le hall éclairé.

Quelques spectateurs commencèrent à quitter la salle. Maddy fit de son mieux pour prendre un air nonchalant. Son plan consistait à croiser le regard de Joe et à lui faire signe d'approcher. Comme ça, ses copains n'entendraient pas ce qu'elle lui disait.

Les gens sortaient par deux ou trois, en riant et en bavardant. Ils se dirigeaient vers le parking. Toujours pas de Joe en vue. Et soudain, un groupe de jeunes franchit les portes du cinéma, sans qu'elle puisse voir s'il se trouvait au milieu. Elle les suivit du regard en essayant d'isoler chaque visage. Il y avait une majorité de garçons, mais ils ne ressemblaient pas à Joe et à ses camarades. Il faisait de plus en plus noir dehors.

– Maddy Fisher !

Elle se retourna brusquement. Il était là, souriant.

– Tu as vu tes fesses ? Elles sont mouillées.

À côté de lui, le tenant par la main, il y avait Gemma Page.

– Oh, c'est rien.

– C'est naze, ce film. Je te dis ça si tu avais l'intention d'aller le voir.

– Moi, ça m'a plu, dit Gemma.

— Toi, tout te plaît. (Il adressa un grand sourire à Maddy.) Gemma n'a absolument aucun sens critique.

— Oui, c'est vrai, avoua-t-elle, nullement vexée. J'aime presque tout.

— Tu viens, Joe ? lui lancèrent ses copains, qui traversaient déjà la rue.

— À lundi, lui dit-il.

Gemma lui sourit. Et ils s'éloignèrent tous les deux.

Maddy demeura devant le cinéma, tandis que les derniers spectateurs se dispersaient. Elle grelottait.

Elle rentra chez elle, sans se presser. Tout cela n'avait aucun sens.

Pourquoi Gemma était-elle là ?

Pas étonnant dans ces conditions que Joe ne lui ait rien dit en la voyant. Que pouvait-il lui dire, alors que Gemma était à côté de lui ? Mais elle aurait dû être à l'hôpital, non ?

Elle se repassa mentalement leur bref échange, en quête d'indices. Joe avait été méchant avec Gemma, un peu comme s'il disait à Maddy : «J'aimerais mieux aller voir un film avec toi.» Et il avait ajouté : «À lundi.» Était-ce une façon de lui faire comprendre qu'ils trouveraient un moment pour se parler librement la semaine prochaine ? Et il avait souri en s'exclamant : «Tu as vu tes fesses ?» ; comme si, en réalité, il voulait dire : «J'aime bien tes fesses.»

Alors, peut-être que ce n'était pas un désastre, finalement.

Ce soir-là, alors qu'elle était déjà couchée, elle reçut enfin un mail de Joe.

Il faut qu'on se parle. Rendez-vous à 10 h demain devant l'étang de Victoria Park.

Il avait dû envoyer ce message dans la précipitation. Mais c'était suffisant. Ils allaient enfin se parler pour de bon.

Elle pouvait dormir maintenant.

Juste pour rire

À la seconde même où elle entra dans le parc, Maddy chercha à apercevoir Joe. En ce samedi matin, des gens flânaient dans les allées sinueuses, d'autres étaient assis sur les nombreux bancs. D'un pas décidé, elle passa devant les massifs de rhododendrons, le kiosque à musique désaffecté, pour atteindre l'étang, au cœur du parc.

Des bancs étaient disposés tout autour, à intervalles réguliers. Chacun était occupé par une seule personne. L'effet produit était à la fois comique et triste, comme si tout le monde voulait avoir son propre banc, rien que pour lui. Mais moi aussi je veux un banc pour moi toute seule, se dit Maddy. Où Joe pourra me rejoindre. Peut-être que tous ces gens attendaient l'être aimé.

Les pigeons exécutaient leur ballet dans un fracas de battements d'ailes. Des canards sortaient de l'étang en se dandinant pour aller picorer les miettes de pain et les frites froides que leur lançaient les personnes solitaires sur les bancs. Parfois, une mouette jaillissait du ciel en criaillant pour emporter un bout de nourriture.

Maddy fit tout le tour de l'étang bordé d'arbres sans apercevoir Joe. Elle était la première.

Une femme d'un certain âge, venue jeter des morceaux de pain aux oiseaux, avait vidé son sac en plastique. Les pigeons et les canards la délaissèrent aussitôt. La femme quitta son banc et s'éloigna d'un pas traînant.

Maddy prit sa place.

Comme les animaux sont cruels, se dit-elle. Ils ne font même pas semblant de vous aimer. Vous leur donnez à manger, ils viennent vers vous. Dès que vous n'avez plus rien à leur offrir, ils s'en vont. Et pourtant, les personnes seules revenaient tous les jours, avec du pain dans leurs sacs en plastique, en espérant que les oiseaux se souviendraient d'elles et que, pour une fois, leur quête se transformerait en amour.

Son portable sonna. Un texto de Cath : T ou ? Maddy regarda l'heure sur l'écran. Dix heures passées. Où était Joe ?

– Maddy ?

Elle se leva d'un bond et se retourna. C'était Grace.

– Oh, salut, Grace.

– J'espérais bien te trouver ici.

– En fait, tu tombes mal. J'ai rendez-vous avec quelqu'un.

– Oui, je sais, dit Grace. Tu attends Joe.

Maddy ouvrit de grands yeux.

– Comment tu le sais ?

– Il me l'a dit.

– Je ne comprends pas.

– Joe voulait venir. Vraiment. Mais, finalement, il n'a pas eu le courage. Je lui ai dit : Quelqu'un doit aller la prévenir. Je ne peux pas, m'a-t-il répondu. Alors, je suis venue à sa place.

Maddy se rassit sur le banc. Elle avait la tête qui tournait.

– Me prévenir de quoi ?

– Je suis vraiment désolée, Maddy. Au départ, ça ne devait pas prêter à conséquence. Mais je ne trouve pas ça honnête de continuer. Comme je l'ai dit à Joe : Il vaut mieux arrêter avant que ça aille trop loin. Lui trouve que c'est juste pour rire et que ça ne fait de mal à personne, mais quand même.

– Juste pour rire ?

– On a fait ça pour que Gemma ne découvre pas la vérité sur Joe et moi.

Maddy entendait un bourdonnement dans ses oreilles. Devant ses yeux, tout devenait flou.

Pendant ce temps, Grace continuait à jacasser.

– Gemma commençait à se méfier. Il ne faut pas croire à son numéro de blonde idiote, elle n'est pas née de la dernière pluie. Alors, on a voulu détourner ses soupçons sur quelqu'un d'autre. Et comme tu flirtais un peu avec Joe…

Étant donné que ce n'était pas du sérieux, on savait que Gemma ne pourrait rien découvrir.

Maddy enfonça ses ongles dans ses paumes.

– Qu'est-ce que tu veux dire par Joe et toi ?

– On sort ensemble.

Joe et Grace. C'était impossible.

– Comment ? Où ? Quand ?

– Quand personne ne nous voit. Chez Leo généralement. Il est souvent absent.

Joe et Grace chez Leo. Le soir après les cours. « Un frigo pour l'alcool, un lit pour les gonzesses. »

– J'ai pensé qu'il fallait te prévenir avant que tu commences à trop y croire. Tant que ça reste une plaisanterie inoffensive, ça va. Joe n'arrêtait pas de me dire : « Ne t'en fais pas, Maddy est super cool, c'est une chouette nana, on rigole, c'est tout. » Mais je lui ai répondu : « Maddy est mon amie. Il faut arrêter ça. »

Maddy se sentait mal, comme si elle allait vomir.

– Ça dure depuis combien de temps ?

– Plusieurs semaines. Depuis l'été.

Des semaines. L'amant secret de Grace. Était-ce avec lui qu'elle avait regardé des films porno ?

– Alors, tous ces mails… c'était juste pour rire ?

– Euh, oui. Et pour entretenir le flirt. Pour que Gemma ne se méfie pas de moi.

– Joe n'était pas sincère ?

– Je ne sais pas ce qu'il t'a écrit. Il m'a assuré qu'il n'y avait rien de sérieux dans ses messages. Pas de folles déclarations d'amour ni rien. Il m'a promis de ne pas te faire marcher.

Maddy resta muette.

– Ça va, Mad ? C'était juste un truc idiot.

– Oui. Un truc idiot.

Elle ne put se retenir. Les larmes coulèrent sur ses joues.

– Oh, zut. Tu n'es pas triste, si ?

Maddy ne pouvait plus parler.

– Ah ! Quelle conne je suis, dit Grace. Tout ça, c'est ma faute.

Elle s'assit sur le banc, à côté de Maddy.

– Au départ, c'était une idée de Joe. Mais je n'aurais jamais dû accepter. Je ne pensais qu'à une chose : comment garder notre secret. Je suis vraiment navrée, Mad. Je t'ai fait du mal, hein ?

Maddy haussa les épaules, en continuant à pleurer.

– Tu y croyais vraiment ?

Elle hocha la tête et sortit un mouchoir en papier de sa poche pour s'essuyer les yeux.

– Oh, bon sang. Je suis nulle. Tu vas me détester maintenant, pour toujours. Et je ne peux pas t'en vouloir. Tu me files un mouchoir ?

Maddy lui en tendit un. Grace avait les larmes aux yeux, elle aussi.

– Au moins, je te l'ai dit avant que ça aille trop loin. Je veux dire… Il ne s'est rien passé, hein ?

– Non.

– Ce n'est pas comme si tu avais le cœur brisé.

– Non.

Maddy regardait les canards sur l'étang ; elle ne voulait pas songer à la douleur. Elle refusait de pénétrer dans la zone de chagrin qui l'attendait. Les canards tournaient en rond ou nageaient d'une rive à l'autre. Pourquoi ? Toute cette énergie dépensée inutilement.

– Maddy, je sais que je n'ai pas le droit de te demander ça. Mais est-ce que tu garderas notre secret ?

– Quoi ?

– Joe et moi.

– Oh. Oui, bien sûr.

– On ne veut pas que Gemma le sache, c'est pour ça.

Gemma qui était aux côtés de Joe à la sortie du cinéma. Gemma qui était censée se trouver à l'hôpital. C'était quoi, cette histoire ?

– Je ne comprends pas, dit-elle. Pourquoi Joe ne quitte pas Gemma ?

– Il en a envie.

– Alors, qu'est-ce qu'il attend ? Ça arrangerait tout le monde.

– Ce n'est pas si facile.

– Gemma ne serait pas contente, forcément. Mais c'est ce qui va se passer de toute façon.

– Oui… répondit Grace d'un ton hésitant, comme s'il y avait autre chose.

— Si tu veux mon avis, reprit Maddy. Joe se comporte très mal, il devrait être franc avec Gemma.

Elle haussa la voix car elle avait trouvé un moyen d'expulser sa colère.

— Pourquoi il continue à lui laisser croire qu'il l'aime ? Tout ça n'est qu'un jeu pour lui ? Je ne peux pas croire qu'il soit aussi insensible, égoïste et… aussi stupide.

— Tu as raison, dit Grace. Bien sûr. Seulement, c'est plus compliqué que ça.

— Comment est-ce que ça peut être plus compliqué ?

— Je ne suis pas censée en parler.

— Alors, ne me dis rien. Je m'en fiche. Qu'est-ce que ça change, d'abord ? Pour toi, tout va bien, hein ? Tu as eu ce que tu voulais.

Elle sentit de nouveau monter les larmes.

— Je savais que ça se terminerait comme ça. Je savais que tu finirais par me haïr.

— Je ne te hais pas, dit Maddy, pourtant broyée par la colère. Je ne hais personne. Je trouve ça horrible, stupide et mal, voilà tout.

— Désolée. Il me faut un autre mouchoir.

— Tu n'as qu'à en acheter !

Grace laissa échapper un petit hoquet. Maddy se leva. C'était devenu insoutenable ; il fallait qu'elle s'en aille.

Mais, au moment où elle allait partir, Grace la retint par le poignet.

— S'il te plaît, Maddy.

Elle se mit à sangloter.

Qui est-ce qui souffre ici ? pensa Maddy. Toutefois, elle n'essaya pas d'échapper à l'étreinte désespérée de Grace.

— On était super copines dans le temps, Maddy. Je t'en prie. J'ai besoin d'une amie.

La situation virait au grotesque. Grace était la grande gagnante, comme toujours. C'était elle que les garçons désiraient. Mais il lui fallait Maddy en plus.

— Une amie ne fait pas ce que tu as fait, Grace. Même pour rire. Une amie ne fait pas ce que tu m'as fait. Ni ce que tu fais à Gemma.

— Si tu savais…

— Si je savais quoi ? Vas-y, je t'écoute. Dis-moi que Gemma est atteinte d'un cancer au stade terminal.

— Non. Ce n'est pas un cancer.

— C'est quoi, alors ?

— Tu me jures que tu ne le répéteras à personne ?

— Oui, oui, promis.

Grace lui lâcha la main et se moucha avec son mouchoir usagé. Puis elle leva les yeux vers Maddy ; ils brillaient, plus irrésistibles que jamais.

— Gemma est enceinte.

— Oh.

Maddy grimaça. Voilà qui changeait tout. Ça n'a plus rien à voir avec moi, pensa-t-elle.

— Qu'est-ce qu'elle va faire ?

— Joe veut se débarrasser du bébé. Et Gemma aussi. Surtout parce que c'est ce que veut Joe, et elle veut lui faire plaisir. Mais si Joe lui annonce qu'il la quitte... Tu sais, Gemma est très différente de l'image qu'elle donne. En vérité, elle est sournoise, manipulatrice. Si elle savait que Joe a envie de rompre, elle garderait le bébé. Pour l'obliger à rester avec elle.

Maddy avait du mal à suivre.

— Joe est obligé d'être gentil avec elle pour qu'elle se fasse avorter ?

— Oui. Et, comme il le dit, c'est préférable pour Gemma également. Il ne faut pas qu'elle ait un enfant à dix-huit ans. Pas seule.

— Mais elle n'est pas seule.

— Pour le moment.

Aussi insensé que cela puisse paraître, il y avait une certaine logique dans tout ça.

— Tu crois vraiment qu'elle garderait l'enfant en sachant que Joe veut rompre avec elle ?

— Allons, Maddy. Tu sais bien comment ça se passe. C'est une ruse vieille comme le monde.

— Joe est donc obligé de jouer la comédie.

— Elle a presque accepté d'avorter. On a cru que c'était gagné, mais finalement elle hésite. Il essaye de la convaincre.

— Mon Dieu. Pauvre Gemma.

— Ne sois pas triste pour elle. À ton avis, comment elle s'est retrouvée enceinte, hein ? Elle essaye de piéger Joe. Et lui, il essaye de se libérer. Tu ne peux pas lui en vouloir.

– Non. Sans doute.

– Tu vois combien c'est important que tu n'en parles à personne.

– Oui.

– Tu comprends maintenant ?

– Oui.

– Tu me détestes toujours ?

– Un peu.

– Je l'ai mérité.

Grace regarda Maddy avec ses grands yeux magnifiques baignés de larmes et un petit sourire suppliant, plein d'espoir. On aurait dit un chiot abandonné.

– Tu es vraiment une garce.

– Je sais.

Sentant que le ressentiment de Maddy faiblissait, Grace se leva et, soudain, elles se jetèrent dans les bras l'une de l'autre en sanglotant. Elles sentirent leurs larmes se mélanger sur leurs joues, jusqu'à ce que Maddy sorte de sa poche son dernier mouchoir en papier, qu'elles partagèrent.

– Sois gentille avec Joe, dit Maddy. Même si c'est un salopard au cœur de pierre.

– Tu ne nous trahiras pas, hein ? Pas avant que tout soit arrangé ?

– Non, je ne vous trahirai pas.

Elles retraversèrent le parc ensemble.

— Je peux t'assurer, dit Grace, qu'un jour on rira de tout ça, toi et moi.

— Et on pleurera.

— Tu as été formidable. Tu es vraiment une fille hors du commun.

— Oui. Tu n'as qu'à le dire à Joe.

Quand elle se retrouva seule, Maddy s'aperçut qu'elle assimilait lentement cette nouvelle réalité dévoilée par Grace. Certaines choses qui la laissaient perplexe jusqu'à maintenant prenaient un sens. Grace semblait seule mais, en réalité, elle avait un petit ami. Et Joe, si enthousiaste dans ses mails et beaucoup moins quand ils se voyaient, Joe jouait à un petit jeu avec elle.

C'était dur à supporter. Très dur. Pas uniquement la perte de Joe. Elle avait aussi le sentiment que l'on s'était moqué d'elle.

Elle relut les messages de Joe ; elle relut à travers ses larmes les mots qui l'avaient rendue si heureuse.

Comporte-toi comme d'habitude au lycée.

Ça me tue que ça doive rester un secret.

J'ai l'impression stupide que tu me comprends.

Tout cela ne voulait rien dire, évidemment. Elle s'en apercevait maintenant. En fait, c'était le secret qui rendait cet échange si excitant.

Pour Joe, ce n'était qu'un jeu. Il n'avait jamais eu l'intention de lui briser le cœur. Un jeu cruel, néanmoins. Désormais, elle devrait faire comme si elle n'y avait jamais attaché beaucoup d'importance. Question de fierté. Personne ne savait qu'elle avait été amoureuse de Joe. À part Cath et Grace. Au moins, sa honte ne serait pas publique. Il ne restait que le chagrin.

Elle décida d'envoyer un dernier mail à Joe. Si pour lui tout cela n'avait été qu'un jeu, elle ne voulait pas lui donner la satisfaction de penser qu'elle avait été dupe. Elle serait obligée de continuer à le voir chaque jour jusqu'à l'été prochain. C'était une question d'amour propre.

Je suppose que c'est le dernier de nos messages secrets, écrivit-elle. C'était amusant, mais toutes les bonnes choses ont une fin. Au moins, il me reste Cyril.

Elle envoya le mail et attendit une réponse, qui ne vint pas. Ce silence lui fit mal. Joe aurait fait preuve de générosité en mettant fin à leur petit flirt sur une note amicale. Mais il demeura muet.

Notre petit flirt.

Maddy sentit monter le chagrin. Elle se roula en boule sur son lit et serra Lapinou dans ses bras. Seule, elle n'avait que faire de sa fierté. Elle pouvait se laisser emporter par la lame de fond de l'abandon.

Oh, Joe. Je t'aurais tout donné. Il m'a fallu si longtemps pour te trouver. Comment as-tu pu disparaître si vite ?

Elle pensa aux prochains jours. Elle n'aurait

pas la force de les affronter. À quoi bon se réveiller le matin ? À quoi bon ouvrir les rideaux ? À quoi bon manger ? Respirer ?

Je resterai dans mon lit, au chaud et dans le noir, jusqu'à ce que je disparaisse dans le néant. Il ne me reste plus que l'oubli. Il n'y a plus de Joe. Plus de Maddy. Cette fille qui sanglote sur son lit sombrera bientôt dans le silence.

J'ai envie de mourir.

Cette pensée s'accompagna d'une bouffée de joie. En finir pour de bon. Cesser de lutter. Partir et ne jamais revenir.

Oh, Joe, j'aurais pu tant t'aimer.

Rich part en guerre

En arrivant au lycée, Rich trouva tout le monde en émoi à cause de la dernière rumeur en date. M. Pico avait été viré. Vint ensuite une contre-rumeur. Il n'avait pas été viré, M. Jury l'avait dénoncé à la police. On l'avait surpris en train de se livrer à des gestes déplacés. On l'avait surpris en train de télécharger des images pédophiles. La police allait débarquer au lycée. M. Pico était recherché. Il avait fui le pays.

Nul ne savait précisément ce qui se passait, mais toutes les rumeurs étaient prises pour argent comptant, tour à tour. Une seule certitude : M. Pico n'était pas venu travailler aujourd'hui.

Rich s'empressa de prendre sa défense. Il rangea les délateurs dans la catégorie de ses propres ennemis. Son professeur et lui étaient désormais alliés dans l'adversité ; ils subissaient les assauts de la même armée d'individus médiocres et conformistes.

Rich avait besoin d'un adversaire, quelqu'un

qui pourrait apaiser sa fierté blessée. Il décida qu'il avait trouvé son cheval de bataille.

— Tu es dingue, lui dit Max. Tout le monde sait que Pablo est homo.

— C'est une raison pour le virer ?

— Qu'est-ce que j'en sais ? Peut-être qu'il s'est exhibé à la bibliothèque. Ne te mêle pas de cette histoire, mon pote. Tout le monde dira que tu es gay, toi aussi !

— Tu veux dire qu'on va me traiter de pauvre taré homo ?

— Non, non, pas du tout.

— Et même si j'étais un pauvre taré homo ?

— C'est faux. J'espère en tout cas. Me dis pas que c'est vrai ?

— Peut-être.

Max fit un bond en arrière.

— Non ! Tu te fous de moi. Tu craques pour Grace Carey. Tu ne peux pas être homo et fantasmer sur cette fille.

— Je pourrais être bisexuel.

— Qu'est-ce qui t'arrive, Rich ? Tu es différent.

— Merci, Max. Tu as remarqué. Être différent, c'est bien.

— Oui, oui, d'accord. Mais pas dans ce sens-là.

— Homo, tu veux dire ?

— Oui exactement.

— Tu sais ce que je pense, Max ? Tu as tellement la trouille de l'homosexualité que tu dois être homo.

Max se mura dans le silence.

— Je plaisantais, ajouta Rich.

— Comment je le saurais si j'étais homo ? demanda Max en lançant des regards inquiets autour de lui.

— Comment tu le saurais ? Soit tu aimes faire ça avec des filles, soit tu aimes faire ça avec des garçons. C'est pas sorcier.

— J'aime le faire, un point c'est tout, dit Max. Ou plutôt, je crois que j'aimerais ça.

Ils éclatèrent de rire. Ils se retrouvaient en terrain connu. Les puceaux malgré eux.

Rich raconta ensuite à Max que Grace l'avait traité de pauvre taré homo. Son fantasme était officiellement terminé.

— Surtout, conclut-il, ne me dis pas que je serai beaucoup plus heureux sans elle, OK ? Elle reste la fille de mes rêves.

— Tu n'es donc pas si homo que ça.

— C'est une question de fierté. Tu as déjà assisté à un défilé de la Gay Pride ? C'est fantastique. Ils sont tous tellement fiers. En les voyant, tu te dis : Ouah ! Je ne suis pas obligé d'être comme tout le monde. Je peux être différent *et* fier.

— Tu voudrais avoir la fierté des homos sans le côté homo ?

— Exactement.

— N'empêche, ton idée de soutenir Pablo, ça craint.

— Tu refuses de te joindre à moi ?

— Pas question.

— Tu es censé être mon ami.

— Moi ? Ton ami ? Tu n'es qu'un pauvre taré homo. Je ne te connais même pas.

— Je suis un rocher. Je suis une île.

Rich subtilisa chez les Petits Pas quelques feuilles de papier bleu et un pot de peinture rouge vif pour confectionner une affiche de presque un mètre de large. Sur laquelle il écrivit, en lettres rageuses :

SOUTENEZ M. PICO. SIGNEZ LA PÉTITION.

La pétition était un cahier d'exercices tout neuf. Rich nota en haut de la première page : « Nous, soussignés, exigeons la réintégration de Paul Pico à son poste au lycée Beacon. » Après quoi, il apposa sa propre signature, de manière un peu hésitante, juste en dessous.

Il arriva à l'école avec son affiche roulée sous le bras, en prenant soin d'éviter de croiser des regards. La nouvelle avait dû se répandre maintenant, tout le monde savait qu'il avait été humilié par Grace Carey. À en juger par les réactions furtives qu'il captait du coin de l'œil, il avait l'impression que les élèves le montraient du doigt et échangeaient des commentaires amusés. Il s'y était préparé. D'ailleurs, il avait l'intention de leur offrir une autre raison de rire.

Il déroula son affiche et la fixa sur le grand tableau dans l'Ovale, en recouvrant les annonces des futures manifestations.

SOUTENEZ M. PICO. SIGNEZ LA PÉTITION.

Un petit groupe s'était déjà rassemblé.

– Soutenir M. Pico ? À quel sujet ?

– Ils l'ont renvoyé.

– Pour quelle raison ?

– Je ne sais pas, avoua Rich.

– Il a dû faire quelque chose.

– Il est homo, commenta un élève.

– Dans ce cas, il faut le virer, dit un autre.

– Pourquoi ? s'emporta Rich. Qu'est-ce que ça change qu'il soit homo ?

– J'ai pas envie qu'il me tripote !

Hilarité générale.

– Pourquoi est-ce qu'il te tripoterait ? répliqua Rich. Les profs hétéros ne tripotent pas les filles.

– Essaye un peu de t'approcher de M. Bolton ! lança une lycéenne.

– Bon, très bien, dit Rich. Renvoyons tous les profs, dans ce cas.

Le groupe grossissait.

– Les homos filent le sida.

– Rassure-toi, Patrick. Il ne te touchera pas.

– Tu es homo, Rich ?

– Sois un peu adulte. (Rich s'adressa à toute l'assemblée.) Tous ceux d'entre vous qui, comme moi, pensent que M. Pico est un super prof, doivent signer la pétition.

Il aperçut Maddy Fisher qui se tenait en retrait avec sa copine Cath Freeman. Toutes les deux avaient été témoin de son humiliation. Il évita leurs regards.

– M. Pico est le meilleur prof qu'on a jamais eu, reprit-il. Si on signe tous la pétition, ils ne le vireront pas.

– Tu as réuni combien de signatures ?

– Je commence juste.

Personne ne s'avança pour signer.

– Pablo t'a payé combien pour ça ?

– Il n'est même pas au courant.

– Alors, pourquoi tu le fais ? Par amour ?

Éclat de rire général. Rich tint bon.

– Soutenez M. Pico ! cria-t-il. Signez la pétition !

Une voix s'éleva :

– Rich est homo !

Ce qui provoqua de nouveaux rires.

– Oui, c'est ça, allez-y. Riez, dit Rich. De quoi vous avez peur ?

La même voix puissante se fit entendre :

– Je n'ai pas peur ! Je m'en fous que Pablo se fasse virer. Et je ne suis pas homo.

Encore des rires.

Puis, enfin, quelqu'un s'avança au milieu des élèves pour prendre le cahier : Cath Freeman.

– Je signe, dit-elle. Je trouve que c'est un bon prof.

– Super. Qui d'autre ?

Personne ne s'avança. Le silence s'était abattu sur l'assemblée.

M. Jury approchait.

Il s'arrêta devant le panneau d'affichage.

— Puis-je savoir ce que ça signifie ?

— C'est pour soutenir M. Pico, monsieur, expliqua Rich.

— Le soutenir dans quel sens ?

— Pour qu'il ne soit pas renvoyé, monsieur.

— M. Pico n'a pas été renvoyé. Une seule personne peut renvoyer M. Pico, et c'est moi. Je devrais donc être au courant, tu ne crois pas ?

— Si, monsieur.

— Je n'ai aucune intention de renvoyer M. Pico. Alors, tu peux ôter ton affiche et aller en cours.

— Bien, monsieur.

— Je ne suis pas opposé à ce que les élèves expriment leurs opinions. Il n'y a aucune censure dans cette école. Mais, la prochaine fois, prends la peine de vérifier tes informations.

— Oui, monsieur, dit Rich en commençant à ôter son affiche. Mais pourquoi est-ce que M. Pico ne fait pas cours ?

— Il a demandé un congé. Pour raisons personnelles.

Ainsi s'acheva la bataille de Rich. La pétition ne compta jamais plus de deux noms. L'affiche finit dans la poubelle.

Rich broya du noir toute la journée. Maintenant que sa cause s'était volatilisée, il se sentait abandonné, à la dérive. Ses réserves de courage ne servaient plus à rien, son moment de gloire servait déjà à alimenter des anecdotes comiques. Il s'apercevait que, d'une certaine façon, il avait cherché à partager le martyre de M. Pico. Résultat : au lieu de se retrouver persécuté, il passait pour un idiot.

À moins que M. Jury ne mente.

Rich se jeta sur cette pensée dès qu'elle fit surface dans son cerveau. Peut-être que l'ennemi existait réellement en fait, et qu'il avait un plan. Pourquoi M. Pico demanderait-il un congé ? On l'avait certainement placé dans une position insoutenable. Peut-être même s'agissait-il d'un euphémisme pour dire foutu à la porte.

Il n'y avait qu'une seule façon de le savoir : interroger M. Pico lui-même. Mais où était-il ? Rich prit conscience soudain de son envie de retrouver son professeur d'anglais. Il voulait découvrir pourquoi il avait quitté le lycée. Mais surtout, il voulait lui parler. Il voulait parler de poésie et d'amour, de l'abandon et de la solitude. Des choses qui lui tenaient à cœur. Qui d'autre dans son entourage comprenait tout cela ?

Les chichis

En rentrant du lycée, Rich s'arrêta à la boutique des maisons de poupées. Le magasin préféré de Kitty. D'ailleurs, c'était étrange de se retrouver là sans elle. La passion de sa sœur pour ces reproductions miniatures des objets de la vie quotidienne et son désarroi devant les prix chargeaient leurs visites d'une émotion intense. Rich faisait mine de s'impatienter devant les incessants changements d'avis de Kitty, incapable de choisir entre une coupe de fruits et une étagère de livres, mais lui aussi était en proie au dilemme, secrètement. La coupe de fruits irait très bien dans la cuisine, mais cette pièce était déjà encombrée. Les livres trouveraient leur place dans la salle à manger, qui devrait être transformée en bureau, soit dit en passant. Mais les fruits étaient si beaux, si colorés, ils seraient du plus bel effet sur la table de la cuisine.

Il se renseigna sur les éclairages pour maisons de poupées. Il faillit défaillir en entendant le prix. Finalement, après s'être longuement interrogé, il acheta des lumières pour trois pièces, plus le kit de raccordement au réseau électrique. Les autres pièces devraient attendre.

Alors qu'il ressortait dans East Street avec ses achats dans un sac en papier, Rich tomba sur Maddy Fisher. Elle aussi tenait un sac en papier à la main.

– Salut, Rich. Qu'est-ce que tu fais par ici ?

– Je suis venu acheter des éclairages de maison de poupées.

– Moi, j'ai acheté des chichis.

Rich en eut l'eau à la bouche. Coup de chance, la boulangerie qui vendait des chichis se trouvait tout près. Il sortit l'argent de sa poche pour voir s'il lui en restait assez.

– Je vais en chercher, moi aussi, déclara-t-il.

Maddy l'attendit dehors. Ils repartirent ensemble dans East Street.

– Tu comptes les manger quand, Rich ?

– Maintenant.

– Où ?

– Dans le parc, peut-être.

– Pourquoi pas au bord de la rivière ?

– OK.

Elle ne lui demanda même pas s'il voulait bien qu'elle mange ses chichis avec lui. Mais il accepta sa compagnie avec plaisir.

Ils s'assirent côte à côte au bord de l'eau et sortirent leurs chichis. Obéissant l'un et l'autre

221

au même instinct, ils les dévorèrent d'abord des yeux avant de les manger.

– J'ai attendu ce moment toute la journée, avoua Maddy.

– Ce qui est bien avec les chichis, dit Rich, c'est que c'est toujours aussi bon qu'on l'espère.

– Meilleur même.

Ils se régalèrent en silence, léchant parfois les petits morceaux de sucre sur leurs lèvres et leurs doigts. Maddy termina la première.

– Je comprends pourquoi les gens deviennent obèses, dit-elle. Quand tout va mal, ça fait du bien de manger.

– Je commence à en avoir assez des miens.

– La première bouchée est toujours la meilleure. Je n'aurais pas dû finir.

– Je ne devrais pas les finir, mais je le ferai quand même.

Elle le regarda avaler les dernières bouchées en se forçant.

– Tu regrettes maintenant ?

– Oui, avoua-t-il.

Rich trouvait qu'il y avait quelque chose d'agréable et de réconfortant dans le fait d'être assis là avec Maddy, de partager une gourmandise et des remords.

– Désolée de ne pas avoir signé ta pétition, dit-elle.

– Ça n'a pas d'importance. Apparemment,

Pablo n'a pas été renvoyé. Et, à l'arrivée, je me suis ridiculisé comme toujours.

— Je ne t'ai pas trouvé ridicule, moi. Je t'ai trouvé déterminé. Et courageux.

— Pour être franc, Maddy, je me fous de savoir de quoi j'ai l'air. Ça ne m'intéresse plus.

— J'en ai bavé, moi aussi. Et je me suis ridiculisée pour de bon.

— Je parie que tu ne l'as pas crié sur tous les toits.

— Non.

— Moi, si. Tu vois un peu comme je suis débile.

— Ce n'était pas débile. C'était ta façon de proclamer : Regardez, je suis toujours debout ! Vous ne m'avez pas vaincu !

Rich la regarda avec étonnement.

— Oui, c'est vrai, dit-il.

— Moi, je suis au tapis. Et incapable de riposter.

— Qu'est-ce qui s'est passé ?

— Je n'ai pas envie d'en parler. Désolée. Ça t'ennuie ?

— Pas de problème. Mais je parie que personne ne t'a traitée de pauvre taré homo.

— Non, mais je suis quand même une ratée.

— Alors, on est deux. On devrait créer un club. On ferait imprimer des T-shirts.

Maddy sourit.

— Pourquoi tu as acheté des éclairages de maison de poupée ?

— Pour Kitty. Ma petite sœur.

– Une maison de poupées avec des lumières ! Ouah ! Des petites ampoules qui pendent du plafond et tout ça ?

Rich sortit la boîte pour lui montrer.

– J'aurais adoré avoir un frère qui fasse des trucs comme ça pour moi. Mais je n'ai qu'une sœur, et elle ne fait jamais rien pour personne, sauf pour elle.

– J'avais promis à Kitty de m'en occuper depuis une éternité. C'est curieux comme le fait de bousiller sa vie plus le sentiment d'être un loser total vous poussent à faire des choses finalement.

– Je ne trouve pas ça bizarre. C'est très logique, au contraire. Souffrir te rend sensible. Et ça t'amène à penser à ce que les autres peuvent ressentir autour de toi.

– Et tu veux avoir l'impression de servir à quelque chose, au moins.

– Quand vas-tu les installer, ces lumières ?

– En rentrant. Si je ne m'occupe pas, je vais broyer du noir.

– Moi, c'est déjà fait.

– Je vais écouter tous mes albums des Beach Boys, les uns après les autres, en imaginant que je fais du surf en Californie dans les années 1960.

– Pourquoi ?

– On appelle ça fuir la réalité.

– Oh, moi aussi, j'ai envie de fuir. Je pourrai venir pour te regarder ? Pas longtemps.

– Pas de problème.

– Je n'ai pas envie de rentrer tout de suite. Ma sœur et moi, on s'est disputé ; je ne veux pas qu'elle remette ça.

Maddy appela sa mère pour la prévenir qu'elle rentrerait un peu plus tard. Ils marchèrent dans les rues bordées d'arbres du quartier résidentiel de Rich. Comme promis, il mit les disques des Beach Boys sur sa platine, dans sa chambre, pendant que, couché à plat ventre sur le palier, il branchait les minuscules éclairages dans la maison de poupées.

Kitty et leur mère étaient absentes. Leur grand-mère dormait. Leur père travaillait dans son bureau. Il en sortit pour demander à Rich de baisser un peu le volume de la musique et il y retourna aussitôt, après avoir fait la connaissance de Maddy.

– Il écrit un bouquin sur Sparte, expliqua Rich.

L'installation des lumières était une tâche minutieuse qui réclamait toute son attention. Si on ajoutait la musique des Beach Boys, cela ne laissait guère de place pour la conversation. Mais Maddy était heureuse de rester assise en tailleur par terre, adossée à la rampe, et de laisser son esprit dériver sur les harmonies d'un monde plus simple et plus ensoleillé.

Wouldn't it be nice to live together
In the kind of world where we belong...

Rich se sentait si bien en compagnie de Maddy qu'il en oublia presque sa présence. Les branchements électriques étaient plus délicats qu'il ne l'avait cru. Il fallait coller une plaque métallique derrière la maison de poupées et clouer de petites prises de courant, puis percer des trous pour faire passer les fils d'une pièce à l'autre, jusqu'aux prises.

Quand sa sœur et sa mère rentrèrent, il était loin d'avoir terminé. Malgré tout, Kitty laissa exploser sa joie.

– Je t'aime ! Je t'aime ! Je t'aime ! s'écria-t-elle en se jetant sur son frère allongé par terre pour l'embrasser. Tu es le meilleur frère que j'aie jamais eu !

– Je m'appelle Maddy, dit Maddy, car Rich n'avait pas pensé à la présenter. Rich a bien voulu que je le regarde faire.

– Moi aussi, je veux regarder, dit Kitty. Mais je reviens de la piscine et je meurs de faim.

Quand l'éclairage de la maison de poupées fonctionna enfin, toute la famille se rassembla pour admirer le travail de Rich. On alla chercher mamie qui s'était endormie devant la télé, dans sa chambre. Harry Ross consentit à quitter Sparte. Kitty eut l'honneur d'appuyer sur l'interrupteur.

Les lumières s'allumèrent dans la chambre des parents et celle des enfants. Les applaudissements et les cris d'admiration fusèrent. Les minuscules ampoules donnaient un nouveau visage à la maison de poupées ; elle semblait habitée par des êtres vivants qui allaient rentrer d'un instant à l'autre et se préparer un thé.

— J'adore ! s'extasia Kitty. C'est beau à en mourir !

— Très… très…, bredouilla la grand-mère.

Maddy était enchantée, elle aussi.

— Il faut que tu éclaires les autres pièces maintenant, Rich, dit-elle.

— Je suis fauché.

— Donne-lui de l'argent, maman ! Donne-lui de l'argent ! s'écria Kitty. Il faut faire les autres pièces. Sinon, je vais mourir !

— Encore ? ironisa son père. Modère un peu ton enthousiasme, ma chérie.

— Je peux pas. Je suis trop heureuse.

Rich croisa le regard de Maddy et il devina ce qu'elle pensait : comme ce serait bien de pouvoir être transporté de joie pour un rien.

Le club des losers

Maddy redoutait d'annoncer la nouvelle à Cath, mais il fallait le faire ; Cath était sa complice dans cette histoire d'amour. Son *ex*-histoire d'amour.

Elle fut scandalisée.

– Tue-la ! Je ne plaisante pas. Réduis en bouillie son joli petit minois.

– Je ne frappe pas les gens, Cath.

– C'est le moment de t'y mettre.

– J'aimerais bien.

– C'est le truc plus horrible que j'aie jamais entendu. (Cath ne cessait de secouer la tête.) Quelle cruauté ! Je savais que Grace pouvait être une vraie garce, mais là, c'est le pompon ! Comment ont-ils pu te faire une chose pareille ?

– Ils ont dû trouver ça amusant, je crois.

– Amusant ? L'amour n'est pas une chose amusante !

– Ils ne savaient pas.

– Arrête de les défendre, Mad. Ce sont des monstres. Des êtres diaboliques.

– J'ai pris tout ça un peu trop au sérieux, soupira Maddy. En fait, c'est ma faute.

– Ne dis pas de conneries, Maddy Fisher. Et cesse d'être magnanime.

– Je ne suis pas magnanime. Je suis malheureuse.

– Oh, mon Dieu ! Ne pleure pas, je t'en supplie. Je vais pleurer aussi. Et j'aurai le nez qui coule.

Les deux amies s'étreignirent et Maddy fit un gros effort pour ne pas éclater en sanglots.

– Je l'aimais, dit-elle. Et je l'aime encore, en vérité. C'est plus fort que moi. Je ne peux pas lui en vouloir d'aimer Grace. Elle est superbe.

– C'est une pouffe.

Plus Cath réfléchissait à ce que Grace et Joe avaient fait, plus sa colère montait.

– Il faut que tu interviennes, Maddy. Ce qu'ils sont en train de faire à Gemma, c'est presque pire que ce qu'ils t'ont fait.

– Grace dit que c'est dans l'intérêt de Gemma, à long terme.

– Elle se contrefiche de Gemma. Elle ne pense qu'à elle. Tu devrais aller tout raconter à Gemma.

– Non, je ne peux pas.

– Pourquoi ?

– À cause de Joe.

– Tu ne lui dois rien.

– Je sais. Mais quand même.

Difficile de faire partager à Cath ce qu'elle

ressentait. Elle avait l'impression d'être la première responsable car elle s'était autorisée à penser que Joe était amoureux d'elle. Elle voulait tellement que ce soit vrai. Cela aurait dû suffire à la mettre en garde, d'ailleurs. Les choses que vous désirez vraiment ne se réalisent jamais. Pas dans la vraie vie. Malgré cela, elle avait voulu croire à l'amour de Joe et, maintenant, elle méritait d'être malheureuse.

— Dans ce cas, déclara Cath, c'est moi qui le lui dirai.

— Non ! Il ne faut pas !

— On ne peut pas les laisser poursuivre leur misérable petit plan.

— Fiche-leur la paix, Cath. Laisse tomber. Je ne veux même plus penser à eux. S'il te plaît.

— Et Grace, alors ? Comment je dois me comporter avec elle ?

— Ne lui en parle pas. Fais ça pour moi.

— À mes yeux, elle n'existe plus. Fini. Tu peux en être sûre.

— Si tu veux. Mais ne donne pas l'impression que c'est à cause de moi.

Cath s'efforçait d'agir en amie loyale mais, avec Maddy, ce n'était pas facile.

— Tu n'as pas envie de les punir, Mad ? Tu n'as pas envie de leur faire du mal ?

— Non. Je veux juste me cacher.

— C'est eux qui devraient se cacher. Il faudrait les foutre dans un sac et les balancer dans la rivière.

Cette conversation se déroulait dans une salle de classe vide, alors qu'elles étaient censées rattraper des cours en retard. Mais Maddy était incapable de travailler. Depuis le drame, elle n'avait rien fait d'autre que dormir et pleurer, à part le moment qu'elle avait passé avec Rich à manger des chichis et à le regarder aménager la maison de poupées.

Elle le revit à l'école. Il lui annonça qu'il avait réussi à découvrir où se cachait M. Pico. En fait, il n'était allé nulle part, et il ne se cachait pas. Il était chez lui.

— Tu vois la rue qui monte vers le golf ? Il y a un embranchement et un chemin qui part à gauche au milieu des arbres. Il habite là, dans une petite maison. Celle avec des sourcils.

Maddy comprit aussitôt de quelle maison il voulait parler. Les deux fenêtres du premier étage étaient coiffées de gâbles pointus qui ressemblaient à des sourcils, en effet. C'était une ancienne ferme transformée en un joli cottage.

— J'ai trouvé un prétexte pour aller le voir, dit Rich. Il faut que je lui rende le livre qu'il m'a prêté.

— Ah, oui. C'est toujours moi qui l'ai.

— Tu pourrais me le rapporter demain ?

— Oui, bien sûr. Mais pourquoi tu veux aller le voir ?

— Pour savoir s'il va bien. Et s'il a vraiment

été viré. Je parie que ce salaud de La Furie m'a menti.

Joe Finnigan passa près d'eux. Maddy baissa la tête.

– Maddy Fisher! s'exclama-t-il en lui faisant un petit signe joyeux de main, comme si de rien n'était.

Maddy se sentit rougir, mais Rich sembla ne rien remarquer. Il regardait Joe s'éloigner.

– Ce Joe Finnigan, commenta-t-il, on a toujours l'impression qu'il vient de se réveiller après avoir fait un rêve agréable.

– Oui, c'est une bonne description, répondit Maddy en suivant, elle aussi, Joe du regard.

Cath les rejoignit en clopinant. Elle avait une ampoule au talon gauche.

Rich la remercia d'avoir signé sa pétition.

– Tu as obtenu combien de signatures en tout?

– Deux.

– Tu veux dire que j'ai doublé le chiffre à moi toute seule?

– Oui.

Ils s'esclaffèrent tous les trois.

– Ça m'a rendue dingue, la façon dont ils se moquaient tous de toi, dit Cath. Et je me fous pas mal de ce qu'ils pensent de moi.

– Tu peux entrer dans notre club, dit Rich. On va faire imprimer des T-shirts avec le mot LOSER.

– Ce sera un club très sélect, précisa Maddy. On ne veut pas de racaille.

— Pas question, renchérit Rich. Uniquement les losers authentiques et certifiés.

Max Heilbron se joignit au trio. Il mangeait des chips.

— J'aimerais bien vous en offrir, dit-il, mais je préfère les garder pour moi.

— Oui, tu as besoin de te nourrir, répliqua Cath.

— Tout ce qui est petit est joli, rétorqua Max.

— Dans ce cas, tu ne peux pas entrer dans notre club. Hein, Rich ?

— Je pense que Max a sa place.

— Quel club ?

— Le club des losers. Un club très fermé. On va faire imprimer des T-shirts.

— Vous savez quoi ? dit Rich. Je pense qu'on devrait instaurer deux niveaux dans le club. Les membres ordinaires porteraient des T-shirts marqué LOSER. Et nous, on aurait des T-shirts marqués SUPER LOSER.

— Comme avoir une carte gold.

— Ou voyager en première classe.

— Hé, attendez un peu, dit Max. Je comprends que Rich et moi, on fasse partie des losers. Mais pourquoi Maddy ?

— Je remarque, dit Cath, que tu ne poses pas la question en ce qui me concerne.

— Crois-moi, répondit Maddy, je fais partie des losers.

— Tu ne dis pas ça pour m'impressionner ?

– Hé! s'exclama Cath. On s'égare, là. Revenons-en au point de départ. Comment repère-t-on un vrai loser? (Elle montra son visage.) Une sale tronche. (Elle pointa le doigt sur Max.) Un avorton.

– Merci, c'est gentil, dit Max, vexé.

– Et vous deux, ajouta-t-elle, vous êtes des imposteurs qui s'apitoient sur leur sort.

Tant qu'elle pouvait ironiser sur ses malheurs, Maddy réussissait à tenir bon. Mais, dès que la vie ordinaire reprit ses droits, la tristesse enfla, fit sauter toutes les digues et menaça de la submerger. À l'intérieur du lycée, elle était partout en danger; elle ne voulait surtout pas croiser Grace ou Joe. Et, même quand ils demeuraient invisibles, leurs esprits planaient au-dessus des salles de cours, de la bibliothèque, du gymnase et du réfectoire. En fouillant dans son sac, elle retrouva son exemplaire de *Week-end*, et elle revit aussitôt, avec une précision insoutenable, le Joe qu'elle avait aimé, assis dans l'amphithéâtre, son livre à la main, récitant ses répliques avec un sourire décontracté. Et Grace qui lui répondait : « Des anormaux, Simon… Voilà ce que nous sommes. Des anormaux. » Et tout le monde éclatait de rire.

En rentrant chez elle, Maddy était obligée de repenser à Joe également. Là, devant la boutique se dressait Cyril, le chameau qui avait toujours été son ami. Désormais, il appartenait à Joe, et aux souvenirs qui lui déchiraient le cœur. Et, dans la maison, il y avait Imo, qui sortait avec le frère de Joe et qui n'avait toujours pas pardonné à sa sœur les accusations qu'elle avait formulées au sujet de Leo. Heureusement, dans une semaine c'était la rentrée universitaire, et Imo s'en irait.

– Je ne comprends pas pourquoi tu m'as raconté tous ces mensonges, lui dit Imo. Leo en a parlé à Joe, qui n'est au courant de rien. Absolument rien. Je ne comprends pas. Qu'est-ce que tu as contre Leo ?

– Laisse tomber, OK ? Ça n'a aucune importance.

– Mais pourquoi tu as fait ça ?

– Je ne sais pas. Fiche-moi la paix.

Elle reprit l'exemplaire de *L'Art d'aimer*, sans l'ouvrir. À quoi bon, quand il n'y avait personne à aimer ? Le lendemain, elle l'emporta à l'école pour le rendre à Rich.

– Qu'est-ce que tu en as pensé ? demanda-t-il.

– J'ai juste lu quelques pages. C'est un peu trop théorique à mon goût.

– Moi, j'ai trouvé que c'était un bon bouquin. Mais maintenant je ne me souviens plus pourquoi.

– Quand vas-tu voir M. Pico ?

– Je ne sais pas. Aujourd'hui, peut-être.

– Dis-lui qu'on regrette tous que la pièce ait été annulée.

En vérité, Maddy était plutôt soulagée. Il lui aurait été impossible de continuer à répéter avec Joe et Grace après ce qui s'était passé.

– Tu sais quoi? dit Rich. C'est un peu délicat pour moi d'aller chez Pablo, compte tenu de cette histoire d'homosexualité qui circule. Mais, si tu venais avec moi, ce serait différent.

– Comme un chaperon?

– Oui, en quelque sorte.

– Pourquoi pas?

Maddy n'avait pas particulièrement envie de voir M. Pico, mais elle s'apercevait qu'elle aimait bien traîner avec Rich. D'une certaine façon, sans doute parce que lui aussi avait été humilié par Grace, il était le seul à ne pas l'agacer. Même Cath l'agaçait car elle était toujours furieuse à cause de cette sale affaire.

– Regardez-les! pestait-elle quand elle voyait passer Grace ou Joe. Ils n'ont même pas honte! Viens, on va leur cracher dessus.

Maddy accepta donc de rendre visite à M. Pico avec Rich pour lui servir de chaperon. Au moins, cela lui permettrait d'échapper pendant une heure ou deux au sourire compatissant de Cyril.

Le secret de M. Pico

En se rendant chez M. Pico, ils parlèrent de leurs films préférés. Par souci d'honnêteté, Maddy avoua qu'elle aimait toujours *La Mélodie du bonheur*. Rich déclara que son film préféré était *Il était une fois dans l'Ouest*. Il lui décrivit la longue séquence d'ouverture avant l'arrivée du train.

— Qu'est-ce qu'il y a de si extraordinaire ? demanda Maddy.

— C'est stupéfiant. Attends un peu de la voir. Et la musique ! Géniale ! Tout ce qu'a composé Ennio Morricone est formidable. Lyrique et étrange en même temps. Comme chez Philip Larkin. Tu connais ses poèmes ?

— Non, pas vraiment.

— Larkin, c'est un de mes dieux.

Il récita de mémoire :

— « C'est étrange de ne rien savoir, de ne jamais être sûr/De ce qui est vrai, juste ou réel. »

Que Rich sache des choses qu'elle ignorait ne gênait pas Maddy. Il ne représentait aucune menace pour elle ; c'était juste ce garçon étrange avec lequel elle se sentait bien, peut-être parce qu'ils avaient été blessés au cours de la même guerre. D'une certaine façon, Rich existait en dehors de son monde social, aussi ne se souciait-elle pas vraiment de l'opinion qu'il avait d'elle, et elle ne cherchait pas à savoir ce qu'elle pensait de lui. Elle aimait ses goûts excentriques. Morricone, Larkin et les Beach Boys n'ayant joué aucun rôle dans sa vie jusqu'à présent, ils ne déclenchaient aucun souvenir douloureux.

— Tu lis vraiment de la poésie, Rich ? À part pour l'école, je veux dire.

— Oui.

— Pourquoi ?

— Ça exprime avec des mots ce que tu ressens. (Après un silence, il ajouta :) Si je pensais que tout le monde sur terre ressemblait aux imbéciles du lycée, je me suiciderais.

— Pourquoi tu veux absolument être différent des autres ?

— Pourquoi voudrais-je être comme eux ? Ils ne parlent que de foot et de bagnoles. Tout ce qui les intéresse, c'est les filles et l'alcool.

Maddy pouffa.

— Pas toi ?

— Je n'ai rien contre, avoua Rich. Mais est-ce qu'il n'y a rien d'autre ? Est-ce que les rêves s'arrêtent là ?

— N'empêche, Rich. Tu devrais te payer un téléphone.

— Quel rapport ?

— Tu ne peux pas vivre dans ton petit monde.

— Si. Et puis, je ne suis pas tout seul. J'ai Philip Larkin, Bob Dylan, Janis Joplin et William Blake.

— Ils sont tous morts.

— Non, pas Dylan.

— Tu es bizarre.

— Merci. Je prends ça comme un compliment.

Ils avaient suivi la route jusqu'au golf. Ils atteignirent le cottage où était censé vivre M. Pico.

Rich approcha de la porte, puis hésita.

— Tu crois qu'on va le déranger ?

— À mon avis, il n'est pas là, dit Maddy.

Tous les rideaux étaient tirés.

— Peut-être qu'il s'est suicidé.

— Bon sang, Rich ! Ne dis pas des choses pareilles.

— Je n'ai pas envie de trébucher sur son cadavre en décomposition. Ce genre de trucs, ça me fait flipper.

— Arrête !

Maddy frappa elle-même à la porte.

— Tu lis trop de livres. Être différent, c'est bien. Foutre la trouille aux autres, c'est nul.

— Au moins, je ne suis pas quelqu'un d'ordinaire, répliqua Rich, vexé.

— Tu es en train de dire que je suis ordinaire ?

– Qu'est-ce qui n'est pas ordinaire en toi?

– Premièrement, je suis ici, avec toi.

– Exact. Tout espoir n'est pas encore perdu, alors.

Ils entendirent un bruit de pas de l'autre côté de la porte. Et une voix demanda:

– Qui est là?

– C'est moi, monsieur, dit Rich. Je vous rapporte votre livre.

– Qui ça « moi »? Quel livre?

– Richard Ross, monsieur. Le livre d'Erich Fromm.

Un silence. Puis un bruit de verrou. La porte s'ouvrit, laissant voir M. Pico vêtu d'une sorte de chemise de nuit. Il les regarda d'un air hébété, en clignant des yeux à travers ses épaisses lunettes.

Il pointa un doigt accusateur sur Maddy.

– Tu n'es pas seul.

– Maddy est venue avec moi pour que…

Rich ne put trouver une explication valable à la présence de Maddy, hormis la véritable raison, c'est pourquoi il laissa sa phrase en suspens.

– Je voulais m'assurer que vous alliez bien, dit Maddy.

– Oh. (M. Pico la regarda en fronçant les sourcils.) Et est-ce que je vais bien?

– Euh, oui. Je crois.

– Ce n'est pas une chemise de nuit, vous savez.

C'est une djellaba. Les hommes en portent au Maroc. C'est tout à fait normal.

– Bien sûr, monsieur, dit Rich.

Le professeur d'anglais les dévisagea un moment.

– Eh bien, entrez puisque vous êtes là, dit-il.

Ils le suivirent dans un minuscule vestibule. Il referma et verrouilla la porte derrière lui. Les regards de Rich et de Maddy se croisèrent. S'étaient-ils jetés dans la gueule du loup ?

M. Pico les conduisit dans ce qui avait été autrefois un salon. Malgré la pénombre due aux rideaux, on distinguait un unique fauteuil, surmonté d'un lampadaire, à côté d'une table. Sur celle-ci trônait une bouteille de vin, un verre et deux petits bols. Le premier contenait des olives et le second les noyaux. Le reste de la pièce était envahi par des piles de livres et de magazines. Certaines piles ne dépassaient pas quatre ou cinq livres, mais d'autres ressemblaient à des tours arc-boutées, de véritables murs de livres qui montaient jusqu'au plafond, soutenus par des remparts de magazines, essentiellement des exemplaires de la *New York Review of Books*.

M. Pico observa la pièce d'un air contrarié, comme s'il prenait conscience qu'elle ne pouvait pas accueillir d'invités.

– J'ai peur qu'il n'y ait pas de place pour vous asseoir, dit-il.

– Mais si! s'exclama Maddy. Regardez. On peut faire des tabourets avec les magazines.

Elle choisit une pile dont la hauteur lui convenait et s'y assit.

– En effet. Me trouverez-vous malpoli si je préfère mon fauteuil?

– Non, bien sûr. Vous êtes chez vous.

Rich était surpris par la réaction de Maddy; elle gérait la situation à la perfection.

M. Pico reprit donc son fauteuil. Quant à Rich, il suivit l'exemple de Maddy et s'installa sur une pile de la *New York Review of Books*.

– Je vais sûrement vous paraître ridicule, reprit M. Pico, mais pour moi, s'asseoir dans un fauteuil confortable est un des plus grands plaisirs d'une existence qui, par ailleurs, laisse à désirer.

Il prit une olive dans le bol, la mangea et fit passer discrètement le noyau de sa bouche au second bol.

– Voulez-vous une olive?

Les deux visiteurs secouèrent la tête.

– Alors comme ça, vous êtes venus voir si j'allais bien? Je trouve ça très courtois de votre part. Il fut un temps où l'on aurait parlé d'acte chrétien. Le souci des autres, considéré de nos jours comme faisant partie du rôle de l'État. Oui, je vais bien.

Il leur sourit et ils comprirent qu'il avait décidé de se réjouir de leur visite impromptue.

– Personne ne nous a expliqué pourquoi vous étiez parti, monsieur, dit Rich. Vous allez revenir?

– Non. Je ne reviendrai pas.

– Rich a lancé une pétition, dit Maddy. Pour vous soutenir.

– Vraiment? Combien de signatures as-tu récoltées?

– Pas beaucoup. Le principal m'a obligé à arrêter. Il m'a dit que vous aviez demandé un congé pour raisons personnelles.

– C'est tout à fait exact.

– Oh. (Rich ne put cacher sa déception.) J'ai cru que M. Jury me racontait un mensonge pour me convaincre d'arrêter.

– Tu n'as pas une très haute opinion de M. Jury, on dirait.

– C'est un sale type.

– Tu es un peu dur, dit M. Pico. (Mais une lueur d'amusement pétillait dans ses yeux.) Il a fait de son mieux pour tolérer mes excentricités. Et il ne m'a jamais forcé à démissionner. Il ne m'a pas non plus incité à rester.

– J'aimerais que vous reveniez, dit Rich. Et Maddy aussi.

– C'est vrai, confirma-t-elle.

Le professeur d'anglais soupira.

– C'est compliqué. Il y a eu des plaintes. Il semblerait que mes méthodes pédagogiques ne soient pas appréciées. En outre, certaines personnes ont laissé entendre que je représentais un danger pour les élèves. (Il secoua la tête avec tristesse.) Autant d'allusions pénibles et offensantes.

— Ça ne tient pas debout! s'emporta Rich.

— En effet. Mais, comme l'a appris Socrate, avoir raison ne suffit pas. Parfois, les illusions de la foule sont trop puissantes pour être vaincues. Et puis, vous savez, chacun aime bien être désiré.

— Vous l'êtes.

— Combien de signatures as-tu obtenues?

— J'aurais pu en avoir plus si j'avais continué.

— M. Pico a raison, Rich, dit Maddy. La plupart des élèves de notre classe ne vous aiment pas. Ils vous trouvent bizarre.

— S'agit-il d'un euphémisme, Maddy?

— Pardon?

— Tu es en train de me dire qu'ils croient que je suis homo?

Maddy hésita.

— Euh… Oui, monsieur.

— Puisque vous avez pris la peine de venir jusqu'ici pour me rendre mon livre… (il tapota l'ouvrage posé sur ses genoux), le moins que je puisse faire, c'est de satisfaire votre curiosité. Alors, préparez vos jeunes esprits à recevoir un choc. Vous avez devant vous un homme qui ne ressent aucun désir sexuel d'aucune sorte. Suis-je homo? Je n'en ai aucune idée. Peut-être.

Dans ma vie, il m'est arrivé d'éprouver une profonde affection pour de jeunes hommes. Mais de l'attirance sexuelle ? Non. Je suis aussi asexué qu'un chat castré.

Un silence s'ensuivit.

M. Pico leur sourit et mangea une autre olive.

– Oui, je sais, reprit-il, c'est très gênant. Cela va à l'encontre d'un élément fondamental de la nature humaine. Mais c'est ainsi. Je suis sûr que vous avez de la peine pour moi. Ma difformité a un prix, évidemment. Je vis seul. Je suis seul. Cela mis à part, je vous prie de croire que je mène une vie intense, variée et enrichissante à ma manière.

– Je suppose, dit Maddy, que ça vous laisse plus de temps pour d'autres choses. (Elle balaya du regard la pièce remplie de livres.) Comme la lecture.

– Comme la lecture, en effet, dit M. Pico. Et la lecture est la plus importante de ces *autres choses*. Lire, c'est tout un monde.

– Vous devriez quand même continuer à enseigner, dit Rich.

– Combien de signatures ?

– Ça ne veut rien dire.

– Je préfère enseigner à ceux qui veulent apprendre. Pourquoi devrais-je imposer mes excentricités à ceux qui n'y trouvent aucun intérêt ? Je finirai bien par trouver chaussure à mon pied.

– Moi, je veux apprendre avec vous.

– Moi aussi, renchérit Maddy.

– Dans ce cas, dit M. Pico, nous sommes ici tous les trois. Qui a besoin d'une école ?

Il prit la bouteille de vin et remplit son verre. Il allait le porter à ses lèvres quand il repensa à ses invités.

– Où ai-je la tête ? Voilà un exemple de la force de la solitude. Elle m'a rendu malpoli. Laissez-moi vous offrir à boire. Un verre de vin blanc ?

– Oui, volontiers, dit Maddy.

– D'accord, dit Rich. Merci.

Le professeur partit chercher des verres. Rich et Maddy échangèrent quelques mots à voix basse.

– C'est le premier prof qui m'offre un verre, dit Maddy.

– On n'est plus à l'école.

– Il est adorable.

– Et un peu triste.

M. Pico revint avec deux verres. Il leva le sien pour porter un toast.

– Buvons aux… *autres choses*.

Après quelques gorgées de vin blanc, tous les trois se détendirent. Rich descendit de sa pile de magazines, qui commençait à lui faire mal au dos, pour s'asseoir par terre, adossé à la porte. Maddy se mit en tailleur. M. Pico ouvrit le livre que lui avait rapporté Rich et le feuilleta, à la recherche d'un passage précis.

– J'espère que tu as perçu ce qu'il y avait de radical chez Fromm. (Il lut à voix haute :) « *Si notre peur consciente est de ne pas être aimé, notre peur réelle, mais généralement inconsciente, est d'aimer.* »

Il baissa les yeux et observa ses jeunes visiteurs.

– Intéressant, non ?

– Je n'ai pas peur d'aimer, moi, protesta Maddy. J'ai juste peur de ne pas être aimée en retour.

– Tu ne penses pas que l'amour génère l'amour ?

– Non. Pas du tout.

– Moi non plus, déclara Rich. Je dirais même que c'est l'inverse. Quand on aime une personne, elle n'a plus envie de vous aimer.

– Oh, fit M. Pico. Dans ce cas, comment faire pour aborder ce problème de l'amour ?

Ils parlèrent de l'amour et des livres jusqu'à ce que la bouteille de vin soit vide. M. Pico ne leur proposa pas d'en ouvrir une deuxième.

– Compte tenu des rumeurs me concernant, dit-il, peut-être que vous ne devriez pas rester trop longtemps sous mon toit.

Rich et Maddy serrèrent la main qu'il leur tendit, puis il les raccompagna à la porte.

– Je vais probablement aller dans le Sud, leur confia-t-il. J'ai besoin de soleil.

Ils entendirent le verrou se refermer derrière eux. Ils repartirent sans dire un mot. Alors qu'ils rejoignaient l'extrémité de High Street, Maddy se retourna vers le petit cottage sur la colline.

– Je le trouve incroyable, commenta-t-elle. Je regrette de ne pas avoir été plus attentive pendant ses cours.

– C'est le seul vrai prof que j'aie jamais eu.

Après avoir partagé cette expérience du vin blanc et de la conversation avec M. Pico dans son environnement excentrique, ils se sentaient étonnamment proches l'un de l'autre.

– C'est curieux ce qu'il dit sur l'amour, souligna Maddy. Sur les gens qui ont peur d'aimer.

– Je suis d'accord avec toi, dit Rich. En ce qui me concerne, j'ai surtout peur de ne pas être aimé de la personne que j'aime.

– Tu penses encore à Grace ?

– Parfois.

– Tu la hais ?

– Non.

– Tu l'aimes toujours ?

– D'une certaine façon. (Il dit cela d'un air honteux.) C'est pathétique, je sais.

– Non. Je comprends. Très bien.

Maddy se disait qu'en dépit de ce qui s'était passé, elle pensait encore à Joe, et qu'à ses yeux, il continuait d'incarner la perfection.

– J'étais amoureuse de quelqu'un et ça n'a

pas marché, avoua-t-elle. Pourtant, je ne peux pas m'empêcher de penser à lui.

– C'était qui ?

– Joe Finnigan.

– Oh. Ça ne m'étonne pas que tu aies craqué sur lui. Il est cool, mais joyeux en même temps, si tu vois ce que je veux dire.

– Oui, je vois très bien.

Maddy était reconnaissante à Rich de comprendre ce qu'elle éprouvait pour Joe. Évidemment, il ne savait pas que Joe l'avait traitée de manière horrible, ni que sa Grace bien-aimée était la petite amie secrète de Joe. Malgré cela, il faisait preuve de bienveillance envers lui, alors qu'il aurait pu éprouver de la rancœur.

– En fait, il ne s'est presque rien passé, précisa-t-elle.

– Personnellement, je me suis toujours contenté de prendre mes rêves pour la réalité.

– Moi aussi, soupira Maddy. Pourquoi faut-il que tout soit si compliqué ?

Ils atteignirent l'endroit où leurs chemins se séparaient.

– Écoute, Mad… Tu te souviens de l'anniversaire de ma grand-mère ? Et de ces lettres débiles que j'ai écrites à Grace ?

– Je me souviens du coup du pape.

– Ma mère veut que je trouve quelqu'un pour faire passer les sandwichs et les boissons. Je me demandais si ça t'intéresserait.

– Pourquoi pas ? C'est quand ?
– Samedi, à l'heure du déjeuner.
– OK.
– Super.
Alors qu'elle s'éloignait, Maddy lança :
– J'ai pas droit à une lettre du pape, moi ?

Maddy a de drôles de pensées

Le retour du père de Maddy fut une déception. Peut-être était-elle trop enthousiaste. En rentrant du lycée, elle le découvrit dans son fauteuil à l'accoudoir cassé, les jambes étendues devant lui, les yeux fermés. Il paraissait plus mince et plus pâle que dans son souvenir. Sa première pensée fut : je ne connais pas cet homme. Il s'était absenté deux mois : ce n'était pas très long, en vérité. Mais, cette fois, son retour à la maison avait un goût d'inachevé.

– Papa ! Tu es rentré !

Il ouvrit les yeux et se redressa dans son fauteuil.

– Maddy. Comment va ma petite chérie ?

Elle l'embrassa et tira une chaise pour pouvoir s'asseoir face à lui.

– Tu dois être épuisé par le décalage horaire. Comment tu te sens ?

– Presque aussi mal que j'en ai l'air. Je n'arrive pas à garder les yeux ouverts.

– Je suis contente de te revoir, papa. Quand tu n'es pas à la maison, ce n'est pas pareil.

Il lui avait toujours paru jeune, pour un père s'entend. Moins à cause de son physique que de sa façon d'être, de la décontraction avec laquelle il affrontait les désagréments de l'existence. Quand elle le voyait hausser les épaules en souriant, Maddy avait l'impression que rien de grave ne pouvait leur arriver. Mais il avait perdu cette énergie. Maintenant, elle le trouvait vieux.

Imo étant sortie avec des amis, Maddy fit de son mieux pour donner à cette soirée un parfum de fête, mais son père était fatigué et sa mère avait la tête ailleurs.

— Jen m'a transmis la bonne nouvelle, dit-il. Apparemment, nous sommes en faillite.

— Je n'ai pas dit ça, rectifia son épouse. J'ai dit que nous étions *au bord* de la faillite. Autant que je puisse en juger.

— Comme l'a dit Bouddha... (il adressa un sourire à Maddy, alors que ses paupières se fermaient)... il faut laisser passer l'orage.

— En parlant de Bouddha, rétorqua Mme Fisher, les deux statues en pierre que tu as rapportées et qui ont coûté plus de mille livres en frais de transport, on ne les a toujours pas vendues.

— Du calme, maman, intervint Maddy. Papa vient juste de rentrer.

— Les choses finissent toujours par s'arranger d'elles-mêmes, dit son père.

Sur ce, il se leva de table et mima un salut militaire.

— Rompez. Bonne nuit tout le monde. Demain est un autre jour.

Maddy se retrouva en tête à tête avec sa mère.

— C'est si grave que ça, maman ?

— Oh, peut-être pas. C'est juste que «les choses qui s'arrangent d'elles-mêmes», c'est toujours moi qui dois les arranger. Et, cette fois, je ne vois pas comment je vais faire.

— Ce ne sera pas plus facile maintenant que papa est rentré ?

Sa mère la regarda longuement.

— Espérons, dit-elle.

Maddy monta dans sa chambre de bonne heure. Dès qu'elle fut seule, ses pensées quittèrent son père pour dériver vers Joe. Le problème avec les hommes, se dit-elle, c'est qu'ils font ce qu'ils ont envie de faire, sans s'inquiéter du reste. Joe avait des soucis avec Gemma et, comme il croyait avoir trouvé une super solution, il fonçait tête baissée. Pour lui, ce n'était qu'un jeu de toute façon, ce n'était pas grave ; il ne prenait pas la peine de réfléchir à ce que pouvaient ressentir les autres. Ça l'arrangeait de croire que Gemma prendrait ça à la légère, elle aussi. Ce n'était pas un crime impardonnable ; c'était juste un manque d'égard, de considération.

Un manque d'amour.

Les garçons n'aiment pas, conclut-elle.

Cette vérité simple la frappa avec toute la force d'une révélation. Les garçons ne sont pas faits pour aimer. Voilà pourquoi on ne peut jamais s'entendre avec eux. On pense qu'ils sont capables d'aimer mais préfèrent s'abstenir. Et s'ils ne pouvaient pas aimer, tout simplement?

Cela expliquerait pourquoi ils ne pensaient qu'au sexe. Le sexe est la seule forme d'amour qu'ils connaissent. Ils peuvent toucher, sentir. C'est une chose qui leur arrive sans qu'ils aient besoin de s'intéresser à l'autre personne. Ça peut être Amy la bunny, ils s'en fichent. Ils n'ont pas besoin d'un nom ou d'un visage. Le sexe, c'est l'amour sans les complications qu'apportent les autres. Le sexe, c'est l'amour sans l'amour.

Elle téléphona à Cath.

— J'ai de drôles de pensées. Je crois que je fais une dépression.

— Ouah! Cool. Tu crois que tu vas sombrer dans la drogue? Si on devenait deux camées totalement accros et si on mourait dans des chiottes?

— Tu as raison, Cath. C'est la solution. Vive l'autodestruction!

— Ou alors, on pourrait voler dans des magasins et se faire prendre exprès. C'est super connu comme appel au secours.

– On pourrait aussi appeler au secours, tout simplement.

– Oh, Maddy. J'entendrai ton appel. Qu'est-ce qui s'est passé ?

– Je ne sais pas. Papa est rentré à la maison. Je pensais sans doute qu'il pourrait tout arranger. Mais non.

– Ne compte jamais sur les hommes.

– Ce n'est pas parce qu'ils sont mauvais. Ils s'en fichent, c'est tout. Voilà ma conclusion. C'est pour ça que l'amour ne marche jamais. Les garçons s'en fichent.

– Tous ?

– Oui, tous.

– Tu ne crois pas qu'il peut y avoir des mecs bien ?

– Il n'y en a pas un pour racheter l'autre.

– Et Rich, alors ?

– Rich, c'est différent. C'est un ami. Comme toi tu es mon amie. L'amitié, c'est essentiellement un truc de fille.

– Rich est donc une fille.

– En quelque sorte. Tu vois ce que je veux dire.

– Sauf qu'en vrai, c'est un mec.

– Oui, mais personne n'envisage de faire l'amour avec Rich.

– Ouais, d'accord.

– Bref, si les mecs s'en fichent, je ne vois pas pourquoi je n'en ferais pas autant. Comme ça,

je pourrais coucher avec n'importe quels garçons, sans même voir leurs visages.

– Vraiment ? (Cath semblait intriguée et scep-
tique.) Avec un complet inconnu ?

– C'est encore mieux avec un inconnu. Il n'y
a que le sexe qui compte. Peu importe s'il se
fiche du reste, puisque je m'en ficherais aussi.

Les idées prenaient forme à mesure que les
paroles sortaient de sa bouche. Maddy adorait
parler avec Cath car elle pouvait dire des choses
qu'elle ne pensait pas forcément, juste pour voir
quel effet ça faisait.

– Si c'est uniquement pour le sexe, il faut
que ça en vaille vraiment la peine, dit Cath. Si
tout ce que tu veux, c'est baiser, faut trouver un
bon coup.

On pouvait toujours compter sur Cath pour
résumer les choses de manière directe.

– Peut-être que c'est tout ce que je veux, oui,
baiser.

C'était amusant de prononcer ces mots mais,
alors même qu'ils sortaient de sa bouche, Maddy
savait que ce n'était pas la vérité.

– Maudit soit Joe Finnigan, dit-elle. Tout ça,
c'est à cause de lui.

– Et de Grace.

– Je pourrais devenir bonne sœur.

– Ou lesbienne.

– Quel intérêt ? C'est un truc que je n'ai jamais
compris. Les filles sont copines. Ce qui est bien

256

dans l'amitié, c'est qu'on ne gâche pas tout avec le sexe.

– Tu sais quoi, Mad ? Tout ce que tu es en train de dire, c'est des trucs auxquels je pense sans cesse.

– Ah oui ?

– Être moi, c'est pas comme être toi.

– Alors tu passes ton temps à bouillonner de colère, à te sentir déprimée, comme si toute ta vie n'avait aucun sens et que le monde allait de plus en plus mal de jour en jour.

– Oui, en permanence.

– Bon sang, Cath. Je ne savais pas. Je croyais que tout ça, c'était… une plaisanterie.

– Non. Pas vraiment.

– Tu es censée être ma meilleure amie et je ne savais pas. C'est affreux. C'est comme ce que m'a fait Joe. Pour lui, c'était pour rire. Je me suis comportée en mec. Peut-être que je suis un mec.

– C'est complexe.

En se préparant pour aller au lit ce soir-là, Maddy découvrit que ses règles étaient arrivées. Tous les mois, c'était la surprise. D'autres filles avaient des douleurs dans le ventre, des sautes d'humeur ou bien elles le sentaient dans leur corps. Maddy, elle, ne s'en apercevait jamais. Elle s'en réjouissait, mais, d'une certaine façon, elle se sentait trahie par son corps, comme s'il n'en faisait qu'à sa tête, sans juger bon de la consulter.

Elle devait faire un choix maintenant. Si elle voulait prendre la pilule, elle devait commencer aujourd'hui.

Elle sortit la boîte vert et blanc de sa cachette et la regarda longuement, comme si cela pouvait l'aider à se décider. À l'époque très lointaine où elle s'était rendue au dispensaire pour obtenir une ordonnance, elle l'avait fait pour Joe Finnigan. Bien que seule dans sa chambre, elle rougit. À l'époque, cette boîte vert et blanc était la promesse d'accéder au summum de l'intimité avec Joe. En définitive, ils n'avaient même pas échangé un baiser.

Dans ces conditions, inutile de commencer à prendre la pilule, se disait-elle. Autant attendre qu'une occasion de passer à l'acte se profile à l'horizon. Dans un avenir improbable, avec un garçon improbable.

D'un autre côté, si une occasion se présentait, ce serait embêtant de devoir attendre plusieurs semaines avant de pouvoir en profiter. Parfois, il fallait se pincer le nez et sauter à l'eau. En outre, la pilule lui ôterait ses boutons et régulerait ses règles. Et qu'y avait-il à redouter, à part les sautes d'humeur, la prise de poids, l'hypersensibilité de la poitrine, les nausées et les migraines ?

Comme dirait Cath, c'était complexe.

Maddy sortit une plaquette de la boîte. Vingt et une petites pilules jaunes enfermées dans vingt et une bulles de plastique numérotées. Puis sept jours sans pilule. Au pays de la contraception, chaque mois durait vingt-huit jours ; c'était comme vivre en permanence en février. Mais, une fois que vous commenciez, il fallait continuer, sinon ça ne marchait pas. Imaginez que vous preniez la pilule pendant un an et qu'un jour vous oubliez : le lendemain, vous vous retrouvez enceinte. C'est brutal. Impitoyable. On aurait pu penser que toutes ces pilules s'accumulaient dans votre organisme et devenaient de plus en plus efficaces, à force, mais non, vous en oubliez une seule et toutes celles que vous avez prises dans votre vie n'ont servi à rien. Quand même, ils auraient pu inventer une méthode qui vous permette d'oublier une fois de temps en temps. Un souci de plus pour l'avenir, à ajouter aux garçons, aux examens, aux crises financières, au réchauffement climatique et à la futilité de l'existence.

Quoi qu'il en soit, tout cela lui donnait le sentiment d'être une usurpatrice. Pire encore, un objet de risée. « Regardez Maddy ! Prête à coucher avec un garçon, alors qu'aucun ne veut d'elle ! Franchement, à quoi bon ? »

Pourtant, elle savait dans son for intérieur qu'elle allait sauter le pas. De cette façon, elle prouverait qu'elle avait foi dans l'avenir. Une superstition lui soufflait que le fait de prendre la pilule la transformerait. Son corps saurait qu'il pouvait aller jusqu'au bout sans craindre les conséquences et il se comporterait différemment. Peut-être même qu'elle deviendrait sexy. Les garçons le sentiraient. Et qui sait? Peut-être qu'un jour, Joe lui enverrait un autre mail.

Elle sortit la première pilule de sa capsule transparente et l'avala avec une gorgée d'eau de son gobelet à dents.

Et voilà. Elle avait commencé.

La vie serait différente désormais.

Les quatre-vingts ans
de grand-mère

— Tu m'as l'air en pleine forme, Richard, déclara le grand-oncle Freddy, planté au milieu du petit vestibule, raide comme un piquet. Ah, je vois que tu admires mon costume. Je suis sûr que tu te demandes combien il m'a coûté. Avec une coupe pareille, au moins 2 000 livres, hein ? Tu es loin du compte. Allez, devine !

— Je ne connais pas du tout le prix des costumes, avoua Rich.

— 350 livres ! Que dis-tu de ça ? Ça t'en bouche un coin, hein ? (Il baissa la voix.) Made in Hong-Kong. Acheté sur Internet. Voilà, tu sais tout.

Le grand-oncle Freddy caressa les revers de son costume gris perle avec ses mains blanches. Grand, mince et distingué, il approchait des quatre-vingts ans.

— Richard, reprit-il, je vais te transmettre le secret de ma réussite. Tu es un jeune homme maintenant. Il faut que tu connaisses ces choses-là. Peut-être que tu devrais prendre des notes.

Cela tient en trois mots. Posture. Confection. Et silence.

Il dressa le menton et écarquilla les yeux pour fixer Rich de son regard pénétrant.

— Merci, dit Rich.

— Tiens-toi droit. Porte des costumes bien coupés. Et ne dis rien. Tu régneras sur le monde. Regarde-moi. Je suis parti à la retraite et je touche les deux tiers de mon dernier salaire de vice-président des affaires publiques au sein du deuxième plus grand importateur de matériel médical du pays.

— Il faut que j'aille aider maman.

— Vas-y, mon garçon. Et, si les saucisses sont prêtes, je serai heureux d'en goûter deux ou trois.

Rich se rendit dans la cuisine, où Sue Prior, imposante et imperturbable, faisait griller des saucisses et revenir des pommes de terre.

— Ce n'est pas encore l'heure, hein ? demanda-t-elle.

— Non. Pas encore.

Il chipa une saucisse.

— Pas touche !

La sœur de sa mère, Mary Harness, le cherchait.

— Rich, chuchota-t-elle en l'entraînant dans le couloir. J'ai un très beau cadeau pour grand-mère, mais j'ai peur qu'elle ne sache pas l'installer toute seule. C'est un *sound system* Bose.

Entre nous, il m'a coûté 650 livres et je veux être sûre qu'elle sache s'en servir. Quand va-t-elle ouvrir ses cadeaux?

– Après le déjeuner, je pense.

– Peter et moi, il faut qu'on parte à quatre heures au plus tard. À vrai dire, je ne devrais même pas être ici. Je loupe la première journée du séminaire d'entreprise, ce qui a fait grincer quelques dents, crois-moi. Et Peter n'a pas une minute à lui, comme d'habitude.

John Staples, une sorte de cousin, un homme d'âge indéterminé, traînait près de la porte de derrière.

– Hé, Richard, souffla-t-il en lançant des coups d'œil à droite et à gauche, est-ce que tes parents acceptent qu'on fume dans la maison?

– Ils n'aiment pas trop ça, je crois.

– C'est tout à fait compréhensible. Je vais donc faire un petit tour dehors. Pour soulager la douleur. J'ai des spasmes.

Peter Harness, le mari de Mary, assis devant la cheminée à gaz éteinte dans la grande pièce, lisait le journal d'un air sombre. Dans la salle de classe, la mère de Rich jouait du piano et faisait répéter une dernière fois leur chanson aux enfants, sous les regards d'un groupe de parents. Dans un coin, Kitty peignait une carte d'anniversaire. Geoffrey et Carol Mudford, amis et contemporains de mamie, avaient pris place côte à côte sur le banc de l'entrée pour ne pas être dans le passage. Quant à mamie, elle n'était pas encore descendue.

On sonna à la porte. Geoffrey Mudford alla ouvrir. C'était Maddy Fisher.

– Je viens pour donner un coup de main, annonça-t-elle.

Kitty la regarda à travers la porte vitrée de la salle de classe, les yeux écarquillés par la curiosité.

– Rich ! cria-t-elle sans lâcher son pinceau.

Celui-ci apparut.

– Ah, Dieu merci, tu as pu venir, dit-il. C'est de la folie ici.

– Que veux-tu que je fasse ?

– Officiellement, la fête ne commence que dans une demi-heure. Tu sais ce qui serait super ? Que tu bavardes avec les vieilles personnes, pour qu'elles ne soient pas sur le dos de maman.

– OK. Je ferai de mon mieux.

Le père de Rich, Harry, descendit de son bureau au premier, et marcha par inadvertance sur le pied de Carol Mudford en passant.

– Ah, moi et mes grands pieds, dit-elle avec un rire cristallin.

– Bonjour, dit-il à Maddy. Je crois t'avoir déjà vue, mais ton nom ne me revient pas.

– Maddy Fisher. Je suis une amie de Rich. Je viens pour donner un coup de main.

– Oh, très bien. Moi, on m'a chargé de faire

un discours. Mais interdiction de parler de Sparte.

Geoffrey Mudford salua Maddy d'un hoche-ment de tête, avec un sourire chaleureux.

– J'ai connu Dorrie quand j'avais ton âge, dit-il. C'était une très jolie fille.

Carol Mudford fit entendre son rire cristal-lin.

– Geoff l'aurait épousée si elle avait bien voulu de lui, dit-elle. Mais elle lui a répondu «non merci», et il a dû se contenter de moi.

Les Petits Pas sortirent, passèrent en rang deux par deux pour aller se défouler dans le jardin. John Staples, allongé dans un transat, fumait une cigarette mal roulée.

– Beurk! Beurk! s'écrièrent les enfants. Y a une drôle d'odeur dehors.

La mère de Rich passa devant Maddy et lui sourit d'un air absent.

– Je suis Maddy. Une amie de Rich.

– Oh, oui. Il me l'a dit. C'est très gentil à toi de venir nous aider. Harry, il faut déplacer le piano. Peut-être que Peter et toi, vous pourriez y arriver, à vous deux.

Mary Harness intercepta la mère de Rich.

– Joanna, au sujet des cadeaux… Grand-mère va les ouvrir quand on les lui donnera ou plus tard?

– Aucune idée.

– C'est juste que je lui ai acheté un truc qui

mérite des explications et il faut absolument qu'on soit reparti à quatre heures au plus tard.

La mère de Rich poursuivit son chemin, la tête ailleurs.

Le regard contrarié de Mary Harness se posa sur Maddy.

— Tu ne peux pas imaginer le mal que j'ai eu à convaincre Peter de venir. Dans des périodes comme celles-ci, on ne peut pas se permettre de relâcher son attention pendant une seule seconde.

La porte de derrière s'ouvrit et se referma, laissant entrer une odeur de fumée sucrée. John Staples s'arrêta devant Maddy en caressant ses cheveux longs grisonnants.

— Ne t'inquiète pas si je fais un petit tour dehors de temps en temps. J'ai des migraines. Depuis des années.

— Oh. Désolée.

— Les médecins ne peuvent rien faire, évidemment.

— C'est grave ?

— C'est comme si des ongles de dix centimètres te rentraient dans le crâne. Là…, dit-il en montrant sa tempe.

Rich et son père passèrent devant eux pour aller chercher le piano dans la salle de classe. Rich jeta à Maddy un regard qui semblait dire : tu tiens le coup ? Elle lui répondit par un sourire.

Le grand-oncle Freddy fit son apparition d'un pas tranquille.

— Bonjour, John. Bonjour, mademoiselle. Ne me dites pas qui vous êtes, je ne m'en souviendrai pas. Moi, c'est Fred. Le petit frère de Dorothy. J'ai entendu dire qu'il y avait des saucisses. Les avez-vous vues ?

— Non, pas pour l'instant. Voulez-vous que j'essaye de les trouver ?

— C'est peut-être un peu tôt. Il faut se plier au règlement de la maison. Dites-moi, ma petite, pensez-vous que je sois trop habillé ?

— Non. Pas du tout.

— J'ai pensé que je devais représenter les couleurs de mon pays. Mais, de nos jours, le mot d'ordre, c'est « décontracté ». Évidemment, il faut avoir la silhouette qui convient.

Maddy semblait déconcertée.

— Pour s'habiller, je veux dire. Moi, je n'ai pas pris un gramme depuis cinquante ans. Je n'ai aucun mérite, c'est comme ça. Mais cela signifie que, à défaut de pouvoir faire certaines choses, je sais porter un costard.

Rich réapparut. Il dut se faufiler entre le grand-oncle Fred et les Mudford.

— Mad, viens m'aider à porter des chaises. Celles de la salle de classe sont trop petites.

Maddy s'exécuta. Les Mudford constatèrent qu'ils se trouvaient dans le passage et ils émigrèrent dans la salle de classe pour se mettre discrètement dans un coin, juste à l'endroit où Maddy devait installer les chaises. Cela étant fait, Rich et elle accrochèrent une banderole faite avec de la feutrine sur laquelle on pouvait lire : DOROTHY 80 ANS ET TOUJOURS JEUNE.

La salle de classe était décorée de couleurs vives. Les créations artistiques des Petits Pas épinglées aux murs conféraient à la pièce une atmosphère de chaos enfantin.

Les Mudford battirent en retraite dans le coin où étaient entassées les peluches.

Kitty venait de terminer sa carte d'anniversaire.

– C'est quoi, ça ? demanda Rich.

– Les six prétendants de mamie, expliqua Kitty. Ça se voit, non ? Et là, c'est mamie qui choisit le vainqueur.

Les personnages étaient des représentations simplifiées de mannequins, si bien que mamie et ses six prétendants étaient tous grands et minces. Elle désignait le gagnant avec sa canne.

– Son bras n'était pas assez long, précisa Kitty.

Maintenant qu'elle avait fini sa carte, elle pouvait se consacrer à Maddy.

– Je vais te dire qui est qui. Celle avec le visage qui brille, c'est ma tante Mary. Mais on doit l'appeler uniquement Mary.

Mary Harness croyait que Maddy était une employée de maison.

– Vous voyez cet homme qui lit le journal ?

lui dit-elle. C'est mon mari, Peter. Apportez-lui des saucisses, voulez-vous ? Quand il ne déjeune pas à treize heures tapantes, il devient ronchon.

— Tout de suite, dit Maddy.

— Eh bien, ma petite Kitty, reprit Mary Harness. Tu dois être très fière de ta grand-mère.

— Oui.

— Je suppose que ce doit être un peu pénible parfois de l'avoir ici sous votre toit. Mais Harry et Joanna ont hérité de la maison. Vous ne pourriez jamais vous offrir une maison aussi grande avec le salaire de ton père.

— Y a pas de problème, dit Kitty. On adore grand-mère.

Justement, celle-ci descendait de son monte-escalier, vêtue d'une robe en laine bordeaux, ornée d'un collier de perles. Les invités des environs commençaient à arriver. La fête pouvait commencer.

La mère de Rich alla ouvrir la porte de derrière pour laisser entrer les Petits Pas qui jouaient dans le jardin. John Staples les suivit, en s'appuyant sur les murs. Le père de Rich ayant regagné son bureau, il fallut aller le chercher. Sue Prior annonça que les pommes de terre étaient cuites. Rich, Maddy et Kitty emportèrent les plats de saucisses et de pommes de terre dans la salle de classe.

Mamie, assise dans l'unique fauteuil, hochait

la tête et souriait en regardant ses cadeaux s'entasser près d'elle. Les enfants s'alignèrent devant le piano. Geoffrey et Carol Mudford s'assirent sur des petites chaises pour ne pas déranger. Le grand-oncle Fred embrassa mamie.

– Voilà, grande sœur. De la part de ton petit frère.

Mary Harness compta les cadeaux et regarda sa montre.

– Tu ne crois pas qu'on devrait commencer, Joanna?

– Tout le monde est là? Où est Peter?

– Oh, ne t'inquiète pas pour lui, il lit son journal. Tu sais bien qu'il déteste les festivités.

Sue Prior fut sommée de quitter sa cuisine. John Staples s'assit par terre et passa son bras autour d'un gros ours blanc en peluche. Les Mudford s'aperçurent qu'ils étaient coincés sur leurs minifauteuils, mais ils ne firent aucune remarque pour ne pas déranger. Rich, Maddy et Kitty se postèrent près de la porte.

Mme Ross demanda, d'une voix claire et enjouée:

– Prêts, les enfants?

Elle joua l'introduction au piano et les Petits Pas se mirent à chanter.

Je t'aime, un boisseau et un picotin
Un boisseau et un picotin
Un petit câlin.

Tout en chantant, ils mimaient les paroles ; ils se montraient du doigt quand ils disaient «je», ils désignaient leur cœur en conjuguant le verbe aimer, et mamie quand ils disaient «te saute au cou». Les voix aiguës, la rafale de gestes et les paroles quasiment inintelligibles plongèrent le public dans la perplexité.

– Un quoi ? demanda Mary Harness.

Le refrain, constitué principalement de «doudi-douda», ne permit pas de clarifier le sens de la chanson. Mais mamie et les Mudford étaient aux anges ; leurs lèvres remuaient pour accompagner ces paroles familières.

En regardant ces jeunes enfants mimer «je t'aime» avec une telle énergie, Maddy songea avec nostalgie à sa propre enfance. Quand on était petit, c'était si facile de dire «je t'aime». Si facile de ressentir les choses.

La chanson était terminée. Les spectateurs applaudirent. John Staples s'écria « Senssass ! Senssass ! ». Le grand-oncle Fred proposa de faire un discours de remerciements.

– Juste quelques mots. C'était une de mes spécialités, les discours.

– Rich, lui dit sa mère. J'ai des cadeaux à donner aux enfants avant qu'ils s'en aillent.

– Mes petits ! clama le grand-oncle Fred. Vos jeunes voix charmantes font honneur à ma chère sœur. Je suis sûr que, si elle pouvait trouver les mots, compte tenu de sa triste maladie…

Après cet hommage, les Petits Pas quittèrent la pièce en prenant au passage les cadeaux que leur distribuait Rich.

— Il vaut mieux que je sorte un peu, moi aussi, dit John Staples en se levant et en fouillant dans ses poches.

— Maman chérie, dit Mary Harness. Veux-tu ouvrir tes cadeaux maintenant?

— Harry doit d'abord faire son discours, dit sa sœur. Ensuite, mamie doit couper son gâteau.

— Un discours et un gâteau!

Mary Harness regarda sa montre.

Maddy fit passer le plat de saucisses encore une fois. Rich remplit les verres vides. Son père récita son discours.

— Joyeux anniversaire, maman, dit-il en guise d'introduction.

— Cher Tom, répondit mamie.

— Quatre-vingts ans aujourd'hui, poursuivit Harry Ross. Nous sommes tous si fiers de toi. On m'a demandé de ne pas parler de Sparte, mais les Spartiates trouvent tout naturellement leur place dans ce discours. Leur société fut la première, en effet, à offrir la même éducation aux filles et aux garçons. Comme vous le savez, grand-mère a étudié l'histoire à Cambridge après la guerre.

— Exact, confirma le grand-oncle Fred. Dorothy était le cerveau de la famille.

— Et le cerveau est toujours là, ajouta Harry

Ross en souriant à sa mère. Même si tu n'arrives plus à trouver les mots, maman. Mais je suis sûr que Mary serait d'accord avec moi : tu as été notre modèle. Nous avons suivi ton chemin. Tu es une personne formidable, maman. Et on t'aime.

Après un bref silence étonné, tout le monde applaudit.

– Bravo, Harry, dit Mary Harness. Un discours bref, concis et direct.

– C'est peut-être le moment… dit le grand-oncle Fred.

Sue Prior entra avec le gâteau d'anniversaire, illuminé par quatre-vingts bougies. Sous les acclamations.

Mamie souffla les bougies et coupa le gâteau. Peter Harness fit son apparition et dit à sa femme, avec une fureur à peine contenue :

– Si tu ne viens pas maintenant, je pars sans toi !

Son épouse s'empressa de déballer elle-même son cadeau, qu'elle fourra entre les mains de mamie, en disant :

– C'est une sorte de radio. Ça coûte affreusement cher, alors prends-en soin. Tu ne peux pas imaginer le prix de ce truc.

Les Mudford, qui essayaient depuis un bon moment de s'extirper de leurs fauteuils, discrètement, basculèrent sur le côté, l'un après l'autre, bloquant le passage. Mary Harness les enjamba et partit en saluant d'un geste de la main. Dans l'entrée, John Staples était avachi dans le monte-escalier, il dormait à poings fermés. Le grand-oncle Fred se rendit à la cuisine où Sue Prior était en train de faire la vaisselle et il lui récita les paroles qu'il aurait prononcées en l'honneur de sa sœur si on lui en avait offert l'occasion.

Profitant d'un moment de calme, Mme Ross s'assit au piano et entreprit de jouer les vieux airs favoris de mamie, de mémoire.

– Allez, avec moi, Harry. Tu la connais forcément, celle-ci.

Harry et son épouse chantèrent en chœur, très bien l'un et l'autre. Ils interprétèrent *Danny Boy*, sachant combien mamie l'adorait. Elle les écoutait en hochant la tête et en souriant, les larmes aux yeux. Rich et Kitty rejoignirent leurs parents autour du piano et tous les quatre entonnèrent : *Ma petite chérie aux cheveux bouclés*.

Maddy les observait avec émerveillement. Ils récitaient ces paroles sentimentales et démodées sans aucune gêne. Et, de toute évidence, ce n'était pas la première fois. Chacun chantait à sa manière.

Oh, ma petite chérie aux cheveux bouclés
Je chanterai pour t'endormir et t'aimerai en même temps,

Oh, ma petite chérie aux cheveux bouclés
Enfouis ta tête comme un petit oiseau
Sous l'aile de sa maman...

Maddy se surprit à dévisager Rich pendant qu'il chantait. Il lui semblait si sincère et si bon à cet instant qu'elle avait envie de le serrer dans ses bras. Cette fête familiale, avec sa confusion et son absurdité, faisait vibrer en elle une corde sensible. Cette émotion était liée à la vieille femme muette qui se trouvait au centre de la fête, à la gentillesse dont tout le monde l'entourait, mais aussi à la fragilité humaine, à la vie qui continuait malgré tout. Cela ressemblait à une forme d'amour. Et alors ? Cette famille n'avait rien de remarquable ; elle était comme toutes les autres. Sauf qu'ils chantaient ensemble.

Dors, dors, dors...
Veux-tu la lune pour jouer
Ou les étoiles pour t'évader ?
Elles viendront si tu ne pleures pas...

L'amour d'un père

Quand Maddy rentra chez elle, elle découvrit son père en train de remettre une couche de peinture dorée sur Cyril le chameau.

– Il faut qu'il reste beau, expliqua-t-il. Cyril est notre meilleur vendeur.

Aussitôt, Maddy repensa à Joe qui lui avait demandé des nouvelles du chameau. Ça au moins, c'était bien réel. Ce souvenir lui serra le cœur.

– Je suis allée à l'anniversaire d'une personne qui fêtait ses quatre-vingts ans.

– Quatre-vingts ? Et il y avait autant de bougies sur le gâteau ?

– Oui, figure-toi !

– Et voilà ! Cyril sera bientôt comme neuf.

La mère de Maddy était assise à la table de la cuisine, devant une tasse de thé. Elle n'y avait pas touché.

– Maman ?

Mme Fisher leva la tête. Ses joues brillaient.

– Tu as pleuré ?

– Un peu.

Elle baissa les yeux. Maddy sentit un poing glacé lui broyer le ventre.

– À cause de papa?

Sa mère acquiesça. Avec la main droite, elle se frotta le dessus de la main gauche comme si elle voulait effacer une tache invisible.

– Il y a une autre femme dans sa vie, dit-elle d'une toute petite voix. (Elle refusait encore d'y croire.) En Chine. Une Chinoise.

Je ne veux pas devenir adulte, se dit Maddy. C'est encore pire.

– Mais je viens de le voir dehors, en train de peindre Cyril.

Remarque idiote. Comme si cela voulait dire qu'il n'allait pas les quitter.

Les hommes sont ainsi. Ils s'en fichent. Ils ne pensent qu'à eux. Les hommes n'aiment pas. Même papa.

Elle s'aperçut qu'elle pleurait à son tour.

Même papa. Papa qui la faisait sauter en l'air et la portait sur ses épaules. Papa qui lui souriait, l'appelait sa petite chérie et lui donnait l'impression que la vie était joyeuse. Oh, papa.

– Il veut retourner en Chine.

– C'est impossible. Dis-lui qu'il ne peut pas.

Maddy passa son bras autour des épaules de sa mère et la serra contre elle comme une enfant.

– Il ne le fera pas, dit-elle. Il en parle, c'est tout. Papa ne nous quittera pas. Tu verras.

– Oh, Maddy. Ma chérie, ma chérie, ma chérie. Je suis tellement fatiguée.

– C'est un monstre. Comment peut-il faire une chose pareille ? Je le hais !

– Non. Je ne veux pas que tu le haïsses. Je n'aurais pas dû t'en parler. Mais il fallait que ça sorte.

– Ça lui est déjà arrivé ?

– Pas de cette façon. Il n'a jamais dit qu'il voulait partir vivre avec quelqu'un d'autre. Je suppose qu'il a connu d'autres femmes. Je ne lui pose pas la question. Il est si souvent en déplacement. On ne peut pas vraiment lui en vouloir.

– Moi, je lui en veux. Énormément.

– Je n'arrête pas de le harceler avec le magasin et des histoires d'argent. Il a fait un très long voyage. Quand il rentre à la maison, il veut se reposer et qu'on s'occupe de lui. Et moi, je lui parle de découverts bancaires, de stocks invendus. Pas étonnant qu'il veuille retourner auprès de cette femme.

– Non, dit Maddy. Non, il n'a pas le droit.

– Je crois qu'il ne s'agit pas de droit. (Sa mère essaya de sourire en séchant ses larmes.) Les gens font ce qu'ils veulent.

– Dans ce cas, fais ce que tu veux, toi aussi. À ton tour maintenant.

– Je voudrais juste ne plus être aussi fatiguée tout le temps. (Elle pressa les mains de sa fille entre les siennes et parvint enfin à sourire.) Je ne veux pas qu'il s'en aille.

— Il ne partira pas. Je lui dirai qu'il ne peut pas faire ça.

— Le problème, ma chérie, c'est qu'il est plus heureux avec elle qu'avec moi.

Sa mère disait cela si humblement, sa douleur était telle, que Maddy ne trouvait plus les mots pour la réconforter. C'est une trahison, se dit-elle. Une désertion. Un crime pour lequel on fusillait les soldats en temps de guerre.

— Je vais aller lui parler, déclara-t-elle.

Son père n'était plus devant la boutique. Il se trouvait dans la grande pièce du fond, qui servait autrefois de salle de réception quand cette bâtisse était encore une auberge. Il déambulait au milieu des marchandises pour vérifier le stock et comparer les étiquettes avec une liste de prix, comme si de rien n'était.

— Papa?

Il se retourna.

— Ah, Maddy.

Le magasin n'était pas encore fermé, mais il était tard ; aucun client ne flânait dans cette vaste caverne d'Ali Baba. Maddy se faufila entre les malles et les armoires pour rejoindre son père dans l'allée du fond. Il l'attendit en faisant semblant de consulter sa liste.

— À quoi tu joues ? lui demanda-t-elle.

— Tu vois, je… dit-il en montrant sa planchette à pince.

Maddy l'envoya valdinguer d'un revers de la main.

— Je ne suis pas idiote, papa.

Sa main s'abattit de nouveau ; elle avait envie de frapper son père, de lui faire mal. Ses doigts frôlèrent son bras.

— À quoi tu joues ? répéta-t-elle.

— Pas maintenant, Maddy. S'il te plaît.

— Si, maintenant !

Cette fois, elle le frappa à la poitrine, des deux poings. Elle aurait voulu l'envoyer à terre, mais ses coups manquaient de force. Il ne cherchait pas à se défendre.

— Vas-y, dis-le ! Tu t'en fous. Tu t'en fous pas mal de nous.

— C'est faux.

— Dis-le. Tu es plus heureux avec elle qu'avec nous. Dis que tu ne veux pas de nous. Dis que tu ne nous as jamais aimées. Dis-le !

— Non, Maddy. Non, non.

— Tu ne peux pas tout avoir, papa. Tu ne peux pas avoir le monde entier à tes pieds. Alors, retourne dans ta Chine de merde et fiche-nous la paix. Si tu ne veux pas de nous, on ne veut pas de toi !

— Je vous aime. Je ne veux pas vous perdre.

Il prononçait les paroles qu'elle attendait, mais sans énergie, d'une petite voix, comme s'il savait qu'il avait déjà perdu le combat. Maddy aurait voulu qu'il riposte, au lieu de cela, il se défilait. Il se laissait frapper, il acceptait le châtiment, avec passivité, presque avec lâcheté.

Intérieurement, Maddy lui criait : tu es mon père, tu es plus fort que moi, c'est toi qui me protèges, tu es l'homme qui m'aimeras toujours. Comment peux-tu être si faible ?

– Pourquoi as-tu dit des choses aussi horribles à maman ?

– Elle a eu tort de t'en parler. C'est prématuré. On essaye de régler les choses. Tout finira par s'arranger. Je te le promets, Maddy chérie.

– Je me moque de tes promesses. Tu as oublié celle que tu avais faite à maman. Tu lui avais fait une promesse, non ?

– Tout s'arrangera, tu verras.

Un groupe de clients venait d'entrer : un jeune couple avec un enfant, accompagné d'une femme âgée. Le mari portait le bébé sur la poitrine dans un harnais. Maddy et son père mirent fin à leur dispute, inhibés par la présence d'inconnus.

– On en reparlera plus tard, dit-il.

Son regard la suppliait de ne pas partir sans une parole apaisante, mais Maddy, ivre de colère, se montra impitoyable.

– Pourquoi serais-tu le seul à pouvoir obtenir ce que tu désires ?

Elle monta se réfugier dans sa chambre et verrouilla la porte.

Enfin seule, elle se recroquevilla sur son lit
en serrant Lapinou dans ses bras et elle pleura,
pleura. Elle pleura sur sa jeunesse. Elle pleura
sur un monde disparu dans lequel les gens s'aimaient. Elle pleura sur son père, beau et insou-
ciant, qui rentrait toujours de ses voyages avec
un cadeau précieux dans ses bagages ; ils étaient
tous alignés sur le bord de la fenêtre, tous ses
trésors : le tout petit éléphant en jade, la boîte
incrustée de nacre, la plume de paon, la goutte
en verre couleur rubis, grosse comme un œuf.
Ses bijoux les plus précieux étaient soigneuse-
ment rangés dans le coffret orné de perles qu'il
lui avait offert, celui dans lequel elle avait caché
sa pilule. Et pourtant, alors même qu'elle san-
glotait en se disant que tout cela n'était que
mensonges, elle n'arrivait pas à y croire. Il était
ancré trop profondément en elle, ce père qui
l'aimait. Peut-être y avait-il désormais un autre
père, qui ne l'aimait plus. Mais l'ancien, le vrai,
n'avait pas changé. Elle ne le laisserait pas changer. Elle était sa petite fille. Évidemment qu'il
l'aimait. Il l'avait toujours aimée et il l'aimerait
toujours.

Et moi aussi je t'aime, papa. Même si tu es
nul, si tu es un traître et un menteur. Je t'aime
parce que je ne peux pas m'en empêcher. Je ne
peux pas vivre sans toi. Alors, tu peux partir si

tu veux, mais tu ne m'auras pas quittée pour autant. Tu seras ailleurs pendant quelque temps, c'est tout. Et je sais qu'un jour, tu franchiras à nouveau cette porte ; tu me prendras dans tes bras et t'exclameras : « Comment va ma petite chérie ? » Et moi, je répondrai : « Tu m'as apporté un cadeau ? » Tu prendras un air grave, tu secoueras la tête et diras : « Un cadeau ? J'ai dû oublier. » Mais tu n'auras pas oublié car tu n'oublies jamais. Enfin tu ouvriras ton sac en disant : « Je me demande ce que ça peut être, ce paquet. » Car tu me rapportes toujours un cadeau. Et moi, je me ficherai de savoir ce que c'est, j'adorerai ce cadeau car c'est le tien, et tous tes cadeaux sont pour moi des petits morceaux d'amour. Je les ai toujours, papa. Tu ne peux pas me les reprendre. J'ai ton amour sur le bord de ma fenêtre.

Quand elle eut pleuré toutes les larmes de son corps, Maddy se rendit dans la salle de bains pour se passer de l'eau sur le visage. Elle entendait ses parents discuter en bas, mais elle ne se sentait pas encore prête. Elle retourna dans sa chambre en pensant qu'elle pourrait appeler Cath, mais elle ne le fit pas. Elle serait obligée de lui parler de la crise, qu'elle le veuille ou non, ça finirait par sortir, et c'était encore trop tôt. Le dire à Cath, ce serait avouer que c'était la vérité. Et Maddy ne voulait pas l'admettre.

J'aimerais téléphoner à Rich.

C'était une curieuse pensée. Dès qu'elle lui vint à l'esprit, Maddy sut que Rich était exactement la personne à qui on pouvait parler de ce genre de problème. Il l'écouterait avec attention, il comprendrait, mais il ne céderait pas à l'hystérie. Hélas, Rich n'avait pas de portable.

C'était idiot et agaçant! À quoi sert un ami s'il n'a pas de téléphone? Maddy décida d'aborder le sujet de front avec lui et de l'obliger à acheter un portable. Quand elle lui avait demandé «Et si quelqu'un veut te parler?», elle se souvenait qu'il avait répondu: «Qu'il vienne me voir.» Quelle arrogance! Comme si les gens avaient le temps de traverser toute la ville uniquement pour se plier à ses caprices préhistoriques.

Pendant un bref instant, elle envisagea sérieusement d'aller chez lui. Mais elle s'imagina frappant à sa porte et Rich demandant: «Oui, c'est à quel sujet?» Elle se voyait mal dire: «Je suis triste parce que mon père est un salaud.» Et, même si elle réussissait à prononcer ces paroles, que pourrait répondre Rich?

Pourtant, le simple fait de penser à lui la réconfortait. Elle se souvint du jour où il était rentré dans le lampadaire et elle s'esclaffa, comme la première fois. Un rire suivi de remords et de pitié, comme la première fois. Même si Rich ne lui paraissait plus du tout pitoyable. «J'attends rien et j'attends tout», disait-il. Elle pouvait se moquer de lui sans être désobligeante. Il l'acceptait. Elle repensa à ce livre stupide que lui avait prêté M. Pico, dans lequel on pouvait lire : « L'amour est un pouvoir qui produit l'amour », à cette stupide lettre du pape, à cette stupide pétition et à cette stupide berceuse qu'ils avaient chantée pour sa grand-mère. Elle se surprit à sourire.

Ça peut attendre lundi, pensa-t-elle. Je le verrai au lycée.

Quand la faim la poussa à descendre, elle trouva son père seul dans la cuisine.

– Où est maman ?

– Sortie.

– Comment ça, sortie ?

– Je crois qu'elle est allée voir Anne Forder.

Anne Forder était leur vieille amie et leur voisine. Maddy ne dit pas un mot de plus. Elle prit les flocons d'avoine et la mélasse dans le placard, elle sortit le beurre du réfrigérateur, sans proposer à son père de partager. De toute façon, il n'en aurait pas voulu.

Il buvait un café, appuyé contre la cuisinière. Il est trop maigre, pensa-t-elle. Il devrait manger davantage.

– Tu en veux ?

– Non merci. Je n'ai pas très faim pour le moment.

Elle balança le bol dans le micro-ondes et

attendit que le four sonne. Elle avait décidé de ne plus parler de cette crise. Si son père avait quelque chose à dire, qu'il le dise.

— Je suis navré pour tout ça, Maddy.

— Moi aussi.

Ping. Elle sortit le bol et remua le contenu avec une cuillère.

— Je sais que j'ai tout gâché.

Elle posa le bol sur la table. Et s'assit sur une des chaises branlantes. Tous les meubles de la maison étaient des articles de second choix provenant du magasin.

— Quelles que soient tes critiques, je suis obligé de les accepter.

— Oh, papa, pour l'amour du Ciel ! Si tu choisis de le faire, profites-en au moins, sinon à quoi bon ?

— C'est plus compliqué que ça.

— Ça me paraît très simple au contraire. Tu as une autre… (Elle ne pouvait se résoudre à prononcer le mot «femme»)… une autre vie en Chine, que tu préfères. Très bien. Va vivre ta nouvelle vie.

— Ce n'est pas aussi simple. Comment puis-je vous abandonner, ta mère, Imo et toi ?

— Dis-le-moi.

— Je ne le supporterais pas.

— Alors, pourquoi tu as raconté tout ça à maman ? C'est quoi, cette histoire d'autre femme ?

Ses flocons d'avoine à la mélasse refroidissaient. Elle n'avait plus faim.

– Je te le répète, c'est compliqué.

– Tu veux tout avoir et tu te fiches pas mal de faire du mal aux autres. C'est simple.

– Oui, sans doute.

– Vas-y, dis-moi où j'ai tort.

Elle s'exprimait d'un ton hargneux. Pourquoi fallait-il lui arracher les mots de la bouche ? Pourquoi ne disait-il pas quelque chose qui expliquerait tout ? Genre : je me suis transformé en loup-garou pendant la pleine lune. Ou bien : je suis un schizophrène paranoïaque.

Son père vint s'asseoir en face d'elle à la table et enfouit son visage dans ses mains. Maddy ne dit rien. C'était lui qui s'était foutu dans le pétrin. À lui de parler.

– J'ai toujours eu ce problème, avoua-t-il. Ce n'est pas facile à décrire. Je ne suis pas très doué pour aller au fond des choses. Déjà quand j'étais gamin. Quand je faisais des maquettes ou un truc comme ça. Je ne les finissais jamais. Je me lassais. Du moins, c'est ce que je croyais. Mais, en vérité, ce n'était pas ça. Pour réaliser quelque chose, tu dois être persuadé que tu vas y arriver. Si au fond de toi tu n'en es pas convaincu, ça devient difficile de continuer, au bout d'un moment. Impossible, même.

Maddy l'écoutait sans comprendre. Ce n'était pas le père qu'elle avait toujours connu.

– Mais, papa, tu as fait un tas de trucs.

– Oui, ici ou là, peut-être. Mais ce n'est pas grand-chose. Désolé, Mad, je ne devrais pas t'ennuyer avec tout ça. Mais j'ai envie que tu comprennes.

– Bon, d'accord, tu n'es pas devenu million-naire. Et après ? Tu as une boutique. Tu as une famille qui t'aime.

– C'est ta mère qui a créé cette affaire. Moi, je n'aurais jamais réussi. Et c'est elle qui a créé cette famille également.

– Alors, pourquoi tu veux partir ?

– Je ne veux pas partir. Je veux…

Il dévisagea Maddy, il cherchait de la com-passion, il voulait qu'elle comprenne sans qu'il soit obligé de prononcer les mots. Mais Maddy ne comprenait pas. Elle l'obligea à aller jusqu'au bout.

– Je veux cesser de me haïr.

Ce n'était pas du tout ce à quoi elle s'atten-dait.

– Te haïr ?

– Oui.

– Pourquoi ?

– Parce que je crois que… je ne suis bon à rien.

– Papa !

Maddy sentit monter les larmes.

– Oh, ce n'est pas dramatique. Mais, parfois, ça devient trop dur. Et j'ai envie d'aller quelque part où personne n'attend rien de moi. Où je pourrais juste me laisser tomber dans un fauteuil, me servir un verre et déconnecter.

– C'est comme ça avec… elle?

Il hocha la tête.

– Tu cherches à fuir et à te cacher?

– Oui. En quelque sorte.

– Mais tu n'y arrives pas.

– Impossible de fuir. Impossible de se cacher. Il faut être un homme. Affronter la réalité. Faire preuve d'amour-propre. Se battre.

Maddy commençait à comprendre. Non pas grâce à ses paroles, mais au ton de sa voix, à son sourire triste.

C'est du désespoir, pensa-t-elle. Papa est désespéré.

– Tu es désespéré, hein?

– Oh, depuis longtemps.

– Pourquoi?

– Quand j'étais jeune déjà, je me souviens que tous mes copains se bousculaient pour être les premiers à la cantine, alors que moi, j'attendais au bout de la queue. Quelqu'un disait toujours: «Regardez Michael, c'est le seul d'entre vous qui a un peu d'éducation.» Mais ça n'avait rien à voir avec l'éducation. Je savais qu'il y avait quelque chose de brisé en moi.

– Non, papa! Non! Tu te trompes. Il n'y a rien de brisé en toi. (Maddy secouait furieusement la tête.) Les gens sont tous différents.

— Je ne peux pas continuer à vous décevoir, Mad. Je ne peux pas continuer à décevoir Jen. Je ne peux pas continuer à me haïr.

— Maman t'aime. Moi aussi. Et Imo aussi. Ce n'est pas suffisant ?

— Ça devrait l'être, je sais. Mais il faut que je mérite cet amour.

— Non. L'amour ne fonctionne pas comme ça.

Alors qu'elle prononçait ces paroles, un déclic se produisit dans son esprit.

— L'amour n'est pas une récompense, ajouta-t-elle. Les gens ont besoin d'aimer. Alors, ils aiment. Et nous, on t'aime.

Les filles aiment naturellement, pensa-t-elle. Les femmes aussi. Les hommes, c'est autre chose.

Son père la regarda avec une tristesse rêveuse.

— J'aimerais que ce soit vrai.

— Je vais t'expliquer comment faire pour le mériter, papa. Il suffit de l'accepter. C'est tout. Alors, ne fuis pas. Ne te cache pas. On a tous besoin de quelqu'un à aimer.

Son père la couvait d'un regard rempli d'amour. Du moins, ça y ressemblait.

— Tu as grandi, hein ? Et tu es si belle. Je suis tellement fier de ma petite Maddy.

— Oh, papa. Qu'est-ce qu'on va faire de toi ?

Elle pleurait sans retenue maintenant. Parce que son père lui avait dit qu'elle était belle.

— Ta mère et moi, il faut qu'on parle.

Il tendit les bras vers elle par-dessus la table.

– Tu pourrais te lever, dit-elle.

Il s'exécuta et ils s'étreignirent, comme ils l'avaient toujours fait. Sauf que, désormais, elle était aussi grande que lui.

L'au-delà des choses

Rich ne vint pas au lycée le lundi. Grace non plus.

— Peut-être qu'ils se sont enfuis ensemble, commenta Cath.

— Assez de surprises, s'il te plaît, dit Maddy.

D'après la rumeur, Grace s'était évanouie au cours d'une fête samedi soir, mais personne n'en était vraiment sûr. Aucune rumeur ne circulait au sujet de Rich.

— Il est sûrement malade, lui aussi, dit gaiement Cath.

— C'est bien les hommes, tiens, dit Maddy. Jamais là quand on a besoin d'eux.

Elle raconta à son amie qu'elle s'était disputée avec son père et l'avait roué de coups de poing. Cath n'en revenait pas.

— Tu as tabassé ton père ?

— Oui.

— Ça ne te ressemble pas.

— Je ne me ressemble plus, Cath. Tout va de travers dans ma vie. Je pleure tout le temps. Et j'ai des pensées affreuses. Je suis en colère en permanence.

– Adieu, la gentille fille.

– Je déteste ça.

– Tu devrais en profiter. Je serais toi, j'irais filer une raclée à Grace.

– Elle est absente, je te le rappelle. Et puis, ce n'est pas elle que je devrais cogner. C'est Joe, qui croit qu'il peut faire ce que bon lui semble.

Cette pensée germait en elle depuis qu'elle avait appris la trahison de son père. C'était comme si la corde de la loyauté avait été tranchée net. Pourquoi était-ce toujours les hommes qui obtenaient ce qu'ils voulaient ? Joe avait besoin de détourner les soupçons parce qu'il trompait sa copine, alors il flirtait avec Maddy, sans même penser aux conséquences. Ce n'était qu'un jeu passager qui arrangeait ses affaires. Et Gemma dans tout cela ? Il continuait à lui faire croire qu'il l'aimait pour qu'elle tue son bébé. Ce n'était pas dégueulasse, ça ?

– Quelqu'un devrait dire à Joe que c'est inadmissible.

– Vas-y, Maddy ! s'exclama Cath. Tabasse-le !

– Je n'ai plus rien à perdre.

– Ces garçons se croient tout permis.

– Et les hommes aussi.

Voir sa mère en larmes avait renforcé la détermination de Maddy. Cette pauvre femme était la victime innocente de l'égoïsme masculin.

D'une certaine façon, la souffrance de sa mère lui avait permis de ne plus se reprocher sa passion douloureuse pour Joe. Et la disparition de ce sentiment de culpabilité ouvrait la voie au ressentiment.

– J'ai dit ses quatre vérités à mon père. Je peux très bien les dire à Joe.

Elle connaissait l'emploi du temps de Joe. Cet après-midi-là, elle l'attendait donc devant les vestiaires quand il revint du terrain de sport en trottinant. Il était en short et T-shirt sans manches ; ses bras, son visage et son cou ruisselaient de sueur.

– Maddy Fisher !

Comme toujours, il semblait joyeusement inconscient des conséquences de ses actes.

– Salut, Joe.

Il lui sourit et lui adressa un petit geste de la main au passage.

– Je peux te parler ?

– Oui, bien sûr. Laisse-moi juste prendre une douche.

– Non. Maintenant.

Il comprit au ton de sa voix qu'elle ne plaisantait pas. Il s'arrêta et revint vers elle.

– OK. Qu'est-ce qui se passe ?

– Si on allait dans un endroit plus discret ?

Ils marchèrent jusque derrière les courts de tennis, au-delà du bosquet de hêtres. Là où les fumeurs venaient s'en griller une en cachette avant et après les cours. À cette heure-ci, il n'y avait personne.

– Il ne s'agit pas de moi, Joe. Il faut bien que tu le comprennes. Je me suis ridiculisée, c'est mon problème. J'assume. Mais là, il s'agit de Gemma.

Joe était stupéfait.

– OK, dit-il. Et alors ?

– Tu n'as pas le droit de lui faire ça. Je sais que ça ne me regarde pas, mais… (elle inspira à fond) Si tu ne lui dis pas la vérité, c'est moi qui le ferai.

– Quelle vérité ?

Il paraissait tellement étonné que Maddy sentit monter la colère. Mais elle s'était juré de rester calme.

– Je ne suis pas totalement idiote. Grace m'a tout raconté.

– Grace ? Qu'est-ce qu'elle vient faire là-dedans ?

Et voilà. Il avait choisi la tactique de la dénégation totale. Maddy ne s'y était pas préparée.

– Elle m'a tout dit… sur vous deux.

– Nous deux ?

– Elle m'a avoué que tu sortais avec elle.

– Moi avec Grace ? C'est elle qui t'a dit ça ?

– Oui.

Il éclata de rire.

– Et tu l'as crue ?

– Évidemment.

– Maddy, je ne sors pas avec Grace. Je n'ai jamais rien fait avec Grace. Ma nana, c'est Gemma Page. Tout le monde le sait. Grace t'a monté un bateau.

Plus Joe niait, plus Maddy sentait monter sa colère ; il la prenait vraiment pour une idiote.

– C'est à moi que tu as envoyé ces mails, Joe. Tu te souviens ? Je les ai gardés. Tu ne peux pas faire comme s'il ne s'était rien passé.

– Quels mails ?

– Ceux que tu m'as envoyés.

– Je ne t'ai jamais envoyé de mails.

– Arrête, Joe ! Tu ne peux pas inventer ta propre réalité. Je les ai sur mon ordinateur. Ils existent. Grace et toi, vous vous êtes servis de moi comme couverture, pour éviter que Gemma découvre la vérité. Grace m'a tout expliqué.

– Grace Carey t'a dit que je t'avais envoyé des mails ?

– Je les ai ! Ils sont bien réels !

Joe semblait tellement hébété que, pour la première fois, Maddy commença à douter. Mais elle n'avait pas imaginé ces mails.

– Je peux te les montrer, dit-elle.

– Oui, j'aimerais bien. Il y a un truc qui cloche dans tout ça. C'est quoi cette histoire de couverture pour empêcher Gemma de découvrir la vérité. Quelle vérité ?

– Sur toi et Grace.

— Si je sortais avec Grace, ce qui n'est pas le cas, pourquoi est-ce que Gemma ne devrait pas le savoir?

— Parce qu'elle est enceinte.

— Hein?

— Et tu veux la convaincre de se débarrasser du bébé.

— Gemma n'est pas enceinte, Maddy.

— Grace me l'a dit. C'est pour ça que tu m'as envoyé ces mails.

Joe la prit pour les épaules, comme s'il voulait l'empêcher de tomber, et il la regarda droit dans les yeux.

— Procédons par ordre. Premièrement, Gemma n'est pas enceinte. Pose-lui la question. Deuxièmement, il ne s'est jamais rien passé entre Grace Carey et moi. Troisièmement, je ne t'ai jamais envoyé de mails. Je ne connais même pas ton adresse. Quatrièmement, j'aime Gemma.

Maddy ferma les yeux. Elle avait la tête qui tournait. Joe était affreusement convaincant. Se pouvait-il qu'il y ait une autre explication?

— Tu es bien sur Hotmail, non? demanda-t-elle.

— Non. Je suis sur Gmail.

— C'est quoi, ton adresse?

— FlyinngFinn@gmail.com.

— Tu n'as jamais eu d'adresse Hotmail?

— Non. C'est nul, Hotmail. Si tu ne t'en sers pas tout le temps, ton accès est bloqué. Et tu sais quoi ? N'importe qui peut ouvrir un compte Hotmail sous n'importe quel nom.

– Joefinn41.

– Joefinn41 ?

– Les mails venaient de là.

– Et tu as cru que c'était moi ?

– Oui. Et c'était bien toi ! Tu faisais allusion à des trucs dont on avait parlé au lycée.

– On ne s'est presque pas parlé, toi et moi.

– Cyril le chameau.

– Les mails faisaient allusion à Cyril le chameau ?

– Oui.

– Quelqu'un te fait une farce, Maddy. Ils parlaient de quoi, à part ça ?

– Pas grand-chose.

Maintenant que Maddy en était venue à douter de tout ce qui lui était arrivé, sa colère se transformait en honte. Mais, si les mails de Joe étaient des faux, il n'avait jamais reçu ceux qu'elle lui avait envoyés en retour. Cela voulait dire que quelqu'un connaissait ses sentiments pour lui !

Soudain, elle repensa aux mises en garde concernant Leo. Elles ne pouvaient venir que de Joe.

– Tu m'as dit des choses sur ton frère, pour que je les répète à ma sœur. Comme quoi c'était un garçon méchant et déséquilibré.

– Ce n'était pas moi, Maddy.

— Imo a appelé Leo et il t'en a parlé ensuite.

— Non. Jamais.

— Tout le monde ne peut pas mentir, Joe! Tu es en train de me dire qu'Imo, Leo et Grace ont tout inventé, tous ensemble? Dans quel but?

— Je ne sais pas. Mais j'ai bien l'intention de le découvrir.

— Qui est capable de faire un truc pareil?

— C'est forcément Grace Carey. Mais pourquoi? Qu'est-ce que je lui ai fait pour qu'elle propage tous ces mensonges sur moi?

— Tu penses que ça vient de Grace?

— Apparemment, c'est elle qui t'a raconté toute cette histoire. Mais je ne vois pas dans quel but.

Déjà, une autre réalité commençait à prendre forme dans l'esprit de Maddy. Chercher à détourner sur elle les soupçons de Gemma, ça ne tenait pas vraiment debout. Et en y réfléchissant, le comportement de Joe cessait de paraître étrange s'il n'avait jamais envoyé ces mails. L'épisode devant les grilles du lycée quand il avait semblé ne pas comprendre ce qu'elle disait. La scène devant le cinéma. Sa gaieté insouciante. Tout cela s'expliquait désormais. Ce qui demeurait incompréhensible, c'était l'attitude de Grace.

— Laisse-moi me changer, dit Joe, et on ira voir Gemma ensemble. Je veux qu'elle te dise elle-même que c'est du pipeau tout ça.

— Non, pas la peine. Je préfère ne plus y penser.

— Alors, tu me crois maintenant ?

— Je n'ai pas le choix.

— Je suis vraiment navré, Maddy. Quelqu'un nous a joué un sale tour à tous les deux.

— Oui, on dirait bien.

— J'ai une idée ou deux. Je vais tirer cette affaire au clair. Et ensuite, je t'expliquerai.

— Tu as raison, ça doit venir de Grace. J'irai lui parler. Laisse-moi faire.

Ils s'attardèrent un instant près des courts de tennis. Ils auraient voulu partir, mais ils n'y arrivaient pas, comme s'ils sentaient que leurs rapports méritaient une autre conclusion.

— Pourquoi tu ne m'en as pas parlé plus tôt ? demanda Joe. Quand tu as commencé à recevoir ces mails.

— Tu ne voulais pas.

— Je ne voulais pas quoi ?

— Je devais faire comme si de rien n'était au lycée. Ça devait rester un secret.

— La personne qui est derrière tout ça n'a rien laissé au hasard.

— Oui, mais ce n'était pas toi, finalement.

— Pourquoi ça devait rester secret ?

— À cause de Gemma.

— J'étais donc censé tromper Gemma avec Grace Carey et avec toi aussi ?

— Laisse tomber. Grace s'est moquée de nous. Il n'y a pas de mal. Je suis contente qu'on ait percé l'abcès.

– Quand même, j'aimerais bien savoir pourquoi. Tu penses que Grace essayait de provoquer une rupture entre Gemma et moi?

– Je ne sais pas, Joe. À vrai dire, je suis un peu paumée.

– Gemma et moi, on est ensemble depuis qu'on a seize ans. Les gens pensent qu'elle est idiote parce qu'elle est jolie, mais ce n'est vraiment pas le cas. C'est une fille douce, voilà tout. Elle voit toujours le bon côté des gens. Quand je vais lui raconter tout ça, je sais déjà ce qu'elle va dire. « Grace ne pensait pas à mal ; elle a pris ça comme un jeu, jamais elle ne voudrait faire du tort à quiconque. » Gemma raisonne de cette façon parce qu'elle n'a jamais voulu blesser qui que ce soit. C'est quelqu'un de bien, vraiment. Elle est innocente, voilà la vérité. Et c'est ce qui me plaît tant chez elle, je crois.

Si Maddy avait encore quelques doutes, ce beau discours les fit disparaître. Mais pas seulement. Il lui permit de retrouver un Joe qu'elle pouvait apprécier et respecter.

– Tu ferais bien d'aller te changer, dit-elle. Et tu n'es pas obligé d'en parler à Gemma. Ça risque de la bouleverser.

– Je suis obligé de lui en parler. On se dit tout.

– Bon, OK.

Il la salua d'un geste joyeux comme à son

habitude et repartit vers les vestiaires d'une démarche bondissante.

Maddy repartit de son côté, plus lentement, plongée dans ses pensées.

Où était passée Grace ? Elle pouvait essayer de l'appeler sur son portable, mais ce n'était pas le genre de conversation qu'elle voulait avoir au téléphone. Elle voulait avoir Grace en face d'elle.

En attendant, elle pourrait en parler à Cath, qui n'en reviendrait pas. Elle mourait d'envie de lui faire part de ces révélations. Mais plus tard.

Elle évoluait dans un drôle d'état. Elle n'était plus désespérée, comme après avoir perdu l'amour de Joe, son amour imaginaire. Elle n'était pas non plus en colère, comme quand elle avait vu sa mère pleurer. Non, elle se sentait paumée. Quelqu'un avait remué tout ce qui mijotait en elle avec une grande cuillère en bois et toutes ses pensées, tous ses sentiments avaient été chamboulés. C'était un peu effrayant, cette impression d'être perdue, ou de se retrouver dans un pays dont on ne parle pas la langue.

Mais voici le plus étrange : la vie ne lui paraissait plus dénuée de sens. Cela ne voulait pas dire qu'elle lui en avait trouvé un, loin de là. Ce qu'elle avait découvert, c'était l'au-delà des choses. Les gens étaient beaucoup plus complexes qu'elle le croyait jusqu'alors. Joe avait été désirable, puis détestable, puis admirable, tout cela en l'espace de quelques jours. Elle avait attendu son père, puis elle l'avait détesté, puis elle avait eu pitié de lui, et elle l'avait aimé, tout cela en seulement quarante-huit heures.

Je ne sais rien, se disait-elle. J'ai toujours évolué dans un rêve. Peut-être ne suis-je encore qu'à moitié réveillée?

C'était comme sortir d'une pièce sombre pour émerger en plein soleil. Elle était éblouie, submergée. Il y avait tant de choses à voir, à connaître. Et pas uniquement sur le monde extérieur, tout nouveau et surprenant. Sur elle-même également.

Je ne sais pas qui je suis. Je ne suis pas celle que je croyais. Je suis plus que ça. Je suis complexe, à bien des égards. Pas uniquement gaie ou triste, mais l'un et l'autre, et toutes les nuances entre les deux, tout le temps. Je peux craindre la fonte des glaciers et allumer le radiateur dans ma chambre. Je peux acheter des jeans bon marché au centre commercial et compatir au triste sort des enfants exploités. Je peux assumer des contradictions. Je ne suis pas obligée d'être simple. Je suis complexe. Je suis un vrai fouillis. Je peux penser à cent choses différentes à la fois. Je suis une créature unique et insignifiante, et je suis également le centre de l'univers. Mon existence n'a aucun sens et mon existence est son propre sens. Je suis, donc je suis.

Où était Rich ? C'était avec lui qu'elle voulait parler de toutes ses nouvelles pensées. Pas avec Cath ni avec Grace. Elle le maudit, une fois de plus, de ne pas avoir de portable. À cet instant, elle avait envie d'être avec Rich, plus qu'avec n'importe qui d'autre au monde. C'était typique des hommes. Jamais là quand on avait besoin d'eux.

Bon, je vais devoir partir à sa recherche.

Soudain, les sentiments

En descendant la rue où habitait Rich, Maddy se surprit à étudier le décor. Dans l'étrange état d'esprit qui était le sien désormais, elle avait l'impression de tout voir pour la première fois. Les habitations devant lesquelles elle passait étaient de grandes maisons de style Édouard VII, séparées par des haies ou des murs. Ce doit être étrange de vivre dans une rue, se disait Maddy, qui vivait entourée de bois et de champs. Ici, chaque maison était flanquée d'autres maisons, qui faisaient mine d'être aussi importantes. Assurément, on devait se sentir moins hors du commun quand on vivait dans une rue, dans une maison semblable à celle d'à côté, avec une fenêtre en saillie, un perron et des gâbles. Certes, les jardinets étaient disparates et les portes peintes de couleurs différentes, mais chaque maison était identifiée par un numéro. Les Ross habitaient au 47. Comment se considérer comme un être particulier si vous viviez dans une maison qui portait juste un numéro ?

Pourtant, Rich était un être particulier. C'était même l'être le plus particulier qu'elle connaissait. Il lui avait confié : « J'ai un tas de trucs bizarres qui me passent par la tête. » C'était vrai. Elle repensa au poème de Larkin et à la lettre du pape. Qui pouvait imaginer des choses pareilles ?

Elle poussa la petite grille et suivit l'allée jusqu'au perron. La grande fenêtre en saillie du jardin d'enfants était décorée de papillons transparents et multicolores. À l'intérieur, aucun signe de vie.

Maddy sonna. Elle entendit le tintement de la cloche dans le vestibule. Personne ne vint lui ouvrir. Alors, elle sonna de nouveau.

Soudain, elle songea que Rich avait peut-être eu un accident. Elle avait une mère tellement experte dans le domaine de l'inquiétude qu'elle-même s'inquiétait rarement mais, dès que ce sentiment s'emparait d'elle, elle avait du mal à s'en débarrasser. Rich s'était peut-être électro-cuté avec la maison de poupées. On l'avait peut-être agressé sur le chemin du lycée pour lui voler le portable qu'il n'avait pas. Il s'était peut-être tranché une artère avec un couteau de cuisine en vidant le lave-vaisselle. Quand on y réfléchissait, il y avait tellement de façons de se blesser. Et de mourir.

Elle rebroussa chemin et s'arrêta à la grille, en regardant autour d'elle, ne sachant pas quoi faire.

Une voiture apparut au bout de la rue. Un monospace bleu marine, cubique et haut. Quand il approcha, Maddy reconnut le père de Rich au volant. Trop tard pour se cacher. Elle resta devant la maison pendant que la voiture s'arrêtait le long du trottoir, à sa hauteur.

Toute la famille en descendit. Rich la regarda avec étonnement, Kitty avec curiosité. Maddy se sentit bête.

— J'allais repartir, dit-elle.

Croisant le regard du père de Rich, elle précisa :

— Rich n'a pas de téléphone.

— Mamie va mourir, dit Kitty.

Rich avait rejoint Maddy sur le trottoir.

— On a passé la journée à l'hôpital, dit-il. Mamie a fait une autre attaque.

— Oh. Je suis navrée.

Ils entrèrent dans la maison. Maddy s'apprêtait à s'en aller, mais Rich semblait s'attendre à ce qu'elle les suive.

— Elle est dans le coma, ajouta-t-il.

— Elle va mourir, répéta Kitty.

— Ce n'est pas sûr, ma chérie, dit Mme Ross. On n'en sait rien. Mais il faut s'y préparer.

Les yeux de la fillette se posèrent sur le monte-escalier et elle éclata en sanglots.

— Qui se servira de son monte-escalier maintenant ?

Sa mère la serra dans ses bras.

— Tu voudrais que mamie continue à vivre sans pouvoir parler ni bouger et sans nous reconnaître ?

Ils se rassemblèrent dans la cuisine.

— Je vais rentrer chez moi, dit Maddy. Si j'avais su, je ne vous aurais pas dérangés.

— Où habites-tu, Maddy ? demanda Mme Ross.

— En dehors de la ville, sur l'ancienne North Road. La boutique avec le chameau.

— Oh, oui. Je vois. C'est une boutique merveilleuse.

— Je te raccompagne, déclara Rich. J'ai envie de prendre l'air. J'ai passé toute la journée enfermé à l'hôpital.

Et donc, Maddy et Rich partirent ensemble.

Au début, Rich semblait ne pas avoir envie de parler.

— Je suis vraiment désolée pour ta grand-mère.

— Oui, c'est triste. Ils lui ont fait un tas d'examens, mais elle ne pouvait pas parler ni rien ; elle était toute molle.

Maddy sentait les larmes dans la voix de Rich.

— Quand elle était jeune, elle était très belle, dit-il. Elle a reçu six demandes en mariage. Et maintenant…

— Elle va vraiment mourir ?

— J'espère. De toute façon, c'est un peu comme si elle n'était déjà plus là.

Ils atteignirent le croisement avec la route

qui sortait de la ville. Au loin se dressait la colline boisée.

– C'est ici que commence mon chemin secret, confia Rich. Il monte à travers le bois. Si j'étais seul, c'est là que j'irais.

– Vas-y, prends ton chemin secret. Je peux continuer toute seule.

– Tu pourrais venir avec moi.

– Tu ne préfères pas être seul ?

– Non. Je préfère être avec toi.

C'était aussi simple que ça. Aucun des deux ne se posa de questions. La proximité de la mort levait les inhibitions.

Ils traversèrent la route et s'engagèrent sur le chemin de terre creusé d'ornières. En cette fin d'après-midi, le soleil était encore haut dans le ciel et l'air doux. Le sentier qui gravissait la colline s'enfonçait entre les arbres.

– Je n'ai jamais rencontré personne d'autre par ici, dit Rich. J'ai l'impression que c'est mon chemin privé.

– C'est beau. Je devrais connaître les noms de tous ces arbres, mais je ne les connais pas.

– Je pense que la plupart sont des hêtres. Celui-ci, c'est un chêne.

Ils continuèrent à grimper, s'arrêtant parfois pour regarder la ville tout en bas, à travers les arbres.

– Chacun est occupé à mener sa petite vie, dit Rich. On vit, on rêve et on meurt.

– Et on ne sait rien de la vie des autres.

– Tant mieux. Ce serait trop.

– Tu crois qu'il y a beaucoup de malheur ?

– Plus qu'on l'imagine, dit Rich.

Ils arrivèrent devant la barrière à l'extrémité du bois.

– On peut continuer jusqu'en haut, dit Rich. Ou bien se reposer dans la grange.

– Je préfère me reposer.

La grange enchanta Maddy.

– Oh ! Il y a un arbre qui pousse à l'intérieur !

– J'adore cet endroit, dit Rich. Je ne sais pas pourquoi.

– C'est génial ! On a l'impression d'être à l'intérieur et à l'extérieur en même temps.

Ils se faufilèrent sous les longues branches du frêne. Maddy tâta le monticule de feuilles mortes.

– Elles sont sèches, s'étonna-t-elle.

– Elles sont mouillées seulement après les fortes pluies. Les murs les protègent.

Maddy s'allongea sur le matelas de feuilles, ravie de pouvoir soulager ses jambes.

– Ouf ! On voit que je ne fais pas assez d'exercice.

Rich s'assit à côté d'elle. Ils restèrent muets un moment.

Puis Rich dit :

– D'après les médecins, mamie n'en a plus que pour quelques jours. Elle va faire une autre attaque et ce sera fini.

— Vous ne pouvez rien faire d'autre qu'attendre, alors.

— Je n'arrive pas à imaginer la vie sans elle. Elle a toujours été là.

— Ça doit être bizarre.

Maddy s'aperçut qu'elle pensait à son père. Lui aussi avait toujours été là. Difficile d'imaginer la vie sans lui.

— Elle marche avec un déambulateur, reprit Rich. Et quand elle se déplace dans le couloir, ça fait un bruit particulier. Je l'entends à travers la porte de ma chambre. (Des larmes apparurent dans ses yeux.) C'est idiot de s'accrocher à des détails comme ça.

— En rentrant chez moi hier, dit Maddy, j'ai trouvé ma mère en train de pleurer dans la cuisine. Mon père lui a annoncé qu'il voulait partir. Il a rencontré une autre femme en Chine.

— Pourquoi en Chine?

— C'est là qu'il va acheter des meubles.

— Il va vraiment s'en aller?

— Je ne sais pas. Peut-être.

— C'est horrible, Maddy. C'est pire que la mort de ma grand-mère.

— Oui. C'est moche.

— Oh! Si mon père s'en allait! (Une autre pensée le frappa.) C'est lui qui va le plus regretter grand-mère.

Puis il prit conscience de l'importance de cette nouvelle pour Maddy.

— Tu es traumatisée ?

— Oui, je crois. Je lui ai parlé. Il est triste. Il dit qu'il a l'impression d'être nul. En fait, il est désespéré.

Rich la regardait avec une tristesse compatissante.

— C'est ton père ! Il n'a pas le droit de se laisser abattre. Il doit attendre que tu sois plus âgée et que tu quittes la maison.

C'était une idée amusante. Mets ton désespoir de côté, papa. Remplis d'abord ton devoir. En fait, c'était exactement ce qu'elle ressentait.

— Je crois que je ferais bien de me grouiller de grandir.

— Quand on a des enfants, il faut rester près d'eux pour s'en occuper. On ne peut pas foutre le camp uniquement parce que l'envie vous en prend.

— Je le lui répéterai.

— Dis-lui que c'est aussi l'avis du pape.

— Tu es obsédé par le pape ou quoi ?

— J'aime bien son style. Il se dit infaillible. Il faut être sacrément sûr de soi pour penser ça.

— Tu te crois infaillible ?

— Oh, non ! Loin de là.

— Mais secrètement tu es très arrogant, non ? Tu aimes répéter que tu n'es pas comme les autres mais, en fait, tu veux dire que tu es supérieur aux autres.

Rich prit le temps de réfléchir.

— Oui, peut-être. Je n'avais jamais vu la chose sous cet angle.

— Je ne dis pas que tu as tort. Tu es certainement supérieur à la plupart des gens.

— Et pourtant, il y a des fois où je donnerais tout pour être quelqu'un d'autre.

— Qui ça ?

— Oh, quelqu'un qui traverse la vie en souriant. Joe Finnigan, par exemple. Le garçon qui te faisait craquer.

Cette réflexion raviva dans l'esprit de Maddy les sentiments confus qui avaient accompagné sa journée. Rich perçut son trouble.

— Désolé. Ça ne me regarde pas.

— Non, non, ça va. C'est juste que j'ai eu une longue discussion avec Joe aujourd'hui. Il n'est pas vraiment celui que j'imaginais. Il est plus gentil, mais aussi plus ordinaire, d'une certaine façon.

Elle ne pouvait se résoudre à raconter toute l'histoire à Rich, c'était trop humiliant.

— Disons que je l'apprécie plus et que je fantasme moins maintenant. Et il a été adorable avec sa copine ; il a dit que c'était une fille innocente.

— Et ça semble lui plaire ?

— Oui. Sans aucun doute.

— Dans ce cas, c'est sûrement un gars bien.

— Je pense que oui.

Ils partagèrent un moment de silence agréable.

Maddy était frappée par la clairvoyance de Rich. Il avait compris immédiatement la nouvelle perception qu'elle avait de Joe, et il avait su trouver les mots justes. Elle l'avait qualifié de garçon ordinaire, Rich avait parlé d'un gars bien.

Elle s'étira sur le lit de feuilles. Au-dessus d'elle, Rich se découpait sur le fond du ciel, dans l'encadrement des vieilles poutres du toit. Son regard était fixé sur un point au loin, méditatif. Maddy se surprit à examiner ses traits pour la première fois. Il avait un visage intéressant : un grand front, des yeux écartés, un nez qui semblait un peu trop petit pour son visage, une jolie bouche. Non, une bouche parfaite, avec des lèvres délicatement ourlées et clairement dessinées. Il faisait jeune pour son âge, plus jeune qu'elle ; mais par moments elle trouvait qu'il faisait beaucoup plus âgé. Devait-elle lui parler de Grace ? Elle ne savait pas trop comment aborder le sujet.

– Tu rêves toujours de Grace Carey ?

Il lui jeta un regard chargé de reproches.

– Je n'aurais pas dû t'en parler.

– Je t'ai bien parlé de Joe.

– Disons que je pense à elle parfois.

– Elle n'est pas faite pour toi, Rich.

– Tu veux dire qu'elle est trop bien ?

– Non. C'est une manipulatrice. Elle joue avec les gens. Pas toi.

– Je suis comme Gemma. Je suis innocent.

Elle devinait, à son ton, que ça ne lui plaisait pas.

– Non. Pas innocent. Tu es à part. J'ai l'impression que tu ne patauges pas dans ce pétrin avec nous tous.

– Peut-être que je devrais vous rejoindre. Ce serait plus amusant.

– Ça n'a rien d'amusant. Tu es mieux où tu es, crois-moi.

Et soudain, sans savoir d'où ça sortait, elle ajouta :

– Tu es le seul avec qui je peux parler comme ça.

– Pareil pour moi.

– Je me demande pourquoi.

– Peut-être parce que je suis un garçon plein de sagesse, sensible et mûr pour mon âge. Ou parce que je suis un loser.

Il lui adressa un drôle de sourire.

Pourquoi suis-je venue jusqu'ici ? se demanda Maddy. Je me retrouve seule dans les bois avec Rich.

– Pourquoi j'aurais envie de discuter avec un loser ?

– Parce que je ne suis pas un rival. Je ne suis pas une menace. Tu n'as pas à te préoccuper de ce que je pense de toi.

– Franchement, Rich, tu as des pensées bizarres des fois.

– Je m'en fiche, si tu veux savoir. J'ai décidé de ne plus me soucier de ce que les autres pensent de moi. J'ai décidé de poursuivre mon chemin et de faire des choses.

– Quoi, par exemple ?

– Avoir une petite amie. Véritable. Pas imaginaire comme Grace.

– Alors, qu'est-ce que tu as choisi de faire ?

– Rien, pour le moment. Ce n'est pas facile. Je manque d'entraînement. Ou plutôt, je n'ai jamais eu d'entraînement.

– Tu devrais t'y mettre, dans ce cas.

– Oui, bien sûr. Mais comment ? Il n'existe pas de cours pour ce genre de choses.

– Dommage.

– Ah bon ?

– Tu penses être le seul ?

– Tout le monde ne peut pas être nul dans ce domaine. L'espèce humaine disparaîtrait.

– Ça serait pas plus mal.

En disant cela, Maddy n'était pas sincère. Couchée sur ce lit de feuilles mortes, les yeux levés vers le ciel qui se ternissait, elle se sentait bien, en paix, pour la première fois depuis plusieurs jours. Plusieurs semaines même.

Rich se laissa aller en arrière pour s'adosser au mur de silex, les genoux contre la poitrine.

– M. Pico devrait créer un cours, dit Maddy. *L'art d'aimer*.

– Je ne veux pas que ça reste théorique.

– Non. Il n'y aurait pas que ça.

– Tu veux que je te dise ? Je n'ai jamais embrassé une fille pour de bon. Un vrai baiser.

Maddy ne répondit pas. D'étranges pensées lui traversaient l'esprit.

– Tu vois quel loser je suis.

– Ce n'est pas ça, être un loser.

– Je parie que tu l'as déjà fait, toi. Embrasser un garçon.

– Oui.

Elle repensa aux fois où elle avait embrassé des garçons dans des boums ou dans la pénombre d'une piste de danse.

– Mais c'étaient pas des vrais baisers.

– Comment ça ?

– Un vrai baiser, c'est quand on en a vraiment envie.

– Moi, je me contenterais de sentir les lèvres d'une vraie fille.

– Oh, Rich. Ne dis pas ça. Il faut que tu veuilles vraiment l'embrasser.

– Oui, tu as sûrement raison. (Il poussa un long soupir.) Pourquoi faut-il que ce soit si compliqué ?

Maddy prit une poignée de feuilles et les lança en l'air ; elles retombèrent sur son corps en flottant. Elle en lança une poignée sur Rich.

– Pourquoi tu fais ça ?

– Pour rien.

Il tendit le bras entre eux.

– Regarde.

Sa main tremblait.

– Comment ça se fait ? demanda Maddy.

– Je ne sais pas. Parfois, il se passe un truc en moi. Je ne peux pas me contrôler.

Elle prit la main de Rich entre les siennes et sentit qu'il tremblait de la tête aux pieds, en effet. Elle savait, sans qu'il ait besoin de le lui dire, qu'il tremblait à cause de leur discussion, et parce qu'elle était là, tout près de lui. Elle en éprouva une étrange et douce sensation protectrice.

Au bout d'un moment, les tremblements cessèrent.

– Voilà, dit-elle. C'est fini.

Elle lâcha sa main et roula sur le côté pour lui faire face. Rich étendit ses jambes et se laissa glisser jusqu'à ce qu'il se retrouve allongé de tout son long. Il se tourna alors vers Maddy, avec son drôle de petit sourire.

Elle avança la main pour lui toucher la joue.

– Ton visage ne tremblait pas.

– Non. C'est à l'intérieur de ma poitrine et de mon ventre.

Elle posa la main sur sa poitrine. Elle perçut les battements de son cœur.

– Ça veut juste dire que tu n'es pas mort.

À son tour, il posa sa main sur la joue de Maddy.

– Toi non plus.

Sa caresse était si légère qu'elle la sentait à peine.

Du bout du doigt, elle lui toucha le front et descendit le long du nez, jusqu'à sa bouche. Il fit de même. Maddy sentit la douce pression de son doigt sur ses lèvres.

Elle le regarda. Il était si sérieux, si concentré. Il est beau, pensa-t-elle. Pourquoi ne m'en suis-je pas aperçue avant?

Elle approcha son visage du sien et posa ses lèvres sur sa joue. Une esquisse de baiser.

– L'entraînement, dit-elle.

À son tour, il l'embrassa sur la joue.

– C'est ça que tu voulais dire? demanda-t-elle.

– Oui.

Elle vint se coller contre lui.

– Il faut qu'on soit plus près.

Elle tendit la bouche, leurs lèvres se frôlèrent et ils échangèrent un baiser. Le corps de Rich était secoué de frissons.

– Tu recommences à trembler.

– Oui. Désolé.

– Ça ne me gêne pas.

Elle l'embrassa de nouveau, une fois, deux fois, trois fois, de petits et de longs baisers, timides et intimes. Elle sentait les lèvres de Rich frotter contre les siennes. C'était un contact très délicat, comme s'ils murmuraient. À chaque seconde, une émotion indéfinie enflait en elle.

319

Il l'enlaça en plongeant un bras dans l'amas de feuilles sèches.

– Ça ne te gêne pas ?

– Non. C'est agréable.

Il la tint contre lui, sans trop la serrer. Maddy passa son bras autour de lui.

Cette fois, il l'attira contre sa poitrine et leur baiser dura beaucoup plus longtemps. Ils étaient tellement collés l'un à l'autre qu'elle sentait cogner son cœur et trembler tout son corps. Leurs lèvres se cherchaient, se frottaient, avec douceur encore, avec respect, mais elles s'enhardissaient peu à peu. Ils avaient fermé les yeux.

Soudain, la bouche de Rich se déplaça pour embrasser le cou de Maddy, sa joue, sa tempe. Immobile, elle le laissa continuer son exploration, tandis que grandissait cette drôle de sensation en elle. Il éloigna sa bouche.

Elle ouvrit les yeux. Rich la regardait et des larmes silencieuses roulaient sur ses joues.

– Je suis si heureux, dit-il.

Brusquement, tous les sentiments accumulés en elle se libérèrent et elle éclata en sanglots. Elle s'accrocha à lui, en plaquant son visage contre sa poitrine, et elle pleura, elle pleura longtemps. Tout le chagrin et la douleur se déversaient en un flot incontrôlable : la perte de Joe, l'abandon de son père, la disparition de cet amour qu'elle avait tant espéré et qu'elle ne posséderait jamais. Elle pleurait parce qu'elle savait que, toute sa vie, elle aimerait plus qu'elle ne serait aimée. Elle pleurait en songeant à toutes ses peines futures. Elle serrait Rich contre elle et pleurait dans ses bras.

Il ne disait rien, il n'essayait pas d'arrêter ses larmes.

Peu à peu, la vague d'émotion reflua. Maddy s'essuya les yeux avec le dos de la main. Elle trouva un mouchoir en papier dans sa poche et se moucha.

— Toi aussi, tu as pleuré, dit-elle, comme pour se justifier. Je ne sais pas ce qui m'a pris.

Mais elle le savait. Elle avait connu trop de malheurs récemment. Elle avait besoin de réconfort. Et embrasser Rich en était un.

— Maddy... murmura-t-il.

Il l'embrassa tendrement.

— Oui, dit-elle. Moi aussi.

Ils se levèrent et se débarrassèrent mutuellement des feuilles accrochées dans leur dos. Ils redescendirent de la colline, à travers le bois, en se tenant par la main, sans un mot. Arrivés à la barrière qui séparait le chemin de terre de la route, ils s'arrêtèrent.

— Tu vas retourner à l'hôpital demain ? demanda Maddy.

— Je ne sais pas. Peut-être.

Elle lui prit la main, remonta sa manche de chemise et nota sur son bras son numéro de téléphone avec le stylo qui était dans sa poche.

— Appelle-moi.

— Promis.

— Et achète-toi un portable, loser.

Imo en larmes

Maddy trouva ses parents assis côte à côte à la table de la cuisine, en train d'éplucher les comptes du magasin.

— Jenny a parfaitement raison, dit son père en détachant son regard inquiet des colonnes de chiffres. La situation n'est pas reluisante.

— Ne dis pas ça, papa. Tu sais bien que maman va s'angoisser.

— Non, non, laisse-le parler, dit sa mère. Je préfère ça plutôt que d'entendre dire que le pire n'arrivera jamais. Ça m'angoisse encore plus.

— Qu'est-ce que tu veux, maman ? Qu'on se mette tous à paniquer ?

— Non. Je veux juste savoir que je ne suis pas la seule à m'inquiéter.

— Il faut faire quelque chose, déclara le père de Maddy. C'est certain.

— Moi aussi, je m'inquiète, dit Maddy. Et pas uniquement à cause de la boutique.

Elle n'osait pas évoquer de manière plus précise la crise qui couvait au sein de la famille.

Sa mère dit :

— Ton père a accepté de mettre cette histoire en attente pour le moment.

— En attente ?

— Comme au téléphone.

— Oui, j'avais compris, maman. Quand on te fait écouter *Les Quatre Saisons* de Vivaldi en te répétant qu'on va bientôt prendre ton appel.

— On ne veut pas précipiter les choses, ajouta son père.

Maddy avait envie de hurler. De quelles *choses* parlaient-ils ? Qu'est-ce qui se passait au juste ? Comment pouvaient-ils être si calmes tous les deux ? Soudain, une voiture s'arrêta devant la maison et une portière claqua.

— Ce doit être Imo, commenta la mère de Maddy.

Imo s'était absentée quatre jours. Elle paraissait épuisée mais, en voyant son père, elle se précipita dans ses bras.

— Papa ! Tu es revenu ! Oh, comme je suis heureuse !

Elle le couvrit de baisers. Son père fut un peu surpris par l'intensité de cette réaction.

— Voilà un sacré accueil. Comment va ma championne ?

— Je suis toujours ta championne. Oh, papa, comme je suis contente que tu sois rentré.

Et elle fondit en larmes. Secouée de sanglots incontrôlables, elle s'accrocha à son père, qui la serrait contre lui, penché au-dessus d'elle. Il se contentait de la bercer, sans chercher à la consoler.

– Qu'y a-t-il, Imo ? interrogea sa mère, en jetant un regard à Maddy.

Ses yeux semblaient demander : tu lui as dit ? Maddy secoua la tête.

Imo cessa enfin de pleurer.

– Que se passe-t-il, Imo ? demanda son père.

Il parlait tout bas, comme s'il craignait de la faire sursauter.

– Rien, papa. Tu m'as manqué, c'est tout. J'ignorais à quel point.

– Je n'ai jamais eu droit à des larmes.

– Oui, je sais. Désolée. Je n'ai pas pu me retenir. Mais ça va mieux maintenant. J'ai passé quelques mauvaises nuits, rien de grave.

– Te voilà à la maison. Tu vas pouvoir dormir aussi longtemps que tu veux.

Imo monta dans sa chambre en expliquant qu'elle avait besoin de prendre une douche.

– Quelque chose la tracasse, déclara sa mère. Tu es sûre que tu ne lui as rien dit, Maddy ?

– Absolument rien.

Toutes les deux regardèrent le père de Maddy. Il haussa les épaules.

– Pour une fois, ce n'est pas moi le coupable, on dirait.

Mais quelque chose n'allait pas, ça ne faisait aucun doute.

– Va lui parler, Maddy. Elle te dira tout à toi.

Maddy monta frapper à la porte d'Imo.

– C'est moi. Je peux entrer ?

– Une minute !

Maddy attendit. Elle entendit sa sœur ôter le verrou.

Elle avait enfilé son peignoir kimono et tiré ses cheveux en arrière. Débarrassée de son maquillage, elle paraissait encore plus pâle et fragile. Maddy s'assit au bord du lit, pendant qu'Imo s'installait devant sa coiffeuse pour finir de se nettoyer le visage.

La chambre d'Imo était très différente de la sienne, essentiellement parce que sa sœur était souvent absente. Malgré le désordre, elle paraissait inoccupée. Il y a très longtemps, elles avaient partagé la même chambre ; elles échangeaient des secrets à voix basse, d'un lit à l'autre, elles organisaient dans les moindres détails les anniversaires de leurs peluches. Le Lapinou d'Imo était un panda baptisé Princesse Pandy. Comme Lapinou, Pandy était toujours couchée dans le lit bordé, la tête sur l'oreiller, prête à dormir. Mais désormais Pandy était posée dans un coin, sur un coussin, avec un joli collier autour du cou : une princesse en exil.

Maddy attendit que sa sœur ait fini, sans rien dire. Il valait toujours mieux laisser Imo parler en premier. Comme ça, on connaissait son humeur. Elle pouvait parfois se montrer ombrageuse.

Enfin, elle tourna le dos à son miroir et dit :

– Les hommes sont des salauds. Tous. Jusqu'au dernier. Sauf papa.

Maddy ne fit aucun commentaire.

– J'ai eu tort de te conseiller de trouver un petit ami, Mad. Ne t'embête pas avec ça. On ne peut pas être amie avec un garçon, d'abord. Ce sont deux choses qui s'opposent. C'est... comment on dit ?

– Antinomique.

– Oui, antinomique. Maddy-Je-Sais-Tout.

Imo devenait toujours méprisante quand on lui rappelait que sa sœur était plus intelligente qu'elle. Heureusement, ça passait presque aussitôt.

– Je devrais aller à la police. Mais ça ne servirait à rien.

– La police ?

– Si tu savais ce que ce petit salaud m'a fait.

– Leo ?

– Tout ce qu'a dit Joe sur lui, c'était la pure vérité. Un point pour toi, Maddy.

Joe avait dit : Leo est déséquilibré. Leo fait du mal aux filles.

Sauf que les mails n'avaient pas été envoyés par Joe. Ils venaient de Grace. Et Imo était en train de dire que tout était vrai.

– Merci de ne pas avoir répondu « Je te l'avais dit ».

327

– Raconte-moi, Imo. Il s'est passé quelque chose de grave ?

– On peut dire ça, oui.

– Tu peux m'en parler ?

Imo se leva et observa Maddy sans rien dire. Les larmes envahirent ses grands et beaux yeux bleus.

– Je vais te montrer.

Elle dénoua la ceinture de son kimono et l'ouvrit pour dévoiler son torse. De légers hématomes marbraient sa poitrine. Elle se retourna et laissa tomber son kimono. Elle avait les mêmes marques sur les fesses.

– Oh, mon Dieu !

Imo remit son kimono et vint s'asseoir sur le lit à côté de Maddy. Elle recommença à pleurer, mais en silence. Maddy passa son bras autour de ses épaules, timidement, craignant un rejet. Mais Imo se blottit contre sa jeune sœur.

– Il m'a fait ça hier soir, expliqua-t-elle entre ses dents. C'était horrible. Effrayant. Je ne pouvais plus l'arrêter.

– Tu dois en parler à quelqu'un, Imo. C'est un crime.

– Il a changé du tout au tout en l'espace d'une minute. Comme s'il était devenu quelqu'un d'autre.

– Il faut aller à la police.

– Non. Tu ne comprends pas. C'est impossible.

– Je parle sérieusement, Imo. Il faut le faire enfermer.

— Je ne peux rien dire à personne. Je ne veux pas que les gens sachent. Au début, c'était un jeu. Mais il n'a pas voulu arrêter.

— Ce n'est pas un jeu, Imo. Frapper quelqu'un, ce n'est pas un jeu.

— Pour Leo, si. Ça l'excite.

— Qu'est-ce qu'il y a d'excitant dans le fait de te frapper ? Je ne comprends pas.

— Et puis il est devenu fou. Il m'a frappée encore et encore. Je voulais hurler, mais je n'ai pas osé. Je n'ai fait aucun bruit. J'aurais dû appeler au secours. Au lieu de ça, je l'ai laissé me frapper. Sans doute parce que je ne voulais pas que ça se sache. Et, pendant qu'il me frappait, j'avais honte. Comme si c'était ma faute.

Elle pleurait dans les bras de Maddy.

— Imo, Imo… Je ne peux pas tolérer ça.

— Tu ne dois rien dire à personne, Maddy. Promets-le-moi.

— Ça ne peut pas continuer.

— Tu ne comprends donc pas ? Il dira que j'ai couché avec lui de mon plein gré. Que, si je n'aimais pas ça, je ne serais pas restée ?

— Comment pourrais-tu aimer ça ?

— Il dit qu'un tas de filles aiment ça.

— Avoir mal ?

— Oui. Il dit que ça leur plaît.

— C'est un malade. (Maddy sentait la colère monter en elle.) Un pervers !

— Ne dis rien à personne. Jure-le-moi.

— D'accord, je te le jure. Mais il faut absolument que tu en parles à quelqu'un.

— À qui?

— À maman et à papa?

— Qu'est-ce qu'ils peuvent faire? Je vois mal papa aller chez Leo pour lui casser la figure.

— En fait, c'est exactement ce qu'il ferait, je pense.

— Tu crois?

Maddy hésita. Le moment était mal choisi, mais il n'y aurait jamais de bon moment.

— Papa a des problèmes. Il est revenu à la maison avec l'impression qu'il ne servait à rien.

— Comment ça?

— Il dit que maman s'occupe de tout et qu'on est grandes maintenant. Je n'avais pas remarqué mais, apparemment, il se sent inutile. Il veut fuir et se cacher.

— Fuir? Où ça?

— Il a une autre femme en Chine.

— Hein?

Une fureur soudaine enflamma les yeux d'Imo. Elle se leva d'un bond en resserrant les pans de son kimono sur son corps meurtri.

— Il n'ira nulle part!

— Non! Attends, Imo!

Trop tard. Elle avait déjà dévalé l'escalier pour faire irruption dans la cuisine.

— Papa! C'est quoi cette histoire? Tu vas nous abandonner?

— Imo, ma chérie…

— Si tu fais ça, je te retrouverai et je te tuerai ! Tu as compris ? Il n'est pas question que tu t'enfuies ! On a besoin de toi, alors tu vas rester ici.

— S'il te plaît, ma chérie. Laisse-nous régler ça avec ta mère. Je t'en prie.

— Non ! Je suis concernée ! Et Maddy aussi.

— Oui, je sais…

— Et on t'interdit de partir. La question est réglée. Tu es en minorité.

— On en discutera plus tard, ma chérie. Tous ensemble. Quand on sera calmé.

— De quoi veux-tu discuter, papa ? Tu traverses une période difficile ? Ressaisis-toi. Tout n'est pas rose dans la vie.

Maddy trouvait sa sœur magnifique. Avec son visage aux traits tirés et sa main levée, comme pour frapper, elle incarnait une furie vengeresse. Son père tremblait devant elle.

— J'ai besoin d'un verre, je crois, dit-il.

— Moi aussi, dit Imo.

Elle sortit une bouteille de vin du réfrigérateur et servit un verre à tout le monde.

— Tu ne partiras pas, hein ? C'est d'accord ?

— D'accord.

Ils levèrent leurs verres, pour sceller ce serment.

Ce soir-là, Rich téléphona à Maddy. Elle ne reconnut pas le numéro et fut surprise d'entendre sa voix.

– Euh… c'est moi. (Il semblait nerveux.) Rich.

– D'où m'appelles-tu ?

– Du téléphone du jardin d'enfants.

– Tu es seul ?

– Presque.

– Comment va ta grand-mère ?

– Toujours pareil.

– Tu vas au lycée demain ?

– Oui. Papa dit que ça ne sert à rien de rester à l'hôpital.

– C'est vrai. Alors, je te verrai demain.

– Je me disais… Il vaut peut-être mieux que les autres ne sachent pas… Au lycée, je veux dire.

– Pourquoi ? Tu as honte de moi ?

– Je pensais que ce serait plutôt l'inverse.

– Oh, Rich ! Ce que tu es bête.

– Tu n'as pas honte ?

– Non. Je suis fière de toi, au contraire.

– Moi aussi, je suis fier de toi. Mais ça se comprend, tu es si belle.

– Toi aussi, tu es beau.

– Moi ?

Il paraissait réellement surpris.

– Oui. Mais tu as peut-être raison, dit-elle. Je n'ai pas envie que les autres le sachent. Faisons comme si de rien n'était.

Joe lui avait demandé la même chose. Mais Rich n'était pas Joe.

– Et on se retrouvera après les cours ? dit-il.

– Ça marche.

– Bon, je te laisse. Kitty a l'ouïe fine. Juste une dernière chose…

– Quoi ?

– Ça s'est vraiment passé ?

– Oui.

– Je voulais être sûr.

– Tu croyais avoir rêvé ?

– Oui. C'était tellement bon. Je me suis dit que c'était forcément un rêve.

– Non. C'était bien réel.

– Rien ne vaut la réalité, hein ?

– Rien ne vaut la réalité.

Rich amoureux

Kitty remarqua le changement survenu en Rich.

— Tu es tout bizarre, lui dit-elle.

— Non, absolument pas.

— Si, si. Tu as l'air dans la lune.

— C'est à cause de Maddy Fisher, je crois.

— Qu'est-ce qu'elle vient faire là-dedans ?

Quand Rich rougit, sa sœur poussa un cri de triomphe.

— Je le savais ! Tu en pinces pour Maddy Fisher !

— Pas du tout ! Et d'abord, ça ne te regarde pas.

— Si tu n'avoues pas, je le dirai à tout le monde.

— C'est ridicule.

— Je le ferai, tu verras.

— Arrête de fourrer ton grand nez dans mes affaires.

— J'ai un grand nez ?

Inquiète, elle le palpa.

— Ton petit nez, si tu préfères.

— N'empêche que j'ai raison, pas vrai ? Je la

trouve super. Et je sais qu'elle en pince pour toi aussi.

— Ça sort d'où cette expression ? Où as-tu entendu ça ?

— C'est la vérité, en tout cas. J'ai bien vu la façon dont elle te regardait à l'anniversaire de mamie. Tu es amoureux d'elle, Rich ? Tu l'as embrassée et tout ?

— Ne te mêle pas de ça. Tu es trop jeune.

— Il faut bien que j'apprenne ! C'est à toi de me dire des trucs. Maman et papa sont trop vieux, ils ne me serviront à rien. Je suis obligée de compter sur toi. Et surtout… (Elle s'accrocha à son frère et dit d'un ton enjôleur :) je veux juste que tu sois heureux. Dis-moi que tu es heureux.

— OK. Je suis heureux.

Elle se jeta à son cou et le serra contre elle.

— Tu es amoureux ! Tu es amoureux ! Tu es amoureux !

C'était la vérité. Rich était amoureux. Ce sentiment dépassait largement tous les rêves inspirés par Grace Carey. Ses journées se déroulaient dans une sorte de brume de bonheur ; il ne pensait qu'au moment où il se retrouverait seul avec Maddy Fisher.

— Tu sais quoi ? lui dit son ami Max. Tu deviens ultra chiant.

— Désolé.

– Qu'est-ce que tu écris ?

Il arracha la feuille des mains de Rich et lut à voix haute :

– « Le besoin le plus profond de l'homme est de surmonter sa séparation. »

– Ça sort d'où, ce truc ?

– C'était dans le livre que m'a prêté Pablo.

– C'est des conneries. Le besoin le plus profond de l'homme, c'est de tirer un coup.

Allongés dans l'herbe, au bord du terrain de sport, ils étaient censés réviser en vue d'un prochain contrôle. La brève apparition du soleil automnal avait attiré à l'extérieur la moitié des élèves.

– Pourquoi tu ramènes toujours tout au sexe, Max ?

– Je ne sais pas. C'est sûrement à cause des hormones.

– Tu ne penses jamais à autre chose ?

– Non.

– Imagine que tu puisses faire l'amour autant que tu veux. Imagine qu'un tas de filles soient à ta disposition, en permanence. Dix fois par jour, si ça te chante. N'y a-t-il pas un moment où tu aurais envie d'autre chose ?

Une expression rêveuse traversa le visage rose et rond de Max.

– Des filles que je pourrais niquer autant que je veux ? Ah, la vache, le pied !

– Tu finirais par te lasser. Tu le sais bien.

— Je vais te dire ce que je ferais. Je tirerais mon coup après le petit déj. Ensuite une petite sieste. Un petit coup à la pause de onze heures. Encore une petite sieste. Au déjeuner, encore un coup. Puis une sieste…

— Oui, j'ai compris.

Maddy Fisher passa avec un groupe d'amis. Elle les salua d'un petit geste.

— Cette Maddy Fisher, commenta Max, dommage qu'elle soit toute plate.

Ils se retrouvèrent dans la grange en ruine, dans les bois, en début de soirée. Maddy avait apporté une couverture indienne.

— Comme ça, on n'aura pas de feuilles partout.

Elle l'étendit sous le frêne.

Rich fut étonné de la voir avec ce tapis. Pourquoi n'y avait-il pas pensé ? Ce qui l'étonnait le plus, c'était que Maddy ait anticipé leurs retrouvailles. Ses propres obsessions lui semblaient aller de soi ; en revanche, il n'arrivait pas encore à croire que Maddy puisse penser à lui quand il n'était pas là. Il avait le sentiment que Maddy s'était donnée à lui par pure bonté d'âme, parce qu'elle savait qu'il la désirait ardemment. Il ne pouvait concevoir que ce sentiment était réciproque.

— Tu as des nouvelles de ta grand-mère ? demanda-t-elle.

– Non. Maman et papa sont allés la voir ce matin. Elle ne s'est toujours pas réveillée.

– Je suis vraiment navrée, Rich.

Ils s'allongèrent sur la couverture indienne. Maddy portait un jean, un T-shirt et un gilet bleu.

– Qu'est-ce que tu as dit à tes parents ? demanda Rich.

– Que j'allais voir Cath.

– Elle est au courant ?

– Pas encore. Je le lui dirai demain.

– C'est bizarre d'en parler. Ça me gêne. Je ne sais pas pourquoi.

– Moi aussi.

– C'est parce que je n'y crois pas encore véritablement, je pense.

– Qu'est-ce que tu ne crois pas ?

– Que tu veuilles être avec moi.

– Tu devrais arrêter de te rabaisser en permanence, Rich. Tu es un garçon hors du commun.

– Justement. Des fois, j'ai l'impression d'être tellement loin des autres que je dois venir d'une autre planète. À d'autres moments, je me sens inexistant.

– Je ressens la même chose.

– C'est impossible, Maddy. Tu es superbe.

– Je ne me trouve pas superbe.

– C'est pourtant la vérité.

– Je n'ai pas de formes.

338

– Qu'est-ce que tu racontes ? Tu as un corps incroyable !

– Pas vraiment sexy, hein ?

– Qui t'a dit ça ? Tu es sexy à mourir.

– Tant mieux si tu le penses.

Ils s'embrassèrent comme ils s'étaient déjà embrassés, tendrement.

– Souviens-toi, dit-elle, c'est juste pour s'entraîner.

Ils s'étreignirent avec force et leurs baisers devinrent plus fougueux. Rich se mit à frissonner.

– Tu recommences à trembler, murmura Maddy.

– J'aimerais pouvoir m'en empêcher.

– Pourquoi ? Ça me plaît. J'ai l'impression que tu fais tout ça pour la première fois.

– C'est le cas.

– Moi aussi.

– Tu as déjà embrassé des garçons.

– Pas comme ça. Et je ne suis jamais allée plus loin. Alors, on peut dire que c'est vraiment la première fois pour moi aussi.

– Tu préférerais que j'aie de l'expérience, que je sache tout ce qu'il faut faire ?

– Non. J'aime bien que ce soit tout nouveau pour toi. J'ai l'impression que tu m'offres une chose que personne n'a jamais eue et n'aura jamais.

– Même si je fais tout de travers ?

– Tu ne feras pas tout de travers. C'est pour
ça qu'on s'entraîne.

Ils s'embrassèrent de nouveau. Rich déposa
de petits baisers dans son cou. Il sentait les
mains de Maddy glisser dans son dos et l'attirer contre elle, ses lèvres se presser contre les
siennes.

– Ôte ta chemise, suggéra-t-elle. Comme ça,
je pourrais sentir ta peau.

Il s'exécuta. Il trouva que son torse paraissait
maigrelet et pâle dans la lumière déclinante.
Mais Maddy semblait ravie.

– Regarde, tu as des petits poils sur la poitrine.

Elle le caressa, chatouilla ses mamelons.

– C'est sensible?

– Un peu.

Elle embrassa sa poitrine et frotta son visage
contre sa peau nue.

– C'est merveilleux, les corps, hein?

– Tu ne me trouves pas trop maigre?

– Non. Tu es mince et beau.

Les cheveux qui pendaient de chaque côté
du visage de Maddy le caressaient.

– J'ai envie de te manger, dit-elle.

Rich n'était pas capable d'exprimer ainsi à
voix haute ce qu'il ressentait; il était encore
trop intimidé. Il glissa ses mains sous le
T-shirt de Maddy et rencontra la peau nue.
Ses doigts remontèrent dans son dos, en

soulevant le tissu; il sentit les bosses de sa colonne vertébrale.

— Et si je l'enlevais? proposa-t-elle.

Elle se redressa et fit passer son T-shirt par-dessus sa tête. Elle ne portait pas de soutien-gorge. Elle observa Rich qui l'observait.

— Ça te plaît?

— Tu es belle. Plus que je ne l'imaginais.

— Toi qui te plaignais d'être maigre…

— Tu n'es pas maigre. Tu es parfaite.

Tout doucement, il promena ses doigts sur ses seins. Maddy voyait briller l'émerveillement dans ses yeux.

— Rien à voir avec les photos de mannequins, hein?

— C'est mille fois mieux! Regarde, mes mains tremblent.

Et son pouls s'emballait. Ses jambes flageo-laient. Son sexe était à l'étroit dans son panta-lon.

— Oh, Rich, tu es adorable.

Il embrassa ses seins, l'un après l'autre, avec tendresse. Puis il l'enlaça et l'obligea à se rallon-ger sur la couverture, contre lui. Il l'embrassa sur la bouche. La main de Maddy descendit vers son bas-ventre.

— Ça t'embête si je touche? murmura-t-elle.

— Non.

Ce n'était pas le genre de chose que l'on pouvait dissimuler. Rich était à la fois gêné et incroyablement excité, de manière presque insoutenable. Son sexe était gonflé et il dut tirer sur son jean pour lui permettre de se redresser. Maddy palpa la bosse à travers le tissu épais. Elle fit aller et venir sa main.

Cette caresse le submergea. Jamais personne ne l'avait touché à cet endroit. Les plaisirs solitaires qu'il s'était octroyés ne lui avaient jamais procuré cette sensation exaltante de communion. Quelqu'un d'autre, quelqu'un qui échappait totalement au contrôle de sa pensée, lui donnait du plaisir. Il venait de pénétrer dans une région de délices inconnues. Venait s'ajouter au choc de cette caresse une pensée inconcevable et merveilleuse : Maddy *voulait* le satisfaire. Il n'en revenait pas. Cela lui paraissait impossible. Les plaisirs du sexe avaient toujours été du domaine de l'intime, enveloppés de secret et de culpabilité ; il lui semblait qu'ils ne pouvaient être partagés que dans les rêves.

– Je crois que je ferais bien d'enlever ton jean, dit-elle. Tu n'as pas l'air à l'aise.

Joignant le geste à la parole, elle défit le bouton. Puis abaissa la fermeture éclair. Elle tira sur l'élastique du slip. Le sexe jaillit.

Rich était incapable de prononcer le moindre mot.

Maddy posa sa main dessus. Et se mit à le caresser délicatement.

– Je ne sais pas trop ce que je fais, dit-elle.

Elle referma sa main autour du sexe durci et exerça un mouvement de va et vient. Rich émit un petit râle.

– Pardon. Je t'ai fait mal ?

– Non. C'est pas ça.

– Oh. Tu crois que tu vas jouir ?

– Ça se pourrait.

– Si vite ?

– Je suis très excité.

– Je t'excite, là ?

– Oui, Maddy. Énormément.

Elle continua à le caresser, encore plus doucement.

– Cath et moi, on a regardé un porno il n'y a pas longtemps, avoua-t-elle. J'ai trouvé ça ennuyeux. Mais, avec toi, ce n'est pas ennuyeux. C'est excitant.

– Je parie que le type en avait une plus grosse que moi.

– Oui. Beaucoup plus.

– Désolé.

– Désolé de quoi ? Qui a dit que plus gros c'était mieux ? Tu voudrais que mes seins soient plus gros ?

– Non. Absolument pas.

– Alors, tu vois ? J'aime ton sexe comme il est.

Elle se pencha pour y déposer un baiser. Il tressaillit.

– Oh, il s'est contracté !

– Ça t'étonne ?

– Combien de temps il va rester dur ?

– Jusqu'à ce qu'il obtienne ce qu'il veut.

Maddy se remit à le caresser, d'une main.

– Ça t'ennuie si on ne va pas jusqu'au bout ? demanda-t-elle. Pour aujourd'hui ?

– Non, non.

– Je n'ai pas envie que ça arrive trop vite.

– Moi non plus.

– C'est douloureux si tu ne jouis pas ?

– Non. Pas exactement. C'est comme si tu voulais absolument une chose que tu ne peux pas avoir.

– Oh, le pauvre. C'est injuste.

Elle embrassa de nouveau son sexe.

– C'est un peu pareil pour moi, tu sais, dit-elle. Ça commence à me faire de l'effet.

– Peut-être que tu devrais ôter ton jean, toi aussi.

– OK.

Une fois de plus, Rich demeura estomaqué. Tous ses fantasmes prenaient l'apparence de la simplicité. Il suffisait de demander.

Maddy se tortilla pour faire glisser son jean jusqu'aux genoux. Dessous, elle portait une jolie petite culotte blanche. À travers le coton, Rich devinait le triangle sombre de la toison.

Elle lui prit la main pour la placer entre ses cuisses. Il sentit sous le coton le doux monticule. Son membre se mit à palpiter.

344

– J'ai peur de ne pas résister.

Elle plaqua sa main sur la sienne pour l'appuyer contre son pubis, en bougeant de haut en bas.

– C'est bon.

Elle baissa sa culotte et promena les doigts de Rich dans les poils entremêlés et les plis de chair. Elle guida son index, un peu plus haut.

– Tu sens ?

– Pas encore. Qu'est-ce que je suis censé sentir ?

– Une petite bosse. Là ! Tu es dessus !

– Ah, oui.

– C'est ça qui me donne des frissons.

Il exerça une légère pression sur la petite bosse invisible et remua le doigt d'avant en arrière. Maddy reprit le contrôle des opérations en coinçant l'index de Rich entre les siens pour l'obliger à décrire des petits cercles.

– C'est ça que tu aimes ?

– Oui. Juste là.

Il lui disait ce qu'il aimait. Elle lui disait ce qu'elle aimait. C'était si simple, si évident, et pour Rich cette révélation allait au-delà de l'émerveillement. Son corps était parcouru de convulsions de désir ; son esprit était ébloui par la proximité de ce corps presque nu. Mais, surtout, il se sentait submergé par la gratitude.

Elle veut me donner du plaisir. Elle m'offre son corps pour me donner du plaisir. Elle caresse mon sexe pour me donner du plaisir. En échange, je lui offre mon amour, maintenant et pour toujours. Tout est à toi, ma Maddy. Ma Maddy adorée.

Soudain, il y eut un bruit de pas au loin, dans le bois. Ils se pétrifièrent. Quelqu'un gravissait le chemin.

Rapidement, sans un mot, ils se rhabillèrent et s'assirent chacun à un bout de la couverture. Un chien apparut à l'intérieur de la grange, un labrador noir. Il s'arrêta et les regarda. Une voix de femme lança : « Susie ! Susie ! » L'animal repartit en courant. Une silhouette passa furtivement entre les arbres et continua à avancer sur le chemin, vers le sommet de la colline.

– Peut-être qu'on devrait rentrer, chuchota Maddy.

Ils se levèrent. Elle secoua la couverture et la replia.

– La prochaine fois, il faudra trouver un autre endroit, dit Rich.

– J'en connais un. Si ça ne t'ennuie pas de venir chez moi.

– Et tes parents ?

– Pas dans la maison, dans la boutique. Après la fermeture, évidemment. Il y a même un lit.

Il l'enlaça et l'attira contre lui. Ils s'embrassèrent.

– Je t'aime, Maddy.
– Je t'aime, Rich.

Ils retraversèrent le bois obscur pour redescendre de leur refuge secret et rejoindre le monde extérieur. Dans la pénombre des derniers arbres, ils s'embrassèrent encore une fois avant de déboucher sur la route.
– Demain soir, alors.
– Demain soir.

Joe apporte la nouvelle

Maddy avait beaucoup de choses à raconter à Cath. Elle commença par le plus facile.

— J'ai parlé avec Joe finalement, et tu sais quoi ? C'est Grace qui a tout inventé !

— Inventé quoi ?

— Tout ! Sa liaison avec Joe. La grossesse de Gemma. Les mails. Tout.

— Elle ne sort pas avec Joe ?

— Non. Et ce n'est pas lui qui m'a envoyé ces mails.

— Qui, alors ?

— Ce doit être Grace elle-même.

— Mais pourquoi ?

— Aucune idée. Elle doit être folle.

— Il faudrait l'enfermer. Elle est malade !

— C'est pour ça qu'elle n'est pas venue au lycée, je te le rappelle. Elle est censée être malade.

— La maladie, c'est encore trop doux pour elle. Je vote pour la peine de mort. Tu n'as pas envie de la tuer ?

— Je veux savoir pourquoi elle a fait ça. Mais je n'ai pas envie de la tuer, non.

– Tu es trop charitable pour vivre dans ce monde, Mad. C'est malsain.

– Je me fiche pas mal de Grace désormais.

Elle avait d'autres choses à raconter. Jusqu'à présent, ses révélations entraient dans la catégorie des surprises. La suite ressemblait davantage à une trahison. Cath et elle avaient partagé pendant si longtemps le fait de ne pas avoir de petit ami ; elles se soutenaient mutuellement dans un monde de couples. Quand Maddy s'était embarquée dans cette grande aventure de sa passion pour Joe, elle avait invité sa camarade à y participer, dès le début. Désormais, c'était différent. Cath demeurait à l'extérieur.

– Ce n'est pas tout, ajouta Maddy. Il y a du nouveau. Je fréquente de plus en plus Rich Ross.

Cath la regarda d'un air hébété.

– Rich ? Toi et Rich ?

– Oui.

– Quand ? Comment ? Tu ne m'en as jamais parlé. (Ses yeux se mirent à papilloter.) Tu n'as même pas signé sa pétition !

Maddy comprit alors que c'était pire qu'elle ne l'avait imaginé. Cath avait des vues sur Rich, en secret !

– Oh, mon Dieu. Je suis navrée, Cath.

– Ce n'était qu'une minuscule lueur. Un rêve passager. Je me disais que s'il n'avait personne d'autre…

Sa voix s'éteignit.

— Si j'avais su, dit Maddy, je n'aurais rien fait.

— Ça veut dire qu'il s'est déjà passé quelque chose ?

— À peine. C'est encore tout nouveau.

— Je n'aurais pas cru que Rich était ton genre.

— Moi non plus.

— En fait, je ne suis pas étonnée que tu lui plaises. Mais que toi, tu le choisisses… j'avoue que ça m'étonne. Ce n'est pas vraiment Joe Finnigan, hein ?

— C'est peut-être ça qui me plaît chez lui, justement.

— Alors, il te plaît vraiment ?

— Oui.

— Combien sur dix ?

— Neuf.

— C'est la note de Joe ! Neuf, ça veut dire dix, mais tu n'oses pas dire dix, parce que dix, ça veut dire parfait, et ensuite Dieu est jaloux et il gâche tout.

— Bon, d'accord. Huit.

— Dès que ça dépasse sept, c'est de l'amour.

— Je ne sais pas, Cath. Ce n'est pas comme avec Joe. Je ne suis pas toute tourneboulée par l'excitation. J'ai juste envie d'être avec lui et, quand je suis avec lui, je me sens bien.

— Oh, mon Dieu, mon Dieu, mon Dieu.

— OK, je ne dirai plus rien.

— Non, non, tu es ma meilleure amie, je veux tout savoir. C'est juste que je voudrais bien avoir quelqu'un à aimer, moi aussi. Moi aussi! Moi aussi! Moi aussi! (Elle se mit à exécuter une petite danse de frustration.) Je vais être obligée de tenter ma chance avec Mini-Max. Tu crois que, si j'accepte de sortir avec un nain, il acceptera de sortir avec une mocheté?

Jusqu'où devaient-ils aller? Pour Maddy, la question ne se posait plus parce qu'ils avaient déjà commencé. Impossible de s'arrêter désormais. Ils iraient là où la route les mènerait. Leurs retrouvailles de ce soir, déjà planifiées, ne constituaient qu'une partie du chemin. Quoi qu'ils fassent ce soir, ils ne pourraient jamais aller «jusqu'au bout»; le chemin était forcément plus long. Mais ce serait peut-être, très certainement même, cette étape quasi mythique dans la vie d'une fille, sa «première fois».

Assise seule à une table de la bibliothèque, devant son livre ouvert, Maddy pensait au sexe. Cette perspective lui semblait irréelle. Il y avait tellement de connotations; c'était un acte d'adultes, auréolé de prestige, mais, en même temps, il y avait quelque chose de ridicule. Comment cette prétendue transformation pouvait-elle s'opérer par le biais de quelques caresses maladroites, dans quelques heures maintenant?

Peut-être que je ne suis pas prête. Je ne suis pas obligée de le faire.

Cette pensée l'arrêta net dans ses réflexions. Pourquoi partait-elle du principe que son histoire d'amour naissante avec Rich devait prendre si vite un caractère sexuel ? Jadis, les couples s'embrassaient et se câlinaient pendant des mois, voire des années, avant de se retrouver dans le même lit. En tout cas, Rich ne cherchait pas à précipiter les choses. Elle non plus. Ils agissaient au gré de leur volonté.

Mais qui menait la danse ?

Maddy s'efforça d'être honnête avec elle-même. Se sentirait-elle plus détendue s'ils freinaient un peu la ruée vers le sexe ? Elle s'imagina dans les bras de Rich, comme dans la grange. La voilà, sa réponse. Chaque caresse les entraînait vers cette conclusion. C'était la suite logique. C'était demain. C'était ce soir. Bientôt, ce serait maintenant.

Et elle voulait que ça arrive. Elle le voulait car ce serait un lien entre Rich et elle, le secret partagé qui ferait d'eux plus que des amis ; comme l'avait dit Gemma en parlant de Joe : « Il n'y a qu'avec moi qu'il le fait. » Maddy ne s'attendait pas à une folle explosion de passion. En interrogeant ses amies qui l'avaient déjà fait, elle en avait déduit qu'il y avait plus de gêne que de plaisir la première fois. Le bon côté des choses, c'était que ça ne durait pas longtemps ; ensuite, le garçon était reconnaissant, et vous pouviez dire que vous l'aviez fait. Ça devient de plus en plus facile, disaient-elles, comme fumer. Si on s'accrochait, on finissait par aimer ça pour de bon.

Quand elle essayait d'imaginer la chose, Maddy voyait cela comme une extension des baisers et des caresses. On s'embrassera, on se caressera, on se rapprochera de plus en plus, jusqu'à ce qu'on soit aussi proches qu'on peut l'être. Et voilà, on fera l'amour.

— Ah, tu es là ! Je t'ai cherchée partout.

C'était Joe Finnigan. Il se laissa tomber sur une chaise en face d'elle.

— Écoute, dit-il. Je crois que j'ai découvert ce qui se passe avec Grace. J'ai eu une intuition tout à coup et j'ai vérifié hier soir. Grace Carey sort avec mon frère.

— Leo ?

— Chaque fois qu'il se passe un sale truc dans ma famille, c'est toujours à cause de Leo.

— Grace sort avec Leo ?

— Apparemment, il l'a draguée en boîte, il y a plus d'un an.

— Grace sort avec Leo depuis un an ?

— D'après lui.

— Mais, maintenant, c'est fini.

— Pas du tout. Elle est toujours avec lui.

— Mais Leo sort avec ma sœur.

— Ça ne veut pas dire qu'il ne voit pas Grace.

Maddy avait du mal à ordonner toutes ces

informations. Pourquoi Grace ne lui aurait-elle rien dit?

— Elle est même chez Leo en ce moment. Il dit qu'elle est malade.

— Malade comment?

— Je ne sais pas. Mon frangin n'est pas très bavard. Quand je lui ai raconté l'histoire qu'elle a inventée sur toi et moi, il a éclaté de rire et il m'a répondu qu'il était au courant. C'est là qu'il m'a tout déballé. Grace était encore mineure quand elle lui a fait du rentre-dedans. Il m'a dit: «Tu me connais, Joe. Je peux résister à tout, sauf à la tentation.»

— Et Grace est chez lui maintenant?

— Apparemment.

— Leo a un mauvais fond, Joe.

Maddy ne voulait pas dévoiler ce que sa sœur lui avait avoué sous le sceau de la confidence, mais il fallait faire quelque chose.

— C'est un sadique, dit-elle.

— Oui, il est un peu perturbé comme garçon, confirma Joe. Il faut remercier notre cher papa. On peut trouver mieux comme modèle. Aussi charmeur qu'imprévisible. Il a fichu le camp depuis longtemps, mais il réapparaît parfois. Maman dit que c'est un salaud de première, et pourtant elle n'a jamais aimé personne d'autre.

— Il était violent?

— C'est possible.

— Mais ta mère l'aimait malgré tout?

— Oui. Et elle l'aime encore.

— Leo a frappé Imo. Il lui a fait du mal.

Le visage de Joe s'assombrit.

— Je suis désolé. Sincèrement. Il faut qu'elle s'éloigne de lui.

— C'est fait.

— Je ne souhaite à aucune fille de tomber sur Leo, bien que ce soit mon frère. Pas même à Grace Carey.

— On ne devrait pas le dénoncer? Imo m'a montré ce qu'il lui a fait.

— Oui, sans doute. Mais c'est difficile. Lui, il a juste l'impression de s'amuser.

— Il y a beaucoup de garçons qui aiment faire du mal aux filles? Toi aussi?

Il leva les yeux, offusqué.

— Non! Jamais! Je ne ferais pas de mal à une mouche. Demande à Gemma.

— Il faut que quelqu'un lui parle, Joe. Tu ne peux pas t'en charger? Ouvre-lui les yeux.

— Je suis son petit frère, Maddy. Il me rira au nez.

— Quelqu'un doit intervenir.

Joe repoussa les cheveux qui lui tombaient devant le visage et haussa les épaules. Il se leva.

— Bref, voilà ce que je voulais te dire. J'ignore ce que manigance Grace, mais ça a un rapport avec Leo.

Que manigançait Grace?

Maddy ressassait cette question, sans trouver de réponse. Si elle sortait avec Leo depuis tout ce temps, pourquoi le cacher? Pourquoi répandre des mensonges? Pourquoi inventer ces histoires alambiquées?

Si Grace n'était pas de retour au lycée demain, Maddy était bien décidée à se rendre chez Leo pour la voir et lui faire avouer la vérité. Et si Leo était là, lui aussi, tant mieux. Elle avait deux ou trois choses à lui dire.

Demain.

Mais, avant cela, il y avait ce soir.

L'histoire de Grace

Ce soir-là, Maddy se prépara avec soin. Elle prit une douche. Elle enfila ses plus beaux sous-vêtements. Puis elle choisit une jupe en jean, pas trop courte pour ne pas faire vulgaire, mais plus pratique qu'un pantalon, un T-shirt blanc moulant, et un gilet en coton, long et ample, couleur glace à la fraise. Elle se brossa les cheveux et se fit une queue de cheval. Ensuite, elle passa une demi-heure à se maquiller, mais de manière si discrète que Rich ne le verrait sûrement pas. Pour finir, elle mit un peu de parfum, trois petites gouttes pas plus. Elle prit sa pilule du soir, la sixième depuis qu'elle avait commencé. Aucun effet secondaire à déplorer pour le moment.

Seule dans la cuisine, elle ajouta un peu de vodka dans une brique de jus d'orange et secoua vigoureusement. Elle n'avait pas l'intention de se soûler, elle voulait juste se détendre un peu.

Elle déverrouilla la porte du magasin et gravit l'escalier menant à la pièce des coussins. Elle ferma les rideaux autour du grand lit indien, bien qu'aucun client ne risque de venir les déranger à cette heure. Elle s'allongea au milieu des coussins, dans la lumière tamisée du soir, but une gorgée de vodka-orange et attendit que Rich l'appelle.

En attendant, elle pensa à lui. Elle l'imaginait près d'elle, allongé sur ce lit. Elle imaginait qu'il l'embrassait, comme il l'avait embrassée dans la grange, tout doucement. Elle nouait ses bras autour de son corps nu. Elle murmurait : « Je t'aime, Rich. » Elle sentait le poids de son corps sur elle. « On le fait ? » murmurait-elle. Il tremblait entre ses bras et elle comprenait qu'il ne désirait rien de plus au monde. « Tu m'aimes, Rich ? » lui demandait-elle dans un souffle. « Tu m'aimes ? » Il l'aimait, oui, de tout son cœur, de toute son âme et de tout son corps, elle le savait car il s'abandonnait à elle sans réserve. Elle le serrait entre ses bras, nu, et il était aussi proche d'elle que l'on pouvait l'être. C'était ça, l'amour.

Son portable sonna.

Rich l'appelait de l'hôpital. Il ne pouvait pas venir.

— Je suis sincèrement désolé, Mad. (Il parlait à voix basse et on entendait les bruits de l'hôpital en fond sonore.) Tu sais que je n'attendais que ça. Mais toute la famille est ici.

— C'est grave ?

— Il paraît.

– Ne t'inquiète pas pour moi. Appelle-moi quand tu pourras.

– Je devrais penser à ma grand-mère, mais c'est à toi que je pense.

– Moi aussi.

Après cet appel, Maddy demeura allongée sur le lit indien, à se demander ce qu'elle allait faire. Finalement, elle fit ce qu'elle faisait toujours dans ces cas-là : elle téléphona à Cath.

Celle-ci la rejoignit immédiatement. Elles partagèrent la brique de vodka-orange et Maddy raconta ce qu'elle avait appris sur Grace.

– Leo ! s'exclama Cath. J'arrive pas à suivre. C'est moi qui suis débile ou quoi ? Qu'est-ce qui se passe tout à coup ?

– Demande à Grace.

– Où est-elle ? Elle n'est pas venue au lycée depuis plusieurs jours.

– Joe dit qu'elle est chez Leo. Il a un appart dans High Street. Au-dessus du Caffè Nero.

Les deux amies se regardèrent. Maddy but une autre gorgée au goulot et tendit la brique à Cath.

– Tu penses la même chose que moi ?

– Et comment !

Cath avala une longue gorgée de vodka-orange.

– Elle doit y être à cette heure-ci.

– En train de ricaner avec ce dingue de Leo.

– On pourrait lui parler.

– Et lui coller une paire de gifles dans son visage d'idiote.

– Non, je ne veux pas me battre, dit Maddy. Je veux juste des réponses.

Il était vingt et une heures passées lorsque Maddy et Cath se retrouvèrent devant le café à la devanture sombre, sur le trottoir désert. L'air était mordant. Dans le feu de l'action, alimenté par la vodka, Maddy n'avait pas pensé à enfiler un vêtement plus chaud et, maintenant, elle grelottait.

– Il reste à boire ?

– Mad, on a balancé la brique en chemin. On carbure à la colère maintenant. Une colère justifiée.

– Une colère justifiée, oui.

Elle appuya sur la sonnette de l'appartement du premier étage. Aucun son.

– À mon avis, elle ne marche pas.

Elle frappa à la porte du bas. Pas de réponse.

Elles reculèrent sur le trottoir pour lever les yeux vers les fenêtres du premier. Les rideaux étaient tirés, mais on apercevait de la lumière.

– Il y a quelqu'un.

Soudain, la porte de l'immeuble s'ouvrit et Leo Finnigan en sortit.

– Salut ! lança-t-il.

Il portait un blouson d'aviateur en cuir et une écharpe. De toute évidence, il se rendait quelque part.

– Grace est là ? demanda Maddy.

– Oui.

– On veut la voir.

– Elle se sent pas très bien. C'est important ?

– Oui.

Maddy s'aperçut que Leo ne l'avait pas reconnue, et elle ne voyait aucune raison d'éclairer sa lanterne.

– Dans ce cas, venez.

Elles le suivirent dans l'escalier.

– J'allais au pub pour regarder la fin du match, dit-il. C'est pas très cool de l'avouer par les temps qui courent, mais je suis secrètement fan de Manchester United.

Le salon de l'appartement était meublé avec les articles familiers provenant de la boutique des parents de Maddy, qui savait que certains coûtaient très cher. La mère de Leo n'avait pas regardé à la dépense. Le coffre sur lequel reposait la télé était incrusté de plusieurs essences de bois représentant des palais situés au bord d'un lac. Les restes de plusieurs plats à emporter traînaient par terre, au milieu de boîtiers de DVD éparpillés. Des vêtements pendaient sur les dossiers des sièges. Des chaussures, d'homme et de femme, s'empilaient sous la table. Des mégots de cigarette remplissaient des assiettes posées sur le bord de la fenêtre.

Grace était allongée dans le canapé, sous une couette. Elle avait le teint pâle et cireux, ses cheveux étaient ébouriffés, ses yeux écarquillés et fixes. Elle regardait *Diamants sur canapé*.

– Qu'est-ce que vous foutez ici ? grogna-t-elle. Qui vous a dit que j'étais là ?

Elle paraissait apeurée.

– Joe, répondit Maddy.

– Qu'il se mêle de ses affaires !

– Mon frère, mon gardien, ironisa Leo. (Il éteignit la télé.) Qu'est-ce que je vous sers ? J'ai du whisky. J'ai de l'eau. J'ai aussi du whisky avec de l'eau.

Maddy dévisageait Grace, choquée par son apparence.

– On ne veut rien, dit Cath. On est venu pour parler à Grace.

– Elle n'est peut-être pas en état, dit Leo. (Il posa la main sur le front de la jeune fille.) Ce matin, elle avait 39 de fièvre. Je l'ai bourrée de paracétamol toute la journée.

Leo l'infirmière dévouée.

– Je vais bien, dit Grace.

Leo regarda tour à tour Grace, Maddy et Cath.

– Si c'est une discussion entre filles, je vous laisse.

Il se dirigea vers la porte. C'est alors que Maddy craqua.

– Si tu appelais ma sœur ? lui lança-t-elle. Imo Fisher.

Leo s'arrêta sur le seuil.

362

– Ah. Tu es la sœur d'Imo.

– Elle aussi, elle aurait besoin de paracétamol.

L'ironie cinglante de Maddy passa au-dessus de la tête de Leo.

– Ah bon? Qu'est-ce qu'elle a?

– Des bleus. Sur tout le corps.

Leo fronça les sourcils.

– Qu'est-ce qui s'est passé? demanda-t-il.

– Tu devrais le savoir. Puisque c'est toi qui l'as frappée.

– Moi? C'est ce qu'elle t'a dit?

– Oui.

– Désolé, ma jolie, ta sœur doit me confondre avec quelqu'un. Je ne tabasse pas les gens.

– J'ai vu ses bleus.

– Ça ne vient pas de moi. Ce n'est pas mon genre. Pas vrai, trésor?

La question était adressée à Grace.

– Évidemment, répondit celle-ci.

Leo regarda sa montre.

– Il reste vingt minutes de match. Je vais devoir vous laisser, les filles. Si vous avez besoin de moi, je suis au Rainbow.

Il les salua d'un geste joyeux qui ressemblait affreusement à celui de Joe et dévala l'escalier.

Le silence s'abattit sur l'appartement. Le démenti clair et net de Leo avait plongé Maddy dans la confusion.

– Si vous n'avez rien à dire, remettons le film, proposa Grace.

– C'est toi qui as quelque chose à nous dire, répliqua Cath.

– Non.

Maddy sentait son souffle s'accélérer.

– Ce n'est pas suffisant comme réponse. Tu n'as pas arrêté de mentir.

– Dans ce cas, rétorqua Grace, ça ne sert à rien d'écouter ce que j'ai à dire.

Son visage pâle et son ton apathique ne firent qu'attiser la colère de Maddy.

– Explique-moi, Grace.

– Pense ce que tu veux. Ça m'est égal maintenant.

– Parce que ça t'était pas égal avant ? demanda Cath.

– Peu importe.

– Écoute-moi bien, petite garce. Je m'en fous, que tu sois malade. Tu peux crever. Mais, avant ça, tu vas expliquer à Maddy pourquoi tu t'es foutu de sa gueule.

– Ou sinon ?

– Sinon, tu vas le regretter.

– Oh. Je le regrette déjà. Je n'ai pas besoin de toi pour ça.

Maddy ne put se retenir plus longtemps.

D'un geste brusque, elle ôta la couette du canapé, dévoilant le corps svelte de Grace, qui frissonnait dans son pyjama. Elle se recroquevilla, effrayée.

– Ça, c'est juste pour commencer, dit Maddy.

Elle tremblait. Elle s'aperçut qu'elle avait envie de frapper Grace ; elle avait envie de l'arracher à son état de résistance passive.

Grace la regardait avec des yeux écarquillés.

— Tu vas me taper dessus ?

— Je suis ivre, avoua Maddy. Et ça me démange depuis toujours.

Elle la repoussa au fond du canapé.

Grace tourna son regard apeuré vers Cath.

— Dis-lui d'arrêter, je suis malade.

Maddy leva le poing.

— Alors, tu parles, oui ou non ?

Grace s'était blottie dans le coin du canapé. Maddy la saisit par ses frêles épaules et la secoua comme un prunier.

— Non, arrête, Mad ! Par pitié !

Grace levait vers elle ses grands yeux remplis de terreur.

D'une voix suppliante, elle ajouta :

— Assieds-toi à côté de moi.

— Je n'ai pas envie de m'asseoir à côté de toi.

— S'il te plaît. Je te dirai tout.

Elle ramena ses genoux contre sa poitrine pour lui laisser de la place ; on aurait dit une petite fille.

— S'il te plaît.

Maddy l'observa longuement ; elle sentait le sang courir dans ses veines. Sa colère l'électrisait. Jamais elle n'avait éprouvé un tel sentiment de puissance.

Elle avait réussi à effrayer Grace. Elle l'avait soumise à sa volonté. Mais maintenant, en la voyant serrer ses genoux contre sa poitrine à la manière d'une enfant, si fragile et timide, elle sentait retomber cette superbe poussée de colère.

— Assieds-toi près de moi, s'il te plaît.

Maddy s'installa donc à côté de Grace.qui se roula en boule et posa sa tête sur ses genoux.

— Vas-y, je t'écoute, la pressa cette dernière.

— Je te dirai tout ce que tu veux savoir. Mais ça ne servira à rien. Tu ne pourras jamais comprendre.

— Pourquoi ?

— Parce que tu n'es pas comme moi.

— Tu veux que je te dise, Grace ? Tu ne sais absolument rien de moi. Tu ne sais pas ce que je suis ou ne suis pas.

Grace s'accrocha à Maddy en levant vers elle ses grands yeux magnifiques.

— Je ne veux pas que tu me détestes, Maddy. On est amies.

— Erreur. On n'est plus amies. Depuis longtemps.

Des larmes apparurent dans les yeux de Grace.

— Toi aussi, tu me détestes, Cath ?

— Oui.

— Si vous saviez, vous changeriez d'avis.

— Si on savait quoi ? demanda Maddy. Tout ce que je sais, c'est que tu as envoyé des faux mails et que tu as répandu des mensonges sur toi et Joe, sur Gemma, et tout ça uniquement pour me faire du mal.

— Non, pas pour te faire du mal. Pour te montrer.

— Me montrer quoi?

— Ce que c'est réellement.

— Quoi donc?

— L'amour. Les mecs. Le sexe.

— Pourquoi?

— Pour que tu saches. Toi, la petite vierge souriante.

— Moi?

— Elle est jalouse de toi, dit Cath. Tu te rends compte? (Elle se retourna vers Grace.) Tu voulais que Mad soit aussi malheureuse que toi, voilà tout.

— Je voulais récupérer mon amie.

Maddy la foudroya du regard.

— En me poussant à me ridiculiser à cause de Joe?

— Pour te faire comprendre. Comme ça, on aurait pu dire du mal des mecs toutes les deux; heureusement qu'on pouvait compter l'une sur l'autre. (Les larmes coulaient sur ses joues maintenant.) Ce n'était qu'un jeu. Je voulais tout t'avouer dès le début, mais tu as mordu à l'hameçon immédiatement. Alors, j'ai décidé de continuer encore un peu.

— Pour pouvoir te moquer de moi.

— Je ne savais pas que tu t'investirais autant dans cette histoire, Maddy. Je t'assure. Je trouvais ça amusant, c'est tout.

— Pourquoi tu m'as dit que tu sortais avec Joe ?

— C'était allé trop loin. Je ne voulais pas que tu me haïsses en découvrant la vérité. Il fallait que je t'empêche de parler à Joe.

— Et ces mails au sujet de Leo ? Quel intérêt ?

— C'était pour éloigner Imo. (Grace sécha ses larmes.) Leo est à moi.

— Ça aussi, c'était une pure invention ? Leo qui fait du mal aux filles ?

Grace hésita. Mais elle était allée trop loin.

— Non.

— Pourtant, il vient de m'affirmer le contraire, et tu as confirmé.

— Ce qu'il voulait dire, c'est qu'il ne fait aucun mal à celles qui ne veulent pas. Si Leo a frappé Imo, c'est qu'elle était d'accord.

— Ne dis pas de conneries. Personne n'a envie d'avoir mal.

— Si. Un tas de gens ont envie d'avoir mal.

— Pourquoi ?

Grace soutint longuement le regard de Maddy, sans rien dire.

— C'est comme ça que tu sais si quelqu'un t'aime.

Maddy était abasourdie.

— Regarde, dit Grace.

Elle se redressa sur le canapé et ouvrit sa

veste de pyjama. Son corps maigre était marbré de bleus, comme celui d'Imo.

— Voilà comment il me montre qu'il m'aime. C'est moi qui le lui demande. C'est ça que tu ne peux pas comprendre, Maddy. Tu n'as jamais fait l'amour avec un garçon. C'est ça, le sexe.

— Ce n'est pas de l'amour.

— Je savais que tu ne comprendrais pas.

— C'est un truc de pervers, murmura Cath.

— Non, ce n'est pas de la perversion. C'est la réalité. Les garçons ont tellement envie de sexe que ça nous place en position de pouvoir. Alors, ils veulent nous faire du mal. Et, si tu veux qu'ils t'aiment, tu dois les laisser te faire du mal. D'ailleurs, au bout d'un moment, ça ne fait plus mal. Ça ressemble à l'amour.

Maddy contempla le corps tuméfié de Grace, et pour la première fois elle éprouva un sentiment proche de la pitié. Non pas à cause des bleus, mais de sa solitude et du manque d'amour.

— Oh, Grace. Je suis désolée.

— C'est pareil pour toi. C'est pareil pour tout le monde.

— Non. Il existe d'autres formes d'amour.

— Pas quand il est question de sexe. Tu verras que j'ai raison. Pas vrai, Cath ?

— Non, répondit celle-ci. (Elle aussi avait perdu son ton agressif.) Tu n'as pas eu de chance, voilà tout. Leo est un malade. Tu dois t'éloigner de lui, Grace.

— Je l'aime. Je n'ai jamais aimé quelqu'un autant que lui. S'il me quittait, j'en mourrais.

— Je vais le dénoncer à la police.

— Non, Maddy ! Tu ne peux pas faire ça !

— Maddy a raison, déclara Cath.

— Je nierai. Je dirai que vous avez tout inventé. Vous ne pouvez rien prouver. Ne l'obligez pas à me larguer. Vous ne comprenez pas ? Je l'aime. Même s'il me tuait, je mourrais en continuant à l'aimer.

Cath croisa le regard de Maddy.

— J'en ai assez entendu, dit-elle.

Maddy se leva.

— Habille-toi, Grace. On te ramène chez toi.

— Non !

Grace se retourna vers le dossier du canapé et se roula en boule.

— Sortez ! Allez-vous-en !

— On ne peut pas te laisser comme ça. Je vais tout raconter à tes parents.

— Non ! Ils n'ont rien à voir là-dedans. Vous croyez que ça les intéresse, d'abord ? (Grace s'était mise à hurler.) Barrez-vous ! Sortez de ma vie ! Puisque vous n'êtes plus mes amies, foutez-moi la paix !

Maddy toisait ce corps fragile et tremblotant recroquevillé dans le canapé. Elle ramassa la couette par terre et en couvrit Grace. Elle ralluma la télé et remit le film.

— Je suis vraiment navrée, Grace. Si tu

370

changes d'avis, appelle-moi. Viens, Cath. On s'en va.

Une fois dehors, les deux amies se regardèrent. Elles étaient sous le choc.

– Ça dure depuis un an, Cath.

– Tu as entendu ce qu'elle a dit ? Elle a inventé tous ces mensonges pour te donner une leçon. Elle veut que tu sois aussi malheureuse qu'elle, Mad.

– Comment savoir ce qu'elle veut ? Elle va très mal. Il faut alerter ses parents. Ils doivent la sortir de ce mauvais pas.

Maddy tourna la tête vers les vitres éclairées du Rainbow.

– Mais, avant cela, j'ai deux mots à dire à Leo.

Dans le pub, la télévision braillait. Le match venait de se terminer. Leo était assis à une table avec un groupe d'amis, uniquement des garçons, qui noyaient leur chagrin.

– Hé, salut, ma jolie, dit-il en voyant approcher Maddy. Tu viens nous remonter le moral ? On en a bien besoin.

– Je viens te poser une question.

– Laquelle ?

– Pourquoi tu frappes les filles ?

Le silence se fit autour d'eux.

– Tu prends ton pied en les tabassant ?

Leo répondit par un haussement d'épaules et sourit à ses compagnons.

— Ah, les femmes.

Les autres garçons ricanèrent.

Il y avait trois pintes de bière sur la table : deux à moitié pleines, une vide.

— C'est quoi votre problème, les gars ? demanda Maddy. Vous aimez tous frapper les filles ?

— Ne critique pas sans avoir essayé, ma jolie, répondit Leo.

Elle prit la pinte la plus proche et lui lança le contenu au visage. Elle fit de même avec la deuxième. Leo leva la main, le souffle coupé. Il continuait à sourire.

Maddy prit alors la dernière pinte, la vide, se pencha au-dessus de la table, et l'abattit de toutes ses forces sur le crâne de Leo. Il y eut un bruit sourd. Il poussa un hurlement et se prit la tête à deux mains.

— Oh ! s'exclama un des garçons. Du calme.

Leo regarda ses mains. Il avait du sang sur les doigts. Il se tourna vers ses copains et parvint à grimacer un sourire.

— Je crois qu'elle est amoureuse de moi, dit-il.

Sa remarque déclencha un rire destiné à évacuer la tension.

— Viens, Mad. On s'en va, dit Cath.

Maddy lâcha la pinte. Elle entendit le verre se briser sur le sol carrelé. Elle sentit Cath l'entraîner au dehors, dans la fraîcheur du soir. Elle tremblait encore de rage.

– Ça les faisait rire, Cath. Ça les faisait rire !

– Que veux-tu ? Ce sont des mecs.

– Non, déclara Maddy avec force. Non ! C'est ce que Grace veut nous faire croire. Mais tous les hommes ne sont pas comme ça. Ce n'est pas possible.

– Tu as failli l'assommer, Mad. C'était impressionnant.

– Il s'en fout.

– Il saignait.

– Tant mieux.

Elles s'éloignèrent sur le trottoir.

– J'étais tellement furieuse que je ne me contrôlais plus. Tu crois que je lui ai fait mal ?

– J'espère.

– Oh, Cath. Serre-moi dans tes bras.

Elles s'arrêtèrent au milieu de High Street et s'étreignirent.

– C'est la première fois que je fais un truc pareil, dit Maddy.

– Tu es une tueuse.

– Je n'ai pas envie d'être une tueuse. Je n'ai pas envie d'être enragée. Je veux juste que les gens s'aiment.

– Moi aussi. On va tabasser tout le monde jusqu'à ce qu'ils comprennent le message : aimez-vous les uns les autres ou mourez.

La grande question

Le temps passait affreusement lentement à l'hôpital.

Pendant un long moment, on aurait pu croire que mamie allait mourir d'une seconde à l'autre. Plusieurs fois même, ils crurent qu'elle était morte. Mais elle émettait un petit reniflement et ils comprenaient qu'elle était toujours en vie. Le père de Rich était assis à son chevet. Sa mère, Kitty et lui-même ne cessaient d'entrer et de sortir de la chambre. Quand le chagrin devenait insoutenable, ils allaient chercher du thé à la cafétéria, dans le hall.

– Peut-être qu'elle va se rétablir, dit Kitty. Peut-être qu'elle va rentrer à la maison.

– Je ne pense pas, dit Rich.

Mamie n'avait pas repris connaissance depuis deux jours.

– Et si elle continue à dormir, sans jamais se réveiller ? Pendant des années ?

– Je ne sais pas, Kitty. Attendons, on verra bien.

La cafétéria était fermée maintenant. Il restait un distributeur de thé et de café. Rich fouilla dans le porte-monnaie de sa mère. Il restait juste de quoi acheter un café.

— Ils vont devoir le partager.

— Et nous ?

— Ce n'est pas grave.

— Si, c'est grave.

Kitty se mit à pleurer.

— Tu sais quoi ? dit Rich. Je crois que maman va bientôt nous ramener à la maison, comme mamie ne se réveille pas. Quand on sera rentré, on pourra se faire des icebergs au chocolat chaud.

— Tu crois ?

— Bien sûr.

Ils retournèrent donc dans la chambre avec un unique gobelet de café que Rich tendit à son père.

— Je pense que vous devriez rentrer à la maison, dit celui-ci. Embrassez votre grand-mère au cas où elle s'en irait cette nuit.

— Tu as l'intention de rester, Harry ? demanda son épouse.

— Oui. Ne t'inquiète pas pour moi.

Ils embrassèrent tous la vieille femme. Rien n'indiquait qu'elle avait conscience de leur présence. Sa peau, à la fois douce et sèche, sentait les roses, comme toujours.

— Je t'aime, mamie, murmura Rich.

Dans la voiture, Kitty demanda :

— Elle va continuer à dormir comme ça ?

– D'après les médecins, elle n'en a plus pour longtemps, répondit leur mère. En fait, elle a beaucoup de chance. J'aimerais bien partir de cette façon.

– Pas moi, dit Kitty. J'aimerais pouvoir dire au revoir, entourée de gens qui pleurent et me disent combien ils m'aiment.

– Mamie le sait déjà, ma chérie.

À la maison, Rich confectionna les icebergs au chocolat chaud, comme promis. C'était une invention familiale, autorisée seulement dans les grandes occasions. Vous faites un chocolat chaud normal auquel vous ajoutez une boule de glace à la vanille dans chaque tasse. Il faut boire le chocolat avant que toute la glace soit fondue pour sentir le mélange du chaud et du froid dans la bouche.

Kitty avait retrouvé le sourire. Impossible de rester malheureux avec un tel délice.

Rich monta dans sa chambre pour écrire dans son journal.

Je suis un monstre. Mamie est en train de mourir et, moi, je ne pense qu'à Maddy. J'ai envie d'être avec elle au lieu de rester avec ma grand-mère, même si ça veut dire que je ne la verrai pas mourir. J'ai envie d'être avec Maddy pour pouvoir lui dire à quel point je suis un monstre. Elle seule peut comprendre.

Il mit un disque des Beach Boys car c'était celui qu'ils avaient écouté quand elle était venue. Allongé de tout son long sur le lit, il contemplait le plafond et il pensait à Maddy. Mais ses pensées n'étaient pas d'ordre sexuel. Il ne revivait pas le moment magique des baisers et des caresses. Il absorbait peu à peu cette incroyable vérité : elle l'aimait.

Rich découvrait seulement maintenant qu'il ne s'était jamais attendu à être aimé. Ses parents l'aimaient, évidemment. Mais Maddy était une étrangère, une personne qui n'avait aucune raison, aucune obligation, de l'aimer. À ses yeux, l'amour ne pouvait être provoqué que par des qualités hors du commun. On pouvait être aimé parce qu'on était d'une beauté époustouflante, célèbre, héroïque ou riche. Il n'était rien de tout cela. Dès lors, pourquoi quelqu'un s'intéresserait-il à lui ? Lui-même, bien entendu, possédait une formidable envie d'aimer. Et il ne cherchait pas à offrir cet amour uniquement à des personnes belles, célèbres ou riches. Mais, bizarrement, il n'avait jamais pensé que cela pouvait être réciproque : que des filles pouvaient éprouver le besoin impérieux d'aimer, comme lui, et qu'elles n'attendaient pas le garçon parfait, mais juste un peu de tendresse partagée.

Il se leva pour écrire dans son journal.

Ne fous pas tout en l'air. C'est ton unique chance. Il n'existe qu'une Maddy Fisher dans tout l'univers. Si elle te largue, tu resteras seul jusqu'à la fin de tes jours.

Sur ce, il retourna s'allonger dans son lit. Et cette fois, il pensa au sexe.

Parmi les milliers de façons dont il pouvait tout gâcher, le sexe figurait en première position. Rich attendait cet instant autant qu'il le redoutait. S'il y avait un risque que le sexe gâche sa relation avec Maddy, il préférait tirer un trait dessus, sincèrement. Il voulait son amour bien plus que son corps.

Il y avait tellement de faux pas possibles. Il y avait l'acte en soi, qui continuait à le rendre perplexe, en dépit de toutes les images pornographiques logées dans son cerveau. Ce n'était pas aussi simple que d'introduire une clé dans une serrure. D'abord, on ne savait pas trop où se trouvait la serrure. Et, même après l'avoir trouvée, il existait des façons de procéder qui donnaient du plaisir à la fille, et d'autres façons, bien plus nombreuses, qui la laissaient totalement insensible.

Et puis, il y avait la question de l'endurance. À en juger par l'intensité de ces quelques instants où ils s'étaient retrouvés allongés côte à côte sur la couverture, une fois qu'ils auraient commencé pour de bon, il ne tiendrait pas plus de quinze secondes. Ce n'était pas suffisant. Rich n'aurait su dire quelle durée était la bonne, mais sûrement pas quinze secondes. Dans les films porno qu'il avait regardés, ça semblait durer des heures.

Il y avait également la question de la contraception. Il s'était procuré un paquet de trois préservatifs. Il savait les enfiler. Ce qui l'inquiétait, c'était le temps que ça prenait. Dans un monde parfait, on l'enfilerait tranquillement chez soi, avant de retrouver la fille, comme on s'habille pour sortir. Ainsi, le moment venu, tout serait prêt, il n'y aurait pas besoin de parler. Mais avec une capote, ce n'était pas possible. Il fallait d'abord que votre sexe soit dur. En théorie, on pourrait le faire durcir, enfiler le préservatif et se rendre à son rendez-vous. Mais, à moins de passer très vite à la chose, votre sexe redevenait flasque, la capote glissait et impossible de la remettre ensuite. Il n'existait donc aucune échappatoire. Il fallait attendre le moment critique et réclamer une pause. Mais enfiler une capote n'avait rien d'érotique ; il y avait là quelque chose de prémédité qui allait à l'encontre de la montée de la passion. Or Rich comptait sur le flot du désir pour se laisser emporter. Il ne voulait pas s'arrêter pour un entracte, surtout un entracte motivé par des préoccupations nommées grossesse, accouchement et bébé.

Venait ensuite le problème de la virginité. La sienne constituait déjà un souci, mais il devait également tenir compte de celle de Maddy. Elle lui avait clairement fait comprendre qu'elle n'avait jamais eu d'expérience sexuelle. Alors, à quoi devait-il s'attendre ? À une certaine… résistance ? Y aurait-il du sang ? Dès que ce mot fit irruption dans son esprit, Rich interrompit immédiatement ses réflexions. Ne rien demander. Ne pas regarder. Quelque part au détour du chemin s'étendait un domaine de détails biologiques qui lui donnaient la nausée. Une pensée le frappa alors : peut-être que ce qu'il lui fallait pour affronter cette formidable épreuve, c'était de l'alcool. Quand on était ivre, pour de bon, plus rien ne paraissait inquiétant.

À ces préoccupations réelles et pratiques s'ajoutait le fait qu'il devrait évoluer dans un état d'excitation frénétique. Et il craignait d'atteindre l'extase trop vite. Il allait déborder comme du lait bouillant dans une casserole. Et ensuite, que feraient-ils ? Toute cette attente, tous ces préparatifs, ces préliminaires, pour aller nulle part. C'était injuste. Pourquoi fallait-il que la seule partie du corps indispensable à ce moment ultra délicat et potentiellement embarrassant soit totalement incontrôlable ? Qui avait eu cette idée ? Quel rôle jouait-elle dans le schéma de l'évolution ? Ça ressemblait à un piège. Peut-être était-ce le moyen choisi par Dieu pour limiter la population ? La méthode de l'incompétence.

Rich ne croyait pas en Dieu. Il croyait au karma. Le karma, ça voulait dire que vous aviez ce que vous méritiez.

Méritait-il vraiment Maddy ?

Jamais de la vie.

Survint alors une bouffée de gratitude. Il éprouvait ce sentiment cent fois par jour, il le submergeait par vagues ; une impression d'émerveillement mêlée de reconnaissance. Maddy est amoureuse de moi. Incroyable, mais vrai. Elle m'aime.

Soudain, il se souvint que sa grand-mère était en train de mourir et il n'avait pas eu une seule pensée pour elle. Son père passait la nuit à son chevet, dans le recueillement, et lui était obnubilé par le sexe.

Je suis un monstre. Je suis égoïste. Je suis amoureux.

Le lendemain matin, son père téléphona pour annoncer que mamie était toujours en vie, mais toujours inconsciente. Rich et Kitty devaient aller à l'école.

Rich retrouva Maddy avant même le début des cours.

– Grand-mère s'accroche, dit-il. Je ne peux rien prévoir.

– Non, bien sûr. Je suis désolée, ça doit être dur.

– C'est bizarre, en fait. Au début, ça me semblait épouvantable. Mais au bout d'un moment, quand il ne se passe rien, ça devient moins important.

– Jusqu'au moment fatidique.

À la fin de la journée, Maddy, Rich et Cath se rendirent ensemble en ville.

– Je ne tiens pas la chandelle, précisa cette dernière. Je fais diversion.

Maddy expliqua à Rich qu'elles avaient trouvé Grace chez Leo, allongée sur un canapé, malade et couverte de bleus. Il fut profondément choqué.

– Tu avais raison, Rich. Tu avais deviné qu'elle avait un problème. Tu as vu ce que personne d'autre n'a su repérer.

– Je ne croyais pas que c'était aussi grave.

Cath les abandonna au coin de sa rue. Maddy accompagna Rich jusque chez lui. Elle attendit dehors pendant qu'il prenait des nouvelles de sa grand-mère.

– Maman veut que tu entres, elle est en train de presser des oranges.

– Du nouveau ?

– Toujours rien. Mon père est à l'hôpital.

Ils emportèrent leurs verres de jus d'orange dans la chambre de Rich pour être tranquilles. Il s'assit sur son lit et Maddy s'installa à côté de lui. Puis elle s'allongea et posa la tête sur ses genoux.

– J'ai envie que grand-mère meure, avoua-
t-il. Ça prouve que je suis quelqu'un de mauvais, hein ?

– Je trouve ça plutôt normal.

– Je devrais penser à elle. Mais, en fait, je ne
pense qu'à toi.

– Oh, fit-elle. C'est très grave, alors.

Elle lui adressa un sourire si délicieux en
disant cela qu'il posa son verre pour porter sa
main à sa poitrine.

– Ça ne va pas ? demanda-t-elle.

– Si, si. C'est juste une bouffée de gratitude.
Ça m'arrive de temps en temps.

Elle posa sa main sur le torse de Rich et sentit battre son cœur.

– Je suis égoïste, dit-il. Je ne veux que toi.

– Ce n'est pas de l'égoïsme. Si tu penses à
moi, ça veut dire que tu penses à une autre personne, donc tu n'es pas égoïste.

– En fait, je pense à toi en train de penser à moi.

– Ah, d'accord. Là, c'est vraiment de l'égoïsme.

On frappa à la porte. La voix de Kitty résonna
de l'autre côté :

– Rich ? Tu es là ?

– On discute.

– Très bien. Continuez à *discuter*.

Ils entendirent des pas descendre l'escalier.

– Peut-être qu'elle a besoin de toi, dit Maddy.
Elle t'adore.

– Ne t'en fais pas pour elle.

— D'ailleurs, on discute, c'est tout. Ça ne t'embête pas, hein?

— Non. J'aime beaucoup discuter avec toi.

— De devoir attendre, je voulais dire.

— Non, ça ne me gêne pas.

— C'est juste que, parfois, j'ai l'impression de ne pas comprendre les garçons. Ils sont si différents.

— Ne juge pas tous les garçons d'après Leo Finnigan.

— Tu n'aimes pas frapper les filles, hein, Rich? Même en secret?

— Non, vraiment. C'est un truc qui me dépasse.

— Grace dit que ça a un rapport avec le sexe. Les mecs veulent coucher avec les filles, alors les filles ont un pouvoir sur eux et ils veulent leur faire du mal pour se venger.

— Ce n'est pas du tout ce que je ressens.

— Les mecs veulent faire l'amour.

— Oui, évidemment. Mais ils veulent aussi que les filles aient envie de faire l'amour. Si tu penses que la fille ne veut pas de toi, ça te coupe toute envie immédiatement.

— Et le viol, alors?

— Là non plus, je ne comprends pas. C'est sûrement une question de haine. Il faut vraiment haïr les femmes pour faire ça. Quand on aime quelqu'un, on ne veut pas lui faire de mal. On veut qu'il soit heureux, au contraire.

384

— Le truc, c'est que tu es sûrement plus gentil que la plupart des autres mecs.

— Je ne vois pas pourquoi. La plupart des gens veulent juste être aimés.

— Mais le sexe, ce n'est pas la même chose que l'amour.

— Pour moi, c'est pareil.

Et voilà : la grande question.

— C'était horrible d'écouter Grace, dit Maddy. Et tellement triste. Parfois, j'ai l'impression que le monde entier est rempli de souffrance. Quand je regarde les infos, je ne vois que des individus qui se haïssent, des individus cupides qui détruisent la planète, et tout le monde s'en fiche. Et puis, je réfléchis et je me dis : et moi, qu'est-ce que je fais de si extraordinaire ? Qu'est-ce qui me rend différente ? Ma vie n'est pas si importante que ça.

— Pour moi, si. Ta vie est importante.

— C'est peut-être pour ça qu'on veut tous tellement être aimés. Autrement, on se sent inutiles.

— Je n'ai jamais vu les choses sous cet angle, dit Rich. J'ai toujours cru que je voulais aimer quelqu'un car, sinon, j'avais l'impression qu'il me manquait quelque chose, je ne me sentais pas… complet. Mais peut-être que tu as raison. Peut-être qu'on cherche quelqu'un qui a besoin de nous.

— Non, j'aime mieux ton idée.

— Je vais te dire ce que je pense. (Rich réflé-chissait à voix haute.) Il y a deux sortes d'amour. Il y a celui que tu reçois d'une autre personne et celui que tu donnes à une autre personne. Les gens pensent que le meilleur dans l'amour, c'est d'être aimé. Mais moi, je pense que le meilleur, c'est d'avoir quelqu'un à aimer. Quelqu'un qui te laisser l'aimer.

— Tu as trouvé ça dans le bouquin de Pablo.

— Ça peut quand même être vrai.

— Un tas de gens peuvent se laisse aimer. Ça ne veut pas dire pour autant que tu peux les aimer. Par exemple, Cath te laisserait l'aimer, si tu voulais.

— C'est différent.

— Tu n'as pas envie d'aimer Cath?

— J'ai envie de t'aimer toi.

— Et si je mourais?

— Ne dis pas ça.

— Tu m'oublierais et tu aimerais quelqu'un d'autre.

— Tu ne sais pas ce que tu dis, Maddy.

— Je n'ai rien de spécial, Rich. Franchement.

— Tu es la personne la plus incroyable de l'univers.

— À tes yeux uniquement.

— Tu ne peux pas penser ça.

— Si. Sincèrement. Je ne vois pas en quoi ma vie influe sur les choses importantes. Je ne peux pas arrêter les guerres ni soigner les

maladies ni ralentir le réchauffement climatique. Je n'arrive même pas à rendre ma mère
et mon père heureux. Alors, à quoi je sers ? Et
ne réponds pas « à me rendre heureux », car
ça ne suffit pas.

— Moi, je trouve que c'est suffisant, dit Rich.

— Tu ne représentes qu'une seule personne.
Une personne, ce n'est pas suffisant.

— Et quatre personnes, alors ? Suppose que
quatre personnes aient besoin de toi. Moi, ta
sœur et tes parents. C'est suffisant ?

— Euh… non. Pas vraiment. C'est ma famille.

— Bon. Admettons qu'on en ajoute six autres.
Des amis et des voisins. Si dix personnes avaient
besoin de toi, est-ce que ta vie aurait un sens ?

— Je ne sais pas. Quelles dix personnes ?

— N'importe lesquelles.

— Je ne vois pas où tu veux en venir.

— OK. Prenons le problème par l'autre bout.
Considère le monde entier. Sept milliards d'individus. Si tu faisais une chose qui change le
monde, tu dirais que ta vie a un sens, hein ?

— Oui.

— Mais cette chose ne doit pas forcément con-
cerner les sept milliards de personnes, si ? Supposons que tu découvres un vaccin contre le
sida et que tu sauves un milliard de vies. Ce
serait suffisant.

— Bien sûr.

— Et un million ?

– Ça me va aussi.

– Et cinquante mille ? Un stade entier rempli de gens sauvés par Maddy Fisher ?

– Je prends.

– Dix mille ?

– OK, OK, dit Maddy en levant les mains pour l'arrêter. Je vois où tu veux en venir maintenant.

– J'essaye juste de découvrir combien de vies tu as besoin de modifier pour avoir l'impression que ton existence a un sens.

– À t'entendre, j'ai l'impression d'être complètement idiote.

– Tu ne vois donc pas ? Une personne, c'est assez ! Aucune, c'est assez. Ta vie a de la valeur en soi, un point c'est tout. Chaque fois que tu respires, tu influes sur l'atmosphère de la planète. Chaque parole que tu prononces vit éternellement. Les ondes sonores ne meurent jamais. Tu le savais ? Chacun de tes gestes transforme ton environnement.

– C'est pareil pour toi. Pour tout le monde.

– C'est un problème ? Tu voudrais être plus importante que tous les autres ?

– Je ne sais pas. (Maddy dut réfléchir à cette question.) J'aimerais qu'il y ait des personnes moins importantes que moi.

– OK. Je vote pour Grace.

Il la toisait en souriant et en lui caressant les cheveux.

– Rich, tu es un garçon étonnant. De plus en plus étonnant. Je n'ai jamais discuté avec quelqu'un comme je discute avec toi.

Quelque part dans la maison, un téléphone sonna. Puis ils entendirent Kitty monter l'escalier en courant. Elle ouvrit la porte de la chambre de son frère, les yeux écarquillés par l'importance de son rôle de messagère.

– Grand-mère est morte, annonça-t-elle. Papa vient d'appeler. Elle est morte il y a cinq minutes, pendant que je regardais la téloche. Maman dit qu'on doit y aller.

Rich et Maddy se levèrent du lit. La mère de Rich apparut sur le seuil de la chambre, derrière Kitty.

– C'est terminé. Enfin, soupira-t-elle. Pauvre grand-mère.

Rich étreignit sa mère et sa sœur Kitty fondit en larmes. Rich, lui, ne pleurait pas. Il s'aperçut qu'il ne ressentait pas grand-chose, à vrai dire.

– Elle ne s'est jamais réveillée, dit sa mère. C'est une bonne façon de s'en aller.

Rich revit sa grand-mère avant qu'ils viennent la chercher dans son lit d'hôpital. Elle était allongée là, comme ces trois derniers jours. À la fois semblable et différente. Son apparence n'avait pas changé, mais il était évident qu'elle n'était plus là. Ce qui avait fait d'elle la grand-mère qu'il avait connue ne se trouvait plus dans cette chambre.

Son père les étreignit, Kitty et lui.

– Elle est partie sans bruit, dit-il. J'étais à ses côtés, mais je n'ai rien remarqué. Vous la connaissiez, elle ne faisait jamais d'histoires.

C'est seulement en rentrant chez lui et en remontant dans sa chambre que Rich prit conscience brusquement que sa grand-mère était morte, quand il découvrit le monte-escalier qui attendait fidèlement en bas des marches. Elle ne reviendrait plus. Il n'entendrait plus jamais le raclement de son déambulateur sur le palier. Il ne l'entendrait plus jamais prononcer des phrases bizarres en mélangeant les mots.

L'aspect irrévocable de la mort le frappa soudainement et le glaça d'effroi.

Il ouvrit son journal et écrivit :

Grand-mère est morte. Je ne comprends pas. Je veux qu'elle revienne. Il y a des choses qui reviennent. Les feuilles sur les arbres. Le soleil. Noël. Je veux que grand-mère revienne au prochain changement d'heure ou au printemps. Cette histoire de mort, c'est nul. Je suis contre. Rentre à la maison, grand-mère. On t'aime.

Puis il s'allongea sur son lit et pleura.

Réconciliations

Imo attendait Maddy de pied ferme quand celle-ci rentra à la maison.

– Dans ma chambre, tout de suite.

La porte se referma derrière elles.

– À quoi tu joues, nom d'un chien ? s'emporta Imo.

Maddy ne comprenait pas.

– Je t'avais demandé de ne rien dire à personne ! (La fureur crépitait dans sa voix.) À personne ! C'est clair, non ? Et toi, tu en parles au monde entier ! Tu es complètement débile ou bien tu me détestes tellement que tu veux me foutre la honte en public ? C'est ça, Maddy ? Tu m'as toujours détestée ?

– Non, bien sûr que non...

Malgré ses efforts, elle ne parvint pas à retenir ses larmes. C'était trop injuste. Si elle avait fait tout ça, c'était pour Imo.

– Tu veux que tout le monde se moque de moi ? Eh bien, tu as réussi. Bien joué, Maddy. Je suis la risée de toute la ville.

— Je n'ai jamais voulu ça, je te le jure, Imo. Mais j'étais tellement en colère…

— Tu es en colère? Mets-toi un peu à ma place pour voir.

— Il fallait que je fasse quelque chose. Il s'en fichait complètement. Il m'a ri au nez.

— Pourquoi tu as voulu t'en mêler? Pourquoi? C'est pas tes oignons!

— C'est faux, Imo.

— Tu es ma sœur, pas mon ange gardien. Tu n'es pas là pour me protéger. Je n'ai pas besoin de protection, OK? J'ai besoin qu'on me foute la paix.

— Il a fait la même chose à Grace.

— Quoi?

— Leo, ce qu'il t'a fait, il l'a fait aussi à mon amie Grace. Il l'a frappée.

— Grace?

— Oui, tu sais, Grace Carey, on est en pre-mière toutes les deux.

Maddy hésita, puis ajouta:

— Il sort avec elle depuis plus d'un an.

— Plus d'un an?

— Et elle est chez lui en ce moment.

Imo ne dit rien.

— Elle m'a montré ses bleus. Elle m'a suppliée de ne rien dire à personne, comme toi. Je n'ai pas pu le supporter, Imo.

— Le salopard, grommela-t-elle. Plus d'un an.

— Il fallait que je réagisse. Je voulais lui faire

du mal à lui aussi, alors je l'ai frappé. Je l'ai fait saigner.

Imo ouvrit de grands yeux. De toute évidence, cette partie de l'histoire n'était pas parvenue jusqu'à ses oreilles.

— Comment tu as fait ?

— Je l'ai frappé sur la tête avec une pinte de bière.

La bouche d'Imo se contracta.

— Il a saigné ?

— Beaucoup.

— Qu'est-ce qu'il a dit ?

— Il a rigolé. Tous ses copains aussi. Comme si c'était drôle de se faire assommer par une fille.

— Le salaud ! Ce sont tous des salauds !

— Je suis désolée d'avoir divulgué ton secret. Je n'ai pas réfléchi. Je venais de voir Grace. J'avais envie de le tuer.

— Tu aurais dû. Quel dommage que tu ne l'aies pas fait. Tu aurais dû tous les tuer pendant que tu y étais. Ah, la vache, j'ai besoin d'un remontant. Ça te dit ?

Les deux sœurs redescendirent, réconciliées. Leur père était dans la cuisine, une bouteille de vin à la main, en train de se servir un verre.

— Sers-m'en un aussi, papa, dit Imo. Un grand.

— À moi aussi, ajouta Maddy.

— Qu'est-ce qui se passe, les filles ?

– Oh, toujours la même chose. La peur et la haine du sexe masculin, répondit Imo.

– Toi excepté, papa, précisa Maddy.

– Non. Papa ne fait pas exception, dit sa sœur. Aux dernières nouvelles, tu avais l'intention de foutre le camp, non ?

Leur père but une longue gorgée de vin.

– J'ai décidé de ne pas fuir.

– Ça veut dire que tu vas rester avec nous ? demanda Maddy.

– Oui. Pour le moment. Votre mère et moi, on a longuement discuté.

Maddy s'avança pour le serrer dans ses bras.

– Je suis super contente, papa !

Il l'embrassa.

– Moi aussi, ajouta Imo. Mais pas question de pleurer. J'ai déjà donné.

Elle aussi étreignit son père.

– Tu as intérêt à te tenir à carreau, papa, lui glissa-t-elle. Au moindre écart, Maddy t'assomme avec une pinte de bière.

Maddy partit à la recherche de sa mère. Celle-ci était dans la réserve, en train de déballer et d'étiqueter de nouveaux objets en verre provenant du Rajasthan.

– Ce n'est pas à toi de faire ça, maman. Ellen peut s'en charger.

– J'aime m'occuper. Tu me connais.

– Papa nous a dit qu'il ne partait pas.

– Pas tout de suite, du moins.

Elle continua à découper au cutter des épaisseurs de ruban adhésif marron.

– C'est ce que tu veux ? demanda Maddy.

– Oui. Je crois.

– Ça te rend un peu plus heureuse ?

– Un peu.

Mme Fisher posa son cutter.

– Approche, ma chérie.

Maddy se blottit avec bonheur dans les bras de sa mère.

– C'est grâce à toi, en fait. Les choses que tu as dites à ton père, ça a tout changé.

– Comment ça ?

– Il paraît que tu lui as dit qu'on a tous besoin d'avoir quelqu'un à aimer. Il m'a avoué qu'il n'avait jamais vu la chose sous cet angle.

– J'espère avoir raison.

– C'est déjà un début. Tu ne peux pas aimer quelqu'un qui refuse d'être aimé. C'est minant.

– Je suis navrée, maman. Tu mérites mieux.

– Je me contente de ce que j'ai. Je préfère garder ton père plutôt que de le perdre. On vit ensemble depuis vingt-cinq ans, presque la moitié de ma vie. Mais il est souvent absent. Est-ce qu'il a été un bon père ?

– C'est papa, quoi. Je ne me suis jamais posé la question. (Mais elle s'interrogeait maintenant.) Je l'ai toujours aimé. Et j'ai toujours eu l'impression qu'il m'aimait.

— C'est le cas. Il t'aime beaucoup. Ah, ce vieux Mike.

— Je ne supporterais pas qu'il nous abandonne.

— En vérité, reprit sa mère d'un air songeur, je crois qu'il ne se rendait pas compte à quel point on l'aimait toutes les trois. Il a eu l'air un peu estomaqué. Il pensait qu'on se dirait : « Bon débarras ! »

— Les hommes sont bizarres, non ? On dirait des enfants. Quand ils n'obtiennent pas tout ce qu'ils veulent, ils boudent et ils disent qu'ils ne veulent rien du tout.

Sa mère sourit tendrement.

— Que connais-tu des hommes, ma chérie ?

— Rien, en fait.

— J'aimerais tellement que ça se passe mieux pour toi que pour moi.

Maddy savait que sa mère ne voulait que son bonheur. Contrairement à tant d'autres mères, jamais elle ne la soumettait à un interrogatoire serré au sujet de ses petits amis, même s'ils n'existaient pas. Maintenant qu'elle avait enfin quelque chose à lui dire, il lui semblait injuste de tout garder pour elle.

— J'ai une sorte de petit ami, annonça-t-elle.

— C'est bien, ma chérie.

Cette réponse avait été formulée sur un ton parfait. Elle se réjouissait, sans se montrer avide de détails.

– C'est un garçon du lycée. Il s'appelle Rich.

– Et il te plaît, ce… cette sorte de petit ami ?

– Plus que je le croyais. Beaucoup plus.

– J'aimerais bien le rencontrer. Si tu es d'accord.

Maddy ne pouvait se résoudre à avouer qu'elle était amoureuse. Elle n'osait pas faire une telle déclaration. Elle aurait grandement le temps de parler d'amour plus tard. Tout cela était encore si nouveau.

Rich téléphona après le dîner.

– On a une tente, dit-il. Je pensais qu'on pourrait la planter dans la grange.

– Ta grand-mère vient de mourir, non ?

– Oui.

– Tu ne devrais pas penser à elle, plutôt ?

– J'y ai pensé. Maintenant, je peux recommencer à penser à toi.

– C'est quoi, cette histoire de tente ?

– Je pensais que ça serait plus intime.

– Oh. Je vois.

– Tu ne trouves pas que c'est une bonne idée ?

– Et la pièce des coussins à la boutique ? C'est intime aussi.

– Oui, mais c'est un peu chez toi. La tente, ce sera chez nous.

Maddy comprit. Rich voulait créer un nouvel espace pour leur nouvelle vie qui était sur le point de commencer. Jamais elle n'aurait eu cette idée.

— Tu as beaucoup réfléchi, on dirait.

— Je ne pense qu'à ça.

— Ça ne fait pas un peu trop… préparé ?

— Tu crois qu'on devrait plutôt agir dans le feu de l'action ?

— Oui, un peu.

— Le problème, c'est que j'y pense tout le temps.

— Moi aussi.

— Alors, autant laisser tomber le côté spontané et tout préparer.

— Tu n'as pas peur que ça tue la passion ?

— Seulement si tu as cette impression.

— OK pour la tente.

— Il faudrait quand même attendre que l'enterrement de grand-mère soit passé. Je ne sais pas pourquoi, mais je le sens comme ça.

— Une dernière marque de respect.

— Il a lieu jeudi matin.

— Vendredi, alors.

— Je pensais plutôt à jeudi en fin d'après-midi.

— Il n'y aura pas toute ta famille chez toi ?

— Raison de plus pour s'échapper.

— D'accord pour jeudi. Apporte la tente, j'apporterai des biscuits ou autre chose.

— Et je viendrai avec ce qu'il faut.

Maddy saisit l'allusion. Elle s'était demandé s'il aborderait le sujet.

— Ce n'est pas un problème. J'ai tout prévu.

– Oh. Super. (Le soulagement était perceptible dans sa voix.) Les biscuits, c'est une bonne idée aussi.

Le lendemain, Maddy découvrit que tout le lycée ne parlait que de sa bagarre avec Leo. L'histoire avait pris de l'ampleur. On racontait qu'elle avait assommé Leo avec une chaise avant de lui décocher un coup de pied au visage pendant qu'il était à terre. Mais personne ne savait pour quelle raison.

Maddy refusa de s'expliquer. Elle dit simplement :

– Il l'avait cherché.

L'hypothèse la plus répandue était qu'elle avait eu une liaison avec Leo et qu'ils s'étaient disputés. Ce qui fit grimper considérablement sa côte de popularité.

Max Heilbron dit à Rich :

– Tu as appris que Maddy Fisher avait tabassé Leo Finnigan au Rainbow ? Ah, la vache ! J'aimerais bien qu'elle me tabasse, moi aussi.

– Elle avait sûrement ses raisons, répondit Rich.

– Putain, Rich ! Pourquoi tu es toujours aussi terre à terre ? Une nana qui aime la baston, c'est une nana qui baise.

– Qu'est-ce que tu en sais ?

– Tout le monde le sait. C'est physique, comme truc.

– Je ne crois pas que Maddy Fisher sortait avec Leo Finnigan, si c'est ce que tu veux dire.

– Sois adulte, Rich ! C'est évident.

Max apostropha Cath Freeman qui se trouvait à proximité.

– Hé, Cath. Maddy sortait bien avec Leo Finnigan, pas vrai ?

– Faux.

– Ouais, c'est ça. Évidemment. Je ne suis pas idiot, figure-toi.

– Non. Tu es con.

– Qui c'est que tu traites de con, face de rat ?

Cath se jeta sur Max en le rouant de coups de poing. Le garçon se coucha par terre, la tête entre les mains pour essayer de se protéger.

– Rich ! cria-t-il. Retiens-la !

– Une fille qui aime la baston, Max…

– Au secours ! Aïe ! Arrête !

– Excuse-toi.

– Oui, d'accord ! Je m'excuse ! Je ne le dirai plus.

Cath cessa de le frapper.

– Ah, la vache ! dit-elle en secouant les bras. C'était bon.

Max se releva. Il regardait fixement Cath, d'un œil entièrement neuf.

– Tu cognes dur, dis donc.

Joe trouva le moyen de s'entretenir avec Maddy en tête à tête.

– Ma mère et moi, on a parlé à Leo hier soir,

sérieusement. On lui a dit qu'il devait se faire soigner. Il va aller voir un psy.

— Tu crois que ça changera quelque chose ?

— On lui a expliqué qu'il allait finir en prison s'il continuait.

— Il n'a même pas l'impression de faire quelque chose de mal.

— Si. Son problème, c'est qu'il n'y arrive pas autrement.

— Tu veux dire que c'est ça qui l'excite ?

— Oui.

— Oh, bon sang. Parfois, j'ai envie de renoncer. Les gens sont complètement détraqués.

— Quand tu l'as frappé, ça lui a fait un choc.

— J'ai plutôt eu l'impression qu'il prenait ça à la rigolade.

— Non. Ça lui a fait un choc. D'autant qu'il a une bosse énorme sur le crâne.

— Ce n'était pas volontaire. Ça s'est fait comme ça. J'étais tellement énervée à cause de Grace et d'Imo. Et en le voyant rigoler…

— Tu lui as rendu service, Maddy, dit Joe avec son sourire décontracté. Tu es une sacrée nana.

La première fois

Ils s'étaient donné rendez-vous devant la barrière, au début du chemin qui gravissait la colline boisée. Rich était déjà là quand Maddy arriva. À ses pieds se trouvait un sac à dos plein à craquer.

– Combien de temps on va s'absenter ? plaisanta Maddy. Un mois ?

– C'est la tente. Et les sacs de couchage. Plus les oreillers.

– Les oreillers ?

– J'ai pensé que ce serait plus confortable.

– Oh, Rich.

– Tu me trouves un peu bizarre ?

– Je trouve que tu réfléchis beaucoup. Et je trouve ça très bien. Mais c'est quand même un peu bizarre. (Elle rit et l'embrassa.) Bizarre dans le bon sens.

Rich hissa le sac sur son dos et ils suivirent le chemin. Le ciel était chargé, les nuages menaçants, et entre les arbres s'étendaient des ombres profondes. Ils marchaient l'un derrière l'autre, sans parler ; ils n'entendaient que le bruit de leurs pas.

Une fois dans la grange abandonnée, Rich posa son sac et en sortit un gros paquet de toile qui allait devenir leur tente. En quelques enjambées, il mesura l'espace sous les branches du frêne.

– C'est juste assez grand.

Ils montèrent la tente ensemble dans la lumière déclinante. Ce fut plus difficile que ne l'avait cru Rich.

– C'est curieux, commenta-t-il en se débattant avec la toile. Quand je l'ai montée dans le jardin, j'ai trouvé ça facile.

– Tu t'es entraîné dans ton jardin ?

– Oui. C'était super fastoche.

– Et tes parents ? Qu'est-ce qu'ils ont pensé ?

– Les Petits Pas ont cru que c'était pour eux ; ils ont joué à l'intérieur.

Il parvint enfin à installer le tapis de sol et, soudain, une tente rectangulaire en toile vert foncé, à l'ancienne, se dressa entre eux. Les deux mâts refusaient de rester droits et Maddy dut en tenir un pendant que Rich tendait les cordes. Ce qui fit apparaître un problème imprévu. Les cordes avaient besoin d'une superficie bien plus grande que la tente elle-même. Résultat, deux d'entre elles venaient buter contre le mur de pierre de la grange.

Rich contempla cet obstacle d'un air dépité.

– Tu peux attacher une des cordes à l'arbre, suggéra Maddy.

– Bonne idée !

Il découvrit ensuite un gros anneau de fer encastré dans le mur. On pouvait y attacher une autre corde. Quand ils eurent terminé, les deux mâts penchaient dans des directions opposées, mais la tente tenait debout.

Rich déroula les deux sacs de couchage qu'il avait apportés. Ils les attachèrent ensemble pour n'en former qu'un seul, qui occupait toute la surface au sol de la tente. Il n'y avait plus qu'à mettre les oreillers.

– À toi l'honneur, dit Rich.

Maddy se plia en deux pour entrer dans la tente.

– Il n'y a pas beaucoup de place, dit-elle. Et il fait tout noir.

Rich la rejoignit, avec une petite lampe électrique. Il l'alluma et la posa par terre. Aussitôt, la tente prit une apparence solide et concrète.

Assis sur le double sac de couchage, les genoux dans les bras, ils regardaient autour d'eux.

– C'est un peu petit, commenta Rich.

– À mon avis, ça paraîtra plus grand quand on sera allongé.

– On aurait dû aller dans ta boutique, dans la pièce des coussins. Cette tente, c'est une idée stupide.

– Non, pas du tout, dit Maddy. J'aime beaucoup. C'est comme vivre dans les bois.

À travers le rabat à moitié baissé de la porte,

ils apercevaient les branches basses du frêne et, au-delà, les troncs des hêtres au crépuscule.

— Espérons qu'elle est imperméable au moins, dit Rich. Ils prévoient de la pluie.

— Pourquoi tu ne me l'as pas dit ?

— Je ne voulais pas que tu changes d'avis.

— Et s'il pleut ?

— Trop tard maintenant.

— Franchement, Rich…

Il passa son bras autour de la taille de Maddy. Elle se laissa aller contre lui. Ils s'embrassèrent.

— L'idée, c'est de se glisser dans le sac de couchage ? demanda-t-elle.

— Oui. Exactement.

— Avec nos vêtements ?

— Euh, pas tous. Ou aucun.

— Aucun, ce serait mieux.

Ils s'embrassèrent de nouveau, mais ni l'un ni l'autre ne fit le moindre geste pour commencer à se déshabiller.

— Rien ne presse, dit Maddy.

Malgré le programme de la soirée, ils étaient gênés à l'idée de se dévêtir. Alors, ils s'allongèrent simplement, dans la lumière de la torche, pour bavarder.

— Tu ne trouves pas que tout ça est arrivé super vite ? demanda Maddy. Moi, c'est l'impression que j'ai.

— Ça fait combien de temps ?

— Quoi donc ?

— Que tu as commencé à penser à moi de cette façon ?

— Je crois que c'était à l'anniversaire de ta grand-mère. Je t'ai regardé chanter avec toute ta famille et ça m'a rendue heureuse. J'avais envie de me joindre à vous.

— Ce n'était pas chez Pablo ?

— Oh, si. J'avais oublié. Tu as raison, c'était un moment à part. Mais tu fantasmais encore sur Grace.

— Pour donner le change.

— Vraiment ?

— Pour moi, ça a commencé quand on a mangé des chichis au bord de la rivière.

— Oh, la vache ! C'était dégueu.

— Ça me plaisait d'être avec toi.

— Mais tu n'aurais jamais pensé te retrouver ici, je parie ?

— Non. Jamais.

— Ensuite, je t'ai raccompagné chez toi et tu as installé la lumière dans la maison de poupées de Kitty. C'était tellement beau quand tout s'est allumé. J'étais presque aussi excitée que ta sœur.

L'évocation des étapes qui les avaient conduits l'un vers l'autre leur procurait un plaisir exquis. Aujourd'hui, ils étaient arrivés au terme de ce voyage, sous cette petite tente verte.

— En fait, tu sais quoi ? dit Maddy. Je crois

que, pour moi, tout a commencé quand tu t'es cogné dans le lampadaire.

— C'est faux! Tu craquais complètement pour Joe Finnigan.

— Oui, exact. Mais c'est la première fois que je t'ai vraiment remarqué.

— Après toutes ces années.

— Désolée. Mais tu n'as rien à dire : tu es rentré dans ce lampadaire parce que tu matais Grace.

— Je devais avoir perdu la raison.

— Elle est très belle.

— Beaucoup moins que toi.

— Oh, Rich. Tu dis n'importe quoi.

— Je suis sincère.

Il prit appui sur son coude pour scruter le visage souriant de Maddy, tout proche. La lumière de la lampe électrique y projetait des ombres profondes.

— Croix de bois, croix de fer, si je meurs je vais en enfer, dit-il.

— Non, ne meurs pas. On vient juste de commencer. Même si on ne va pas très vite.

— Ça ne me gêne pas.

— Vraiment?

— Je n'arrive pas à croire que je suis arrivé jusque-là. D'un instant à l'autre, tu vas me dire : «Allez, fiche le camp. C'était une farce.»

— Non, je ne te dirai jamais ça. Les farces, j'en ai eu ma dose.

Elle fit courir ses doigts sur le nez et les lèvres de Rich.

– Cette fois, c'est du sérieux, ajouta-t-elle.

– Tu n'imagines pas à quel point.

– Ah bon ?

Elle laissa glisser sa main jusqu'à l'entrejambe de Rich. Et là, elle sentit une bosse sous son jean.

– C'est comme ça depuis combien de temps ?

– Une éternité. Il n'est pas aussi timide que moi.

– Peut-être qu'il faudrait faire quelque chose.

Elle tira sur la fermeture éclair. Rich baissa son slip pour libérer son sexe.

Maddy le caressa délicatement.

– Je t'aime, Maddy. Je t'aime.

– C'est du sexe, rien de plus.

Il l'attira dans ses bras et se plaqua contre elle. Ils s'embrassèrent avec fougue.

– À mon tour, dit Maddy.

Elle retira son T-shirt.

– Je vais éteindre la lumière, dit Rich.

Il se pencha vers la lampe et actionna l'interrupteur. La tente se retrouva plongée dans l'obscurité.

– Je ne vois plus rien maintenant.

L'un et l'autre savaient qu'ils préféraient se déshabiller dans le noir. C'était une étrange forme de timidité, sur laquelle ils n'avaient pas envie de disserter.

Rich finissait d'ôter son jean quand Maddy se faufila à l'intérieur du sac de couchage.

– Ah, l'oreiller. Super.

Quelques secondes plus tard :

– Ouille ! Le sol n'est pas très lisse.

– Oh, zut, dit Rich. C'est sous le tapis de sol. J'aurais dû y penser.

Nu, il la rejoignit dans le sac de couchage. Couchés côte à côte, ils contemplèrent le plafond sombre de la tente. Quand leurs yeux se furent habitués à l'obscurité, ils distinguèrent une bande de lumière grise, là où le rabat n'était pas entièrement fermé.

Maddy chercha à tâtons le corps de Rich. Celui-ci se mit à frissonner.

– C'est reparti, dit-elle.

– Je ne peux pas m'en empêcher.

– Il y a des cailloux là où tu es couché, toi aussi ?

– Oui.

– La prochaine fois, apporte aussi un matelas.

Allongés sur le dos, ils se caressèrent. Une lente et délicieuse exploration.

– À quel endroit tu préfères que je te touche ? demanda-t-elle. À part là où tu penses.

– Là, dit Rich en posant la main à l'intérieur de ses cuisses.

– Autrement dit, plus c'est près du sexe, mieux c'est.

– En gros, oui.

– Tu veux que je le vénère ? Et ça t'exciterait si je portais des oreilles de lapin ?

– Non. Tes oreilles sont très bien.

– Tu veux que je la suce ?

– Et toi ?

– Je ne sais pas. Je ne l'ai jamais fait. Ça me rend un peu nerveuse.

– Alors, ne le fais pas. J'aime bien quand on se caresse comme ça. À vrai dire, je suis déjà super excité rien que de te sentir contre moi toute nue.

– C'est vrai ?

– Tiens, touche mon cœur.

– Ouah !

– Voilà ce que tu me fais.

– N'importe quelle fille te ferait le même effet, non ? À partir du moment où elle est nue.

– Peut-être, admit Rich. Mais avec toi, je me sens à la fois excité et en sécurité. Les deux en même temps.

– Je suis comme toi.

– Grâce à toi, dit-il, je suis heureux d'avoir un corps.

– Et moi, je suis heureuse d'avoir ton corps.

Ils roulèrent sur le flanc, jambes entremêlées, collés l'un à l'autre. Rich s'aperçut qu'il frottait son bassin contre Maddy.

– Ah, tu t'impatientes, dit-elle.

– Ce n'est pas moi, c'est lui.

– Il sait ce qu'il veut.

— Mais je crois qu'il ne sait pas comment l'obtenir.

— D'où l'intérêt de s'entraîner.

— On s'entraîne encore, là ? Je croyais que c'était pour de vrai.

Maddy se pressa contre le sexe gonflé de Rich ; elle aimait sentir le désir qu'elle provoquait en lui. De délicieux picotements lui nouaient le ventre.

— Caresse-moi, susurra-t-elle en attirant les mains de Rich vers sa poitrine.

Il lui toucha les seins, en tournant autour des mamelons. Puis il se pencha pour les prendre dans sa bouche.

— C'est bon, murmura-t-elle.

— Ça m'excite, moi aussi.

— C'est difficile de se retenir ?

— Sûrement. Je ne sais pas. Je ne l'ai jamais fait.

— Dans ce cas, on ferait bien de s'y mettre.

Elle prit le sexe durci et le guida entre ses cuisses. Rich se déplaça afin de s'allonger sur elle.

— Ça va aller pour toi ? demanda-t-il.

— Je ne sais pas. Je ne l'ai jamais fait, moi non plus.

— Peut-être que ça fait mal.

— Je ne crois pas.

Elle se trémoussa sous lui jusqu'à ce que le bout de son sexe vienne cogner contre ses chairs tendres. Elle trouva son clitoris et appuya dessus avec son doigt.

— Je vais me caresser un peu, dit-elle.

— Oui, c'est bien.

Elle sentit de petits frissons de plaisir parcourir tout son corps. Rich poussa son sexe vers l'avant, recula, puis recommença. À chaque poussée, elle s'ouvrait un peu plus. Mais la progression était lente.

— Désolée, dit-elle. Tu peux te retenir encore un peu ?

— Je crois.

Elle ôta sa main de son entrejambe pour que Rich puisse se coller à elle. Il poussa de nouveau et, cette fois, elle le sentit entrer en elle.

— Ne bouge plus, haleta-t-elle. Il faut que je m'habitue.

— Oh, Maddy… Maddy…

— Ne jouis pas tout de suite.

— Non. Oh… c'est chaud.

— Évidemment. Tu croyais quoi ?

Rich n'osait plus bouger, de peur de libérer le flot. Tout son corps était sous tension.

— Oh, Maddy…

Soudain, ils entendirent un bruit au-dehors. Un long museau noir apparut à l'entrée de la tente. Ils se figèrent. Chacun sentait les battements de cœur de l'autre.

Une voix retentit au loin, sur le chemin.

— Susie ! Reviens, Susie !

Une lampe électrique balaya l'obscurité. La chienne repartit à pas feutrés.

Rich se remit à bouger. Son sexe s'enfonça un peu plus loin.

— Non, reste comme ça, dit Maddy.

Il s'immobilisa et scruta son visage dans la pénombre de la tente.

— Impossible d'être plus belle que toi à cet instant. Tu es parfaite.

— Tu m'aimes, Rich ?

— Oui, Maddy. Je t'aime.

— Tu m'aimeras encore après ?

— Et encore après. Et encore après.

— Moi aussi. Je t'aimerai après, et encore après.

Il appuya sa tête sur l'oreiller et sentit les cheveux de Maddy lui chatouiller la joue.

— Tu peux recommencer à bouger maintenant.

Il s'exécuta et, soudain, il fut entièrement en elle.

— C'est chaud ! s'exclama-t-il.

— Là, ça y est. Tu y es maintenant.

— Je ne vais pas tenir longtemps.

— Ce n'est pas grave. (Elle chercha sa joue avec ses lèvres et l'embrassa.) On s'entraîne.

Rich poussa un long soupir. Maddy sentit qu'il se retirait lentement, avant de revenir. Il frissonna. Son sexe se contracta en elle. Puis il demeura immobile.

Maddy lui caressa le dos. Tout son corps était irradié par une douce chaleur. Ils étaient si proches l'un de l'autre à cet instant, pensa-t-elle. Si intimes.

Surgit alors une gigantesque vague de tendresse ; elle s'aperçut qu'elle pleurait.

— C'était bon ? murmura-t-elle en l'embrassant pour qu'il ne voie pas ses larmes.

— Oui. Je n'ai pas pu me retenir.

— Tu n'étais pas obligé.

— Mais toi. Je ne t'ai pas attendue.

— Je m'en fiche. Sincèrement. La prochaine fois. Ou celle d'après. On est des débutants.

— C'était merveilleux, Maddy. Je ne peux pas t'expliquer comme c'était merveilleux. Et ça l'est encore.

— J'ai adoré, moi aussi.

— Je vais m'améliorer, promis. Ce sera merveilleux pour toi aussi.

— Ça l'est déjà.

C'était vrai. Elle éprouvait un sentiment de fierté et une joie dont elle était la première étonnée. Cela tenait en partie au plaisir qu'elle ressentait en voyant Rich comblé, en sachant que c'était grâce à elle, à son corps, au cadeau qu'elle lui avait fait. Le bonheur qu'elle lui procurait rejaillissait sur elle. Mais c'était dû aussi à cette découverte : l'amour et le sexe pouvaient se confondre, finalement. Pour elle et Rich, du moins. En ce jour, du moins.

– Je t'aime, Rich.

Elle sentait son sexe dégonfler en elle. Puis il se retira.

– Fouille dans mon sac, dit-elle. J'ai apporté des mouchoirs en papier.

Il se redressa pour chercher les mouchoirs.

– C'est à toi tout ça, dit-elle en glissant sa main entre ses cuisses. Mais ce sont toujours les filles qui nettoient ensuite !

Il se rallongea contre elle.

– Je suis tellement heureux, Mad.

– C'est fini, maintenant. Tu as eu ce que tu voulais. Je parie que, dans une minute, tu dors.

– Non. Je veux continuer à savourer ce bonheur.

Quelques gouttes s'écrasèrent sur le toit de la tente au-dessus de leurs têtes. En quelques secondes, elles se transformèrent en averse. La pluie martelait la toile verte.

– Tu veux un biscuit ? demanda Maddy.

– Tu en as vraiment apporté ?

– Évidemment. Je l'avais dit.

Elle les sortit de son sac et ils en mangèrent un chacun. Rich le grignota lentement en regardant tomber la pluie par l'ouverture de la tente.

– Délicieux, commenta-t-il.

– Ce sont de simples biscuits du commerce.

– Je n'en ai jamais mangé de meilleurs.

– Tu es facile à contenter.

Après cela, ils demeurèrent enlacés, sans parler, le temps qu'il arrête de pleuvoir.

— Désolé pour l'averse, dit Rich.

— Ça ne me gêne pas, dit Maddy. Et toi ?

— Oh, je m'en fiche désormais. Il peut pleuvoir ou neiger.

Table des matières

Crédits

Paroles de *A Bushel and a Peck* © 1950 de Frank Loesser, reproduites avec la permission de MPL Communications Ltd / EMI Music Publishing France.

Extraits de *Week-end* de Noël Coward © NC Aventales AG, successeur en titre des droits de Noël Coward, 1925.

Paroles de *I am a rock* et *The Boxer* © 1965 et 1968 de Paul Simon, reproduits avec la permission du label Paul Simon Music / Universal Music Publishing Group.

Extraits d'«Ignorance», issu du recueil *Collected Poems* de Philip Larkin © propriété de Philippe Larkin 1988, reproduits avec la permission de Faber and Faber Ltd.

Extraits de *L'Art d'aimer* © 1956 Erich Fromm, droits récupérés en 1984 par Annis Fromm, reproduits avec la permission de HarperCollins Publishers.
© Desclée de Brouwer 2007, pour la traduction.

Paroles de *Wouldn't it be nice* (paroles et musique de Brian Wilson, Tony Asher et Mike Love) © 1966 Irving Music Inc, droits reconduits, tous droits réservés, reproduites avec la permission de Hal Leonard Corporation.

William Nicholson

J'avais neuf ans quand j'ai été confronté à la pornographie pour la première fois. J'étais externe dans une école privée qui comptait surtout des internes, et l'un d'entre eux m'avait secrètement chargé de lui acheter une copie du tabloïd *News of the World* pour qu'il puisse admirer des photos de femmes à moitié nues. Personnellement, je n'en voyais pas l'intérêt.

Quelques années plus tard, alors que j'étais moi-même interne, un ami me montra cinq photos explicites en noir et blanc qu'on lui avait envoyées d'Amsterdam. J'en fus tout retourné.

Mais je me souviens également d'autres désirs inassouvis durant mon adolescence, des désirs tout aussi forts. L'envie d'être aimé et le besoin désespéré qu'on accepte ma masculinité encore incertaine. Ces désirs étaient sexuels, certes, mais ils étaient également intenses sur le plan émotionnel.

Quand j'ai enfin fait l'amour pour la première fois, avec ma première petite amie que j'adorais par-dessus tout, l'expérience n'a été que gloire et émerveillement. À dire vrai, un puriste armé d'un chronomètre aurait pu témoigner que ma performance n'a pas dépassé quinze secondes, mais la gloire et l'émerveillement sont restés.

Ces dernières années, en tant qu'auteur de livres pour la jeunesse, je me suis surpris à repenser à cette époque avec nostalgie. Mes propres enfants, me semblait-il, ne connaîtraient jamais une telle innocence, une telle ignorance, une telle excitation. Et puis je me suis dit : pourquoi pas ? Sont-ils si différents ? Le simple fait qu'ils puissent voir des actes sexuels que j'aurais à peine pu imaginer à leur âge signifie-t-il forcément que le reste a changé aussi ?

Mon livre ne prétend pas faire autorité en matière de sexe et d'amour. Il n'est pas fondé sur des recherches statistiques. Il raconte une histoire, une histoire inventée de la même manière que toutes les autres histoires inventées par les écrivains, qui s'inspirent de leur vie et de leurs observations. Elle se veut honnête dans le sens où toute fiction peut être honnête, où les lecteurs se disent : « Oui, j'ai déjà ressenti ça. »

Découvrez d'autres belles histoires qui évoquent l'amitié et le premier amour, parues en **Pôle fiction** :

TOI ET MOI À JAMAIS
de Ann Brashares

Riley, Alice et Paul, les deux sœurs et l'ami d'enfance. C'est l'été des retrouvailles : côte est des États-Unis, plages de l'île qu'on connaît par cœur, maison de vacances. Mais tout a changé, ils ont vingt ans, l'amitié se trouble. Entre Alice et Paul, une attirance nouvelle s'installe. C'est alors que la tragédie frappe.

QUI ES-TU ALASKA ?
de John Green

Miles Halter a seize ans mais n'a pas l'impression d'avoir vécu. Assoiffé d'expériences, il quitte le cocon familial pour le campus universitaire : ce sera le lieu de tous les possibles, de toutes les premières fois. Et de sa rencontre avec Alaska. La troublante, l'insaisissable Alaska Young, insoumise et fascinante.

Extrait

Qui es-tu Alaska ?

– Ramène-toi, le petit trapu ! J'en ai une excellente à te raconter !

On est entrés. Je me suis retourné, m'apprêtant à refermer la porte, mais le Colonel a secoué la tête.

– Après dix-neuf heures, il faut laisser la porte ouverte quand on est dans la chambre d'une fille, m'a-t-il précisé.

Mais je l'ai à peine entendu parce que je me suis trouvé face à la fille la plus sexy de toute l'histoire de l'humanité, en jean coupé et débardeur pêche. Elle s'adressait au Colonel en parlant vite et fort.

– Donc c'est le premier jour des vacances, je suis dans ce vieux Vine Station des familles avec Justin et on regarde la télé chez lui, sur son canapé, et je te rappelle que je sortais déjà avec Jake, d'ailleurs je sors toujours avec lui, aussi miraculeux que ça puisse paraître, mais Justin est un copain d'enfance et donc on regarde la télé et on discute des tests d'admission pour les facs ou de je-ne-sais-quoi, et voilà que Justin pose son bras sur mes épaules et je me dis : « Sympa, on est copains depuis tellement longtemps, il y a pas de lézard », et donc on parle et puis je suis au beau milieu d'une phrase sur les équivalences ou je ne sais plus quoi quand Justin m'attrape le sein comme un rapace et me fait « pouet-pouet ». POUET POUET. Un pouet-pouet très vigoureux et qui a duré au moins trois secondes. Et la première chose que je me dis, c'est : « Comment libérer mon sein de cette serre avant qu'elle y laisse des marques indélébiles ? » Et la deuxième : « Je meurs d'impatience de raconter ça à Takumi et au Colonel. »

Le Colonel a éclaté de rire. Moi, je les regardais, impressionné par la vigueur de la voix qui émanait de cette fille petite (mais aux courbes ô combien voluptueuses) et par les gigantesques piles de livres adossées aux murs. Sa bibliothèque remplissait toutes les étagères et débordait un peu partout en tas qui montaient jusqu'à la taille, posés n'importe comment. J'ai pensé que, si un livre bougeait, l'effet domino nous engloutirait tous les trois sous une tonne de littérature asphyxiante.

– Qui est le type qui ne rit pas à mon histoire trop drôle ? a-t-elle demandé.

– Ah oui ! Alaska, je te présente le Gros. Le Gros mémorise les dernières paroles des gens célèbres. Le Gros, je te présente Alaska. Elle a eu un pouet-pouet de nénés cet été.

Alaska s'est avancée vers moi, la main tendue, mais, au dernier moment, elle l'a baissée et a tiré sur mon short.

– C'est le plus grand short de tout l'État d'Alabama !

– Je les aime baggy, ai-je dit, gêné, en le remontant.

Mes shorts étaient parfaits en Floride.

– À ce stade de notre relation, le Gros, je te signale que j'ai vu tes cuisses de poulet déjà trop souvent, a lâché le Colonel, imperturbable. Au fait, Alaska, vends-nous des clopes.

Sur ce, le Colonel s'est débrouillé pour me persuader de payer cinq dollars un paquet de cigarettes que je n'avais pas la moindre intention de fumer. Puis il a demandé à Alaska de se joindre à nous, mais elle a décliné.

– Il faut que je trouve Takumi pour lui raconter l'histoire du pouet-pouet. Tu l'as vu ? m'a-t-elle demandé.

Comment aurais-je su si j'avais vu Takumi étant donné que je ne savais pas qui c'était ?

Dans le doute, j'ai secoué la tête.

– OK. Dans ce cas, rendez-vous au lac dans dix minutes.

Le Colonel a acquiescé.

www.onlitplusfort.com

Le blog officiel des romans Gallimard Jeunesse.
Sur le Web, le lieu incontournable
des passionnés de lecture.

**ACTUS // AVANT-PREMIÈRES //
LIVRES À GAGNER // BANDES-ANNONCES //
EXTRAITS // CONSEILS DE LECTURE //
INTERVIEWS D'AUTEURS // DISCUSSIONS //
CHRONIQUES DE BLOGUEURS...**

WILLIAM NICHOLSON a été réalisateur, producteur
et scénariste avant de se consacrer à la littérature.
Avec sa trilogie *Le Vent de Feu* (Folio Junior), il a fait
une entrée spectaculaire dans l'édition jeunesse. Il est
également l'un des scénaristes du film *Gladiator* et fut
à cette occasion nominé aux oscars du meilleur scénario.
Il vit actuellement dans le Sussex avec sa femme
et leurs trois enfants.

Retrouvez William Nicholson sur son site internet :
www.williamnicholson.com

Le papier de cet ouvrage est composé de fibres naturelles,
renouvelables, recyclables et fabriquées à partir de bois provenant
de forêts plantées et cultivées expressément pour la fabrication
de la pâte à papier.

Maquette: Maryline Gatepaille
Photo de l'auteur © D.R.

ISBN : 978-2-07-069664-2
Loi n° 49-956 du 16 juillet 1949 sur les publications destinées à la jeunesse
Dépôt légal : octobre 2011.
N° d'édition : 178681 – N° d'impresssion : 166998.
Imprimé en France par Maury Imprimeur - 45330 Malesherbes